KB025191

용병전 1부 3권

용병전 1부 3권

초판1쇄 인쇄 | 2022년 8월 1일
초판1쇄 발행 | 2022년 8월 5일

지은이 | 이원호
펴낸이 | 박연
펴낸곳 | 한결미디어

등록 | 2006년 7월 24일(제313-2006-000152호)
주소 | 서울시 마포구 모래내로 83 한올빌딩 6층
전화 | 02-704-3331
팩스 | 02-704-3360
이메일 | okpk@hanmail.net

ISBN 979-11-5916-165-0 979-11-5916-162-9(set) 04810

용병전(傭兵傳) 1부
3권
이라크 재침투

한결미디어

차례

1장 판도라호

후세인은 선창 안에 숨어있다가 경비정 선원들을 다 사살했을 때 밖으로 나왔지만 역시 입을 열지 않았다. 다시 조타실 뒤쪽 벽에 등을 붙이고 앉은 채 경비정이 폭파되는 것까지 보았다.

지노가 다시 후세인의 옆으로 다가와 앉았다. 파도가 높았지만 배는 기운차게 달려가고 있다.

"1시간쯤 달려서 이집트 해안에 상륙할 것입니다."

지노가 말했지만 후세인은 대답하지 않았다. 나란히 앉은 지노가 앞쪽을 보았다.

"후르가다 위쪽의 어촌입니다. 거기서 버스를 기다렸다가 카이로에 들어갈 예정입니다."

"⋯⋯."

"카이로는 인구가 많은 데다 은신할 곳이 많습니다. 거기서 배를 알아보겠습니다."

"⋯⋯."

"배로 가는 것이 안전합니다."

그때 후세인이 고개를 돌려 지노를 보았다.

"이 배 선장과 아들은 어떻게 할 계획이냐?"

순간 지노가 숨을 멈추고는 외면했다. 그때 후세인이 다시 물었다.

"저 부자는 너희들의 행동을 다 보았어. 아마 나도 알아차렸을지도 모르겠다. 나는 여기서 계속 얼굴을 드러내고 있었으니까."

"……."

"어떻게 할 계획이냐?"

후세인이 다시 물었을 때 지노가 정색하고 대답했다.

"그건 저한테 맡겨주십시오."

후세인은 시선만 주었고 지노가 말을 이었다.

"각하께선 모르고 계시는 것이 낫습니다."

"죽이지 마라."

지노의 시선을 받은 후세인이 고개를 저었다.

"더 이상 나 때문에 저 부자를 죽이지 마라."

"……."

"내 목숨은 그럴 만한 가치가 없다."

후세인이 손을 뻗어 지노의 손을 쥐었다.

"지노."

"예, 각하."

"약속해라."

후세인의 손에 힘이 실렸다.

"부탁한다."

그때 지노가 심호흡을 했다.

"예, 각하."

후르가다 위쪽 어항에 어선이 닿았을 때는 오전 5시.

아직 사방이 어둑했지만, 동녘 하늘이 회색빛으로 엷어지는 중이었다. 배를

8

선창에 붙였을 때 지노가 주머니에서 지폐 뭉치를 꺼내 선장에게 내밀었다.

"이거 받아."

"아니, 이게."

놀란 선장의 입이 딱 벌어졌다. 옆에 선 아들 알리는 눈을 크게 뜬 채 숨도 죽이고 있다.

100불짜리 지폐 뭉치다. 1만 불. 선장은 이미 배삯 3천 불을 선금으로 받은 것이다. 그때 후세인이 옆으로 다가와 섰다. 바질과 로간도 둘러섰다. 다가선 지노가 지폐 뭉치를 선장의 손에 쥐어 주면서 말했다.

"선장, 내가 널 죽여서 입을 막으려고 했다가 마음을 바꿨어."

그 순간 선장이 입을 다물었고 알리는 고개를 숙였다. 둘 다 예상하고 있었다. 이집트 경비정의 선원들을 모두 사살하고 바닷속에 가라앉힌 자들이다. 입을 막으려면 죽이는 것이 가장 간단한 방법인 것이다. 그때 지노가 말을 이었다.

"하지만 살려 보내겠다. 그리고 이 돈은 이분이 고맙다고 주시는 거야."

지노가 손으로 후세인을 가리켰다. 그때다. 후세인이 얼굴을 가렸던 터번을 풀었다. 아직 어둠 속이었지만 동쪽을 바라보고 선 후세인의 얼굴 윤곽이 선명하게 드러났다.

"앗!"

그때 바질이 낮게 외쳤지만 늦었다. 선장과 알리는 후세인을 알아본 것이다.

"앗!"

알리가 놀란 외침을 뱉었을 때 질색을 한 선장이 팔을 뻗었다. 알리의 팔을 움켜쥔 것이다. 그러고는 함께 몸을 돌리면서 말했다. 선장은 알고 있었던 것 같다.

"고맙습니다. 입을 다물겠습니다."

그러자 후세인이 둘의 등에 대고 말했다.

"고맙다. 여기까지 오느라 수고했다."

"아니올시다."

선장의 목소리가 덜덜 떨렸다.

"영광이었습니다, 대통령 각하."

"부디 잘살아라. 알라 아크바르."

그러자 선장과 아들 알리가 동시에 대답했다.

"알라 아크바르."

그러고는 선장이 덧붙였다.

"부디 건강하시고 나라를 되찾으시기를."

오전 7시 반.

후르가다에서 카이로로 향하는 버스 안. 시장을 가는 마을 사람들이 가득 찬 버스 안은 소란스럽다. 버스는 요르단을 횡단할 때보다 더 자주 가다 서다를 반복했는데 1백 킬로쯤 달린 후에 넷은 버스에서 내렸다.

작은 마을의 버스정류장이다. 오전 11시가 되어가고 있다.

이곳에서 카이로까지는 400여 킬로. 이번에도 후세인과 지노를 마을의 식당에 남겨두고 로간과 바질이 차를 구하러 나갔다.

이집트는 이라크나 시리아, 또는 요르단과는 다른 분위기다. 경찰이 가끔 눈에 띄었지만 느슨하다.

어느덧 지노는 긴장이 풀린 자신을 느끼고 있다. 후세인은 지금도 터번으로 얼굴을 가리고 있었는데 눈만 내놓았다. 그때 지노가 입을 열었다.

"각하, 이집트를 빨리 빠져나가야만 합니다. 느낌이 좋지 않습니다."

"느낌이라고 했느냐?"

후세인이 지그시 지노를 보았다.

"예, 각하. 우리 꼬리가 점점 길어지는 느낌입니다."

"홍해에서 자르지 못한 것이 꺼림칙하냐?"

"아닙니다."

"네 얼굴에는 그렇지 않다고 쓰여 있다."

지노가 입을 다물었고 후세인이 말을 이었다.

"난 편안하다. 시간이 지날수록 마음이 비워지는 것 같다."

"각하, 다행입니다."

겨우 그렇게 말한 지노가 길게 숨을 뱉었다. 어쨌든 경호는 자신의 몫이다. 다행이다.

초소장실로 들어선 사내들을 보자 퍼그가 눈썹을 모았다.

"누구야?"

들어선 두 사내는 허름한 군복 차림이었는데 눈빛이 강했다. 하나는 50대 초반쯤, 또 하나는 40대. 둘 다 허리에 권총을 찼다.

오후 12시 10분.

막 점심을 먹으려고 일어서려던 참이다. 그때 40대 사내가 말했다.

"난 아르카디 용병단의 본부장 부관 카터라고 합니다."

퍼그가 숨을 들이켰다.

아르카디? 아르카디는 티크리트에 둥지를 틀고 있는 용병단이다. 용병단 본부장이 사단장과 동급이라는 소문. 그때 50대 사내가 앞쪽 자리에 앉았다.

"난 용병단 본부장 깁슨이야, 상사."

"웬일입니까?"

어깨를 편 퍼그가 깁슨을 노려보았다.

"그리고 여긴 아무나 들어오는 곳이 아뇨, 본부장님."

"밖에 4사단 10연대 참모가 와 있어. 내가 같이 오자고 했지."

"……."

"이곳에는 우리 둘이 들어왔지만 말이네. 참모는 밖에 지키고 서 있네."

깁슨의 얼굴에 웃음이 떠올랐다.

"소령이네. 문을 열고 확인해보겠나?"

"됐습니다."

"뭘 좀 확인해보려고 왔어."

"하시지요."

"며칠 전에 헬기를 타고 여기로 왔지?"

"또 그 일 때문이군."

쓴웃음을 지은 퍼그가 둘을 흘겨보았다.

"이건 용병단까지 간섭을 하고 난리로군. 당신한테 대답할 의무는 없습니다. 이만 나가주실까요?"

"상사."

깁슨이 지그시 퍼그를 보았다.

"지노 장이라고 알지?"

"누구요?"

"지노 장. 알 텐데? 요즘 그자가 얼마나 유명한 놈인데. 안 그래?"

"아, 그런가?"

"그리고 상사, 지노하고 같은 부대에 있었지?"

퍼그가 눈을 가늘게 떴고 깁슨의 말이 이어졌다.

"혹시 지노하고 같이 헬기를 타지 않았나? 그리고……."

깁슨이 잠깐 말을 멈췄다.

"같이 탑승했던 정보원 중에 후세인이 끼어있지 않았나?"

깁슨이 물었을 때 퍼그가 코웃음부터 쳤다.

"이 양반이 소설을 쓰시는군. 난 지노를 본 지 3년이 넘었소. 그리고 뭐요? 후세인이라구? 나, 참."

"조종사가 정보원 중 하나가 지노하고 인상착의가 비슷하다는 진술을 했어."

"진술? 증거가 있습니까?"

"그건 나중에 찾을 것이고."

"나가시지."

"상사."

카터가 나섰다.

"말조심해. 이분은 장군 출신이야."

"전직 대통령이라도 나한테 이럴 수 없어. 나가. 나가서 헌병대나 군 감찰을 시켜서 날 심문하라고."

"그럴까?"

눈을 가늘게 뜬 깁슨이 퍼그를 노려보았다.

"우리가 그러지 않은 이유를 말해주지. 너한테 기회를 주려는 거야. 네가 우리한테 말해주면 군법회의에 회부되지는 않을 거다. 거기에다……."

깁슨의 얼굴에 웃음이 떠올랐다.

"보상을 해주지. 1백만 불이 어떻겠나?"

"1백만 불."

퍼그가 따라 말하더니 한숨을 쉬었다.

"갓댐. 내가 이 지긋지긋한 초소를 벗어나게 되겠군."

"넌 더 이상 진급도 안 돼. 네가 좋아하는 특공대로 돌아갈 수도 없고."

"마이 갓."

"네가 지노, 후세인하고 같이 헬기를 탔다는 것, 그리고 여기서 내려서 둘이 어디로 갔는지만 말해주면 돼."

"여기서 내렸다고?"

퍼그가 손가락으로 땅바닥을 가리키더니 눈을 치켜떴다.

"갓댐."

"상사, 말조심해."

다시 카터가 주의를 주었을 때 퍼그가 정색했다.

"좋아. 그럼 군법회의에 나가볼까? 나가서 당신이 날 협박한 내용까지 다 까 발려주지."

퍼그의 목소리가 높아졌다.

"어디서 날 지노하고 같이 엮으려고 하는 거야? 지노하고 팀이 되었던 군인들은 다 잡아넣겠다는 수작이지? 어디 한번 해보자."

나중에는 퍼그가 고래고래 소리를 질렀다.

초소장실을 나온 깁슨이 밖에서 기다리던 소령에게 말했다.

"소령, 별일 아니니까 신경 쓰지 않아도 되네."

참모부에서 따라 나온 소령이 이맛살을 찌푸렸다.

"알았습니다. 정식으로 절차를 밟지 않으면 우리 입장이 난처합니다."

"알았네. 문제가 생기면 내가 책임을 질 테니까."

"그건 압니다만."

그때 깁슨이 소령의 어깨를 툭툭 쳤다.

"에드, 인연이란 언제 얽힐지 모른다네. 이번에 자네한테 빚을 졌어."

소령과 헤어져 차에 올랐을 때 카터가 깁슨에게 물었다.

"저 상사 놈을 잡아다가 추궁하는 것이 낫지 않겠습니까?"

"갓댐."

깁슨이 눈을 치켜뜨고 욕설을 뱉었다. 좀처럼 욕을 안 하던 깁슨이다. 퍼그한 테서 감염이 된 것 같다. 차는 헬기가 세워진 헬기장으로 달려가고 있다. 깁슨이 입을 열었다.

"그렇게 했다가는 시끄러워진다. 정부에서도 좋아하지 않을 거고."

잠깐 눈썹을 모았던 깁슨이 카터를 보았다.

"이 상사 놈들은 수전산전 다 겪은 놈들이야. 퍼그가 요크하고 공모해서 지노 와 후세인을 빼돌렸다고 가정하고 행동하기로 하자."

"어떻게 말씀입니까?"

"후세인을 빼돌렸다면 어디로 갔겠어?"

"시리아나 사우디는 아닙니다. 요르단일 것 같습니다."

"맞다. 계속해 봐."

"요르단에서 레바논을 거쳐 지중해로 빠져나갔을 것 같습니다."

"그러려면 이스라엘, 시리아 중 하나를 통과해야 돼."

깁슨이 고개를 저었다.

"국경 경계가 심한 곳이야. 후세인을 끌고 통과하기는 어려워."

"그럼 남쪽으로 내려가 사우디로 갔을까요?"

"사우디는 넓어서 금방 눈에 띈다. 도망자는 좁고 사람이 많은 곳에 끼어 있 어야 돼."

깁슨이 말을 이었다.

"아카바를 통해 아카바 만을 빠져나가서 홍해로 들어가면 이집트야."

"……"

"이집트는 범죄자들이 숨기 좋은 곳이지. 놈들은 지금 이집트에 있을 거다."

카터는 대답하지 않았다.

깁슨의 이런 단정적 사고 때문에 헛방을 날린 것이 한두 번이 아니었기 때문이다. 그러나 그 예측이 맞았을 때는 '확실하게' 목적을 달성했다.

로간이 구해온 차는 운전사가 딸린 25인승 버스다. 전세 버스로 카이로에서 내려온 것을 렌트한 것이다. 손님을 기다리고 있다가 250불로 합의를 했는데 25명을 태운 요금을 치른 셈이다.

오후 3시.

카이로로 달려가는 버스 안. 창가의 의자에 앉아 창밖을 바라보던 후세인이 고개를 돌려 옆에 앉은 지노를 보았다.

"카이로에서 어디로 갈 예정이냐?"

"예, 알렉산드리아에서 출항하는 유람선을 렌트할 예정입니다."

지노가 말을 이었다.

"여객선을 타려면 신원조회를 합니다. 위험합니다. 그래서 유람선을 빌릴 겁니다."

"프랑스로 갈 건가?"

"예, 마르세유에 공주가 계십니다."

"연락했느냐?"

"아직 안 했습니다."

고개를 끄덕인 후세인이 터번의 헝겊으로 입을 가린 채 말을 이었다.

"마르세유에서는 어떻게 할 계획인가?"

"그건 공주님과 상의하시지요."

지노가 후세인을 보았다.

"제 임무는 두 분이 만나는 것으로 끝입니다, 각하."

"알았다."

후세인이 시선을 돌렸기 때문에 지노는 어깨를 늘어뜨렸다. 후세인은 그 이후에도 함께 있자고 했다. 그러나 그럴 생각은 없다.

용병 계약은 그것까지다.

"아카바에서 승합차 운전사가 사망한 사건이 있습니다."

카터가 보고했을 때는 오후 5시. 이곳은 티크리트의 아르카디 용병단 본부 안. 고개를 든 깁슨의 시선을 받고 카터가 말을 이었다.

"승합차는 길가에 방치되었는데 아즈 주와이쉬드에서 떠난 차입니다."

"아즈 주와이쉬드?"

깁슨이 자리에서 일어섰다. 두 눈이 번들거리고 있다.

"서둘러라."

이 한마디면 된다.

오후 6시 반.

카이로의 구시가지의 주택가.

단층인 허름한 주택 응접실에 후세인과 로간이 앉아있다. 불을 켠 방 안은 어수선하다. 바닥에 낡은 양탄자가 깔렸지만 가구는 벽에 붙여진 서랍장뿐이다.

방바닥에 로간이 사 온 생수병과 빵, 우유병이 놓여있는데 후세인은 손도 대지 않았다.

"각하, 지노가 음식을 가져오기로 했습니다. 그동안 우유라도 드시지요."

로간이 권했지만 후세인은 벽에 기대앉은 채 고개를 저었다.

"아니, 생각 없다. 그런데……."

후세인이 로간을 보았다.

"여기까지 왔으니까 내 구출 작전은 성공한 셈인가?"

"아닙니다. 아직 안심할 수 없습니다."

로간이 말을 이었다.

"지중해를 횡단해야 하는데 저나 지노도 이런 경우는 어렵습니다."

"그런가?"

"육지라면 숨을 수도 있겠지만 바다 위에서는 도망치기도 힘듭니다."

"그렇겠군."

"유람선을 빌리는 데도 금방 눈에 띌 것 같아서 지노는 방법을 짜내고 있습니다."

"어떤 방법 말이냐?"

"그건 저도 아직 모릅니다."

후세인이 소리 죽여 숨을 뱉었다. 지금은 지노에게 몸을 의탁한 상황인 것이다. 한때 일국을 통치했던 신분이 지금은 용병의 손에 맡겨진 신세가 되었다.

전화벨이 울렸을 때 카밀라가 버릇처럼 벽시계를 보았다.

오후 6시다.

벨이 울리는 전화기를 응시한 채 카밀라가 숨을 골랐다. 주택을 임대할 때 집 전화도 딸려왔기 때문에 이번 달 전화 요금도 낸 상황이다.

전화벨이 다섯 번째 울리고 있다. 저 전화로 전화를 걸어올 사람은 서너 명뿐이다. 부동산업자, 우유 배달부, 식료품가게. 생각나는 건 그들뿐이다. 그리고 또 한 명 지노다.

벨이 8번째 울리고 있다. 지노가 떠난 지 오늘로 14일째. 딱 2주가 지났다. 10번째 벨이 울렸을 때 카밀라가 전화기를 들었다.

"여보세요."

카밀라가 응답했을 때 곧 사내의 목소리가 울렸다.

"나요."

지노다. 숨을 들이켠 카밀라가 잠깐 목이 메어서 침묵했다가 대답했다.

"기다리고 있었어요."

"지금 같이 있습니다."

"아!"

"그런데 바다를 건널 일이 남았습니다."

"아!"

"그렇다고 당신을 혼자 움직이게 할 수도 없고."

"……."

"여기서 배를 타면 7일은 걸립니다."

"내가 가도 돼요."

"안 돼요. 거기서 기다려요."

지노가 말을 이었다.

"다른 곳에 연락하지도 말고. 명심해요."

"알겠습니다."

그러더니 그제야 정신을 수습한 카밀라가 물었다.

"건강하세요?"

후세인의 상태를 물은 것이다.

"예, 건강하십니다."

"고맙습니다."

카밀라가 늦게 인사를 했다. 이제는 카밀라의 목이 메었다.

"정말 수고하셨어요. 고마워요."

전화기를 내려놓은 지노가 옆에 선 바질을 보았다.

이곳은 7시. 프랑스와 1시간 시차가 난다.

"가자."

카밀라를 행복하게 만들어 주었다는 것만으로도 보람이 있다.

"밀항을 전문으로 하는 배가 수십 척입니다."

카터가 고개를 기울이며 말했다.

"오늘도 아카바 만을 내려가는 배가 서너 척이 된다는군요."

"갓뎀. 범위를 좁혀."

깁슨이 버럭 소리쳤다.

이곳은 아카바 항 근처의 단독주택 안. 오후 8시. 깁슨이 선발대 3개 팀을 이끌고 도착한 지 1시간이 지났다.

"사흘 전 밤부터 오늘까지 출항한 배를 찾아내란 말이다. 그놈들이 아직 이곳에 남아있을 리는 없지만 말야."

"예, 알겠습니다."

"서둘러!"

카터가 팀장들과 함께 방을 나갔을 때 깁슨이 다시 탁자 위에 놓인 지도를 보았다. 깁슨의 손가락이 아카바 만을 지나 홍해로 미끄러졌다. 그러고는 깁슨의 시선이 오른쪽 이집트로 옮겨졌다.

오후 10시.

지노와 로간이 카페 안으로 들어섰다. 이곳은 신시가지의 유흥가 '알마라' 거리. 카페 '보툭'은 고급 유흥주점으로 외국 관광객이 자주 찾는다.

지노는 말쑥한 양복 차림에 머리도 단정하게 깎았고 수염까지 싹 밀어서 전혀 딴사람이 되었다. 로간도 마찬가지다. 고급 양복으로 치장한 둘은 카페 분위기와 잘 어울렸다.

안으로 들어선 지노가 곧 안쪽 기둥 옆에 앉은 두 사내를 보았다. 40대쯤의 아랍인. 그러나 양복을 입었다. 둘이 다가가자 아랍인들이 일어섰다.

"아슈바 씨?"

지노가 묻자 불린 사내가 손을 내밀었다.

"예, 카밀 씨인가요?"

"그렇습니다."

악수를 나눈 둘이 제각기 일행을 소개하고 나서 자리에 앉았다. 다가온 종업원에게 마실 것을 주문한 지노가 앞에 앉은 아슈바를 보았다.

"배를 보십시다."

"예, 여기."

아슈바가 말하자 옆에 앉은 사내가 탁자 위에 카탈로그를 펼쳐놓았다. 그때 아슈바가 카탈로그를 펼치고 손으로 배 한 척을 짚었다.

"이 노르딕호는 350톤급으로 스크류가 3개, 3층 객실에 시속 40노트(74킬로)까지 나갑니다. 선원은 주방 인원까지 포함해서 18명, 승객은 25명까지 실을 수 있는 호화 유람선이죠. 20톤급 고속 보트가 실려 있고 수영장과 헬스장, 극장까지 갖춰졌지요."

지노가 입을 다물고 있을 때 아슈바가 말을 이었다.

"이 판도라호는 250톤급, 노르딕호와 비슷한 호화 유람선이지만 규모가 조금 작지요. 15톤급 고속 보트가 딸려 있고요. 그런데 더 최신형입니다."

고개를 든 아슈바가 지노를 보았다.

"노르딕호의 1달 대절료는 250만 불, 판도라호는 200만 불입니다. 기름값 제외지요."

지노와 로간이 서로의 얼굴을 보았다. 1달 동안 어느 곳을 가건 마음대로인 것이다. 아슈바는 선박 임대 회사인 '뉴월드 사' 전무다. 이윽고 지노가 입을 열었다.

"우린 가족이 10명인 데다 수행원까지 13명이오. 판도라호면 적당할 것 같습니다."

이렇게 결정을 했다.

오후 8시 반.

알렉산드리아 외항에 정박 중인 판도라호는 불을 환하게 밝히고 있다. 부두에 트랩이 내려졌고 트랩 앞에는 선장과 항해사, 갑판장 등 간부들이 제복 차림으로 도열해 서 있다. 손님을 기다리는 것이다.

"목적지는 어디라는 거야?"

선장 알렉스가 묻자 항해사 모칸이 대답했다.

"그건 탑승 후에 말하겠다는군요."

본사와의 계약은 지중해의 여러 도시다. 한 달 동안 200만 불. 본사에서 요구한 대금을 1불도 깎지 않고 계약금을 낸 것이다. 탑승자는 사우디의 부호 아즈란 일가. 아즈란은 사우디의 왕족으로 일가가 수백 명이다.

곧 선창에 대형 리무진 2대가 다가왔기 때문에 일동은 자세를 갖췄다. 검은색 리무진이 곧 그들 앞에 멈춰 서더니 사내들이 내렸다.

먼저 내린 사내는 아랍식 복장을 한 아즈란 왕족. 터번에 선글라스를 꼈고 마스크까지 썼기 때문에 얼굴을 알아볼 수는 없다. 그 뒤를 양복 차림의 사내들이 따른다. 뒤쪽 리무진에는 짐 가방이 가득 실려 있었기 때문에 선원들이 가방을 들고 배에 싣는다.

"어서 오십시오."

알렉스가 왕족에게 고개를 숙여 인사를 했다. 그러나 왕족이 고개만 끄덕였기 때문에 앞장서 안내를 했다. 그 뒤를 따르던 항해사 모칸이 수행원에게 다가와 물었다.

"나머지 일행은 언제 오십니까?"

"곧 다른 항구에서 합류하기로 했습니다. 먼저 출항합시다."

수행원이 대답했기 때문에 모칸은 입을 다물었다.

아즈란이 3층의 특실로 들어섰을 때 알렉스가 모칸에게 말했다.

"역시 왕족답게 거만하군."

"아즈란 일가가 현재 사우디 왕 압둘라의 사촌입니다. 아즈란 아무디가 집안 가장으로 압둘라의 동생이고 아들만 17명입니다."

모칸이 아는 체했다.

"아즈란 아무디는 82세. 그 자식들은 60대에서부터 30대까지 38명입니다. 공주까지 합쳐서 말입니다."

"맙소사."

"손주는 127명, 증손주도 48명이나 됩니다."

"아이구, 죽겠다."

"지금 우리 배에 탄 아즈란이 17명 아들 중의 하나인 것 같습니다."

"손주 급은 아니겠지. 배가 나온 걸 보니까 말야."

"얼굴을 가린 걸 보니까 신원을 감추려는 것 같군요. 매스컴을 피하려는 겁니다."

"그렇겠지. 그런데 가족은 어디서 태우려는 거야?"

알렉스가 투덜거렸을 때 조타실로 아즈란의 수행원 하나가 올라왔다.

"선장, 출항합시다."

알렉스의 시선을 받은 사내가 말을 이었다.

"튀니스로 갑시다."

공해로 나가기 전에 이집트 세관선이 다가왔다. 선창에서 출국자 여권 심사를 하는 것이지만 고급 유람선 판도라호는 특별대우를 해주는 것이다.

판도라호가 잠깐 정선하고 세관선에서 세관원 둘이 옮겨왔다. 그러고는 항해사 모칸이 쥐고 있던 여권에 도장을 찍고 인적사항을 적더니 돌려주었다. 여권은 4개.

"네 명이 이 배를 빌린 거요?"

세관원 하나가 놀란 표정으로 묻자 모칸이 손에 쥔 여권을 흔들었다.

"사우디 왕족이오."

"그렇군."

"이보다 더 큰 배를 빌릴 수도 있지. 이만하면 겸손하게 노는 거요."

"젠장, 부럽군. 이 배를 탈 때마다 내 신세가 처량해져."

투덜거린 세관원이 동료와 함께 세관선으로 옮겨갔다.

3층 특실의 창가에 서서 세관원이 옮겨가는 것을 본 후세인이 지노에게 말했다.

"내 여권은 어떻게 만든 거냐?"

후세인이 처음 묻는다. 지노의 얼굴에 쓴웃음이 떠올랐다.

"용병 때 알던 위조 전문가가 있습니다. 사우디의 아즈란 왕가의 아즈란 일족으로 변신하신 겁니다."

"……"

"여권 4개 위조에 20만 불 들었습니다. 조회해도 체크되지 않습니다."

"넌 별 재주가 다 있구나."

"용병에는 전문가가 많거든요. 떠나기 전에 다 알아본 것입니다."

그때 항해사한테서 여권을 받은 로간이 방으로 들어섰다.

어느덧 세관선이 멀어져 갔고 판도라호는 대양을 향해 속력을 내었다.

"알리."

뒤에서 부르는 소리에 알리가 발을 멈췄다.

밤 10시 10분.

아카바 항구 끝 쪽의 주택가 골목 안. 알리가 몸을 돌렸을 때 사내 둘이 다가왔다.

"누구야?"

집 앞이어서 알리가 낮게 물었다. 친구들하고 방금 헤어진 참이었다. 그때 사내들이 멈춰 섰고 얼굴이 드러났다. 모르는 사내들이다.

"당신들 누구야?"

알리가 다시 물었을 때다. 사내 하나가 한 걸음 다가서더니 주먹으로 알리의 옆얼굴을 후려쳤다.

"빽!"

뼈가 부딪치는 소리가 났고 알리는 허물어지듯 쓰러졌다.

눈을 뜬 알리는 머리를 흔들다가 신음을 뱉었다. 머리의 통증 때문이다. 그러나 흐려졌던 눈앞이 맑아지면서 앞에 선 사내들이 드러났다. 앞에 선 사내는 둘 그리고 옆쪽 의자에 사내 하나가 앉아있다.

숨을 고른 알리는 자신의 몸이 의자에 묶여 있는 것을 보았다. 팔다리가 테이프로 의자에 붙여져 있다. 그때 앞에 선 사내가 다가와 물었다.

"알리, 어제 2천 불짜리 오토바이를 샀더구나."

사내의 목소리는 부드럽다.

"네 아버지는 어제 은행 빚 4천 불을 갚았어. 하룻밤 사이에 거금이 들어온 셈이지."

사내가 손을 뻗어 알리의 어깨를 움켜쥐었다.

"지금 네 집에 우리 일행이 가 있어. 네 아버지, 어머니, 여동생 둘을 모두 잡고 있다."

"왜 이러는 거요?"

알리가 물었지만 목소리가 떨렸다. 그때 사내가 말을 이었다.

"네 가족을 하나씩 죽여주지. 네가 입을 열기 전에 말이다. 먼저 막내 여동생부터 죽여주지. 자, 30초 시간을 준다."

1분 후에 알리가 입을 열었다. 얼굴에서 땀을 흘리고 있다.

"후세인을 태웠어요. 후세인과 남자 셋이었습니다."

한번 입이 터지니까 알리의 말이 술술 이어졌다.

"이집트 경비정이 왔는데 그 사람들이 경비정 군인들을 다 죽이고 폭파시켰습니다. 배를 침몰시켜 버렸어요."

옆쪽 자리에 앉아있던 깁슨이 자리에서 일어섰다. 더 들을 것도 없다. 스무 살짜리 선원도 사담 후세인을 알아본 것이다.

"그래. 후세인을 어디에다 내려준 거야?"

카터가 묻자 알리는 바로 대답했다.

"이집트 후르가다 위쪽에요."

공해로 나온 배는 어둠 속을 달려가고 있다. 바다는 잔잔해서 배는 미끄러지는 것 같다.

밤 11시 50분.

3층의 특실 응접실에서 후세인과 지노가 마주 앉아 있다.

"각하, 이 배가 튀니스로 간다는 건 회사와 튀니스 항에 통보가 되었을 것입니다."

"그렇겠지."

후세인이 정색하고 지노를 보았다.

"튀니스에서 마르세유로 갈 계획이냐?"

"몰타 섬을 지날 때 갑자기 항로를 변경시켜 몰타에서 내릴 예정입니다."

"몰타에?"

"예, 그때는 밤 10시쯤 됩니다."

지노가 말을 이었다.

"멀미가 난다는 핑계로 육지에서 하룻밤 잔다고 해놓고 몰타로 들어가서 비행기를 빌릴 겁니다."

"비행기를?"

"예, 몰타의 관광회사에 예약을 해놓았습니다."

"그렇군."

후세인이 고개를 끄덕였다.

"서둘고 있구나."

"예, 내일 밤 몰타에 닿을 때까지가 위험합니다."

지노가 말을 이었다.

"선장에게는 튀니스로 간다고 믿도록 해야 됩니다."

튀니스에 도착하기 직전에 몰타로 항로를 돌리는 것이다.

오전 9시 반.

카이로 신시가지 쉐라톤 호텔. 깁슨이 카터의 보고를 받는다.

"모래밭에서 바늘 찾기입니다. 지금 카이로의 숙박 시설을 체크하고 있지만 지노 그놈이 흔적을 남길 리는 없지요."

후르가다 근처에 내린 것은 확실하지만 그 후의 흔적은 확인하지 못했다. 그러나 후세인은 카이로에 입성했을 것이다. 지금 카터는 팀원들과 함께 카이로의 숙박 시설을 체크하고 있는 중이다. 그때 깁슨이 입을 열었다.

"여행사나 관광업체를 체크해. 비행기, 유람선의 전세 여행도. 비행기, 여객선 타려고 세관 검색대를 빠져 나갈 리는 없으니까 밀항선까지 조사해야 된다."

이쪽도 전문가인 것이다.

판도라호 안. 시속 35노트(64킬로)로 달리는 판도라호 조타실에서 선장 알렉스에게 항해사 모칸이 말했다.

"아즈란 씨는 특실에서 나오지 않습니다. 수행원은 아즈란 씨가 뱃멀미를 한다는군요. 식사도 룸서비스를 시켰습니다."

"사막에서 살던 놈들이라 그래."

알렉스가 쓴웃음을 지었다.

"옛날에는 낙타 타고 양젖이나 마시던 놈들이 오일 덕분에 우리를 하인 취급하는 세상이 되었지."

"팁을 100불씩 주는 바람에 선원들 사이에는 인기가 좋습니다."

모칸이 말을 이었다.

"돈이면 다 되는 세상이라니까요."

CIA 카이로 지부장 데이비드 톰슨은 52세. CIA 경력 25년의 베테랑이다. 경력 중에서 중동지역 근무가 18년이라 CIA 중동지역 조정관도 겸하고 있다. 부국장

보 급 직책으로 CIA 내부 서열로는 10위권이다.

데이비드가 깁슨의 방문을 받은 것은 오후 2시.

오전 10시에 국무부 중동지역 담당국장이 연락을 해왔고 이어서 11시에 깁슨이 직접 데이비드에게 면담 요청을 해온 것이다. 절차를 지킨 면담이어서 데이비드는 지부장실에서 깁슨을 맞았다.

깁슨은 부관 카터와 동행이었는데 데이비드는 보좌관 샤크를 참석시켰다. 인사를 마치고 자리에 앉았을 때 깁슨이 바로 용건을 꺼냈다.

"후세인이 이집트로 잠입한 것 같습니다. 후세인을 보호하고 있는 놈이 누군지 아십니까? 바로 지노 장입니다."

데이비드가 눈을 치켜떴지만 입을 열지는 않았다. CIA가 그것을 모르고 있다는 것에 충격을 받은 것이다. 그때 깁슨이 말을 이었다.

"지노가 이라크에 잠입해서 티크리트에 숨어있던 후세인을 데리고 나간 겁니다. 지노는 후세인의 육성 테이프를 반출해 나간 후에 다시 이라크에 들어온 것이지요."

그러고는 깁슨이 지노의 행적을 설명하는 동안 데이비드는 듣기만 했다. 이윽고 요르단에서 지노가 어선으로 후르가다에 온 내용까지 이야기를 마쳤을 때 데이비드가 입을 열었다.

"지금 후세인이 카이로에 잠입해 있단 말이지요?"

"이틀 전 밤에 이집트에 상륙했으니까 이미 카이로에 와 있을 겁니다."

"여기가 목적지는 아니겠군."

"그렇지요."

"지노가 후세인의 딸 카밀라와 함께 탈출했지 않습니까?"

"그렇습니다. 그러고는 이번에 후세인을 데리고 나간 것이지요."

"이라크에 미군이 깔렸는데 대단하군."

"CIA에서 도와주셔야겠습니다."

깁슨이 말을 이었다.

"후세인이 빠져나간 것이 드러난다면 미국의 망신입니다."

"갓댐."

데이비드가 옆에 앉은 보좌관 샤크를 보았다.

"샤크, 조사해."

"예, 알겠습니다."

고개를 든 데이비드가 깁슨에게 말했다.

"진즉 말해주었다면 손을 쓰기가 더 쉬웠을 텐데요."

"우리가 확신한 것은 어제 아카바에서 어선 선장을 잡았을 때였습니다."

깁슨이 쓴웃음을 짓고 말했다.

"우리도 바로 말씀드린 겁니다."

CIA 지부를 나온 깁슨이 카터에게 투덜거렸다.

"병신들이 보고 안 했다고 불평이군."

"어쨌든 CIA도 발등에 불이 떨어진 셈이 되었습니다. 영향력을 발휘해서 공항, 항구를 수색할 수 있겠지요."

카터가 위로하듯 말했다.

"일행이 4명이라는 것까지 알게 되었으니까요."

"지노가 어디로 갈까?"

"유럽입니다. 아프리카로 갈 것 같지는 않습니다."

카터가 말을 이었다.

"카다피가 받아줄 리는 없고 다른 나라로 가면 금방 표시가 납니다."

"……."

"이태리나 프랑스, 스페인 또는……."

"프랑스에서 후세인 테이프를 뿌렸으니 그쪽에 갈 건가?"

"후세인의 딸도 프랑스에 있을 것 같습니다. 지노가 그 딸은 유럽에 두고 갔 겠지요."

"프랑스인가?"

그때 택시가 왔기 때문에 둘은 말을 그쳤다. 이제 CIA와 공동 추적이 시작되 었다.

오후 3시 반.

조타실로 들어온 지노가 선장 알렉스에게 말했다.

"선장, 여기서 가장 가까운 항구가 어딥니까?"

"몰타지요."

알렉스가 바로 대답하고 나서 물었다.

"왜 그러십니까?"

"아무래도 주인께서 좀 쉬셔야 할 것 같아서. 몰타 항에 잠깐 정박합시다."

"그렇습니까?"

알렉스가 선선히 고개를 끄덕였다.

"4시간 후면 도착합니다."

앞쪽으로 몰타 섬이 보이고 있다. 옆에 서 있던 항해사 모칸이 지노에게 말 했다.

"왕자께서 뱃멀미를 심하게 하시는 모양이군요."

"예, 컨디션이 좋지 않으셔서 그럽니다."

지노가 웃음 띤 얼굴로 말을 이었다.

"몰타에서 좀 쉬고 튀니스로 가시는 것이 나을 것 같아서요."

알렉스와 모칸이 동시에 고개를 끄덕였다. 주인이 가자는 곳으로 가면 되는 것이다. 판도라호는 한 달간 아즈란 왕자의 소유나 마찬가지니까.

지노가 조타실을 나왔을 때 알렉스가 웃음 띤 얼굴로 모칸에게 말했다.

"봐라. 낙타 타고 다니던 놈들의 유전자가 배에서 뱃멀미를 하는 거다. 촌놈 들이지."

모칸은 대답하지 않았다.

오후 4시 반.

CIA 카이로 지부장 보좌관 샤크가 지부장 톰슨에게 서류를 내밀었다.

"여기, 유람선 임대 내역입니다. 최근 이집트에서 3일 동안 427건의 임대 계약을 했는데 외국으로 나간 유람선은 49척입니다."

서류를 훑어보던 톰슨이 손으로 한 곳을 짚었다.

"사우디 아즈란 왕자가 유람선 여행을 하는군."

"가족 10명의 여행입니다."

"갓댐. 판도라호, 이 정도 배면 수백만 불을 내야 할 텐데."

"한 달간 2백만 불로 계약했습니다."

"아즈란의 몇 번째 왕자야?"

"확인해볼까요?"

"놔둬."

다시 서류를 훑어보던 톰슨이 고개를 들었다. 의심이 가는 임대자는 발견하지 못한 것이다.

"구시가지의 여관을 훑어봐, 정보원을 총동원해서."

톰슨이 서류를 건네주며 말했다.

"이 서류는 아르카디 측에 넘겨줘."

오후 7시 반.

몰타 항에 정박한 판도라호에서 네 사내가 하선했다. 판도라호의 연락을 받은 몰타의 특급호텔 아레나에서 보낸 리무진에 오른 넷은 곧장 시내로 향했다.

아즈란 왕자 일행은 오늘 밤 아레나 호텔에서 묵고 내일 오후에 판도라호로 돌아올 예정이다.

"아레나 호텔 펜트하우스 1박 요금이 1만 5천 불입니다."

항해사 모칸이 멀어져가는 리무진을 바라보면서 말했다.

"내 석 달 월급이 넘는단 말입니다."

"난 3년쯤 전에 아부다비 왕족을 태웠는데 저보다 더 했다."

알렉스가 어깨를 치켰다가 내리면서 말을 이었다.

"난 5일간 그 왕족을 태웠는데 팁으로 3만 불을 받았어. 1만 불짜리 뭉치를 3개 받았단 말야."

"아즈란 왕자가 그럴지도 모릅니다."

모칸이 말하자 알렉스가 눈을 치켜떴다.

"야, 내가 웨이터냐? 난 그런 거 안 받는다. 내가 그 돈 받고 얼마나 구설수에 시달린 줄 알아? 본사에 사유서까지 썼단 말이다."

조타실 밖 난간에 나란히 선 알렉스가 목소리를 낮췄다.

"이번에는 남 안 보는 데서 줬으면 좋겠군. 지난번에는 다 보는 데서 주는 바람에 혼이 났지만 말야."

오후 8시.

카터가 깁슨에게 보고했다.

"아즈란 왕자 17명 중 현재 4명의 위치가 파악되지 않았습니다."

이곳은 카이로의 인터컨티넨탈 호텔 특실 안. 깁슨이 이곳으로 본부를 옮겼다. 카터가 말을 이었다.

"외국에 나가 있는 왕자가 5명, 국내에 있는 왕자가 8명인데 4명이 현재 파악 중입니다."

"자식도 되게 많이 낳았군."

"예, 정식 와이프가 4명인데 2명이 더 있습니다. 그래서 6명한테서 낳은 자식들입니다."

"갓댐."

깁슨이 고개를 들고 카터를 보았다.

"여기, 모나코호로 항해 중인 185명 말야. 이놈이 수상한데."

유람선 모나코호를 전세 낸 185명이 그리스 해상을 떠돌고 있다. 국적이 미국, 프랑스, 독일, 두바이까지 다양하고 5개 가족이다. 그중 남자들 모임만 8개다. 호화 유람선 모나코호는 1,200톤. 2개월 예정으로 아프리카까지 돌아온다.

"지금 모나코호는 어디 있지?"

깁슨이 모나코호에 집중했다.

오후 9시 반.

호텔 후문으로 나온 후세인과 지노가 어둠에 덮인 옆쪽 거리로 20미터쯤 다가갔을 때다. 승합차 1대가 다가오더니 옆에 멈춰 섰다. 차 안에는 로간과 바질이 타고 있다.

운전석에 앉아있던 사내가 지노를 보더니 손을 들고 알은체를 했다. 지노가 후세인을 먼저 태우고 운전사 옆자리에 올랐다.

"폴."

지노가 손을 내밀어 운전사와 악수를 했다. 30대 후반쯤의 백인. 푸른 눈에 잿빛 머리카락의 폴 커밍스는 미 공수특전단 지원단 소속의 조종사 출신이다. 34세. 대위로 전역 후에 몰타에서 관광회사를 운영하는 중이다.

차를 발진시키면서 폴이 힐끗 백미러를 보았다. 차 안의 손님들을 보는 것이다. 후세인이 지금도 마스크를 쓰고 있었기 때문에 폴이 고개를 돌려 지노에게 낮게 물었다.

"저분은 누구야?"

"내 고객."

"용병 일의 고객?"

"그래."

"어디 가려고?"

지노가 목소리를 낮췄다.

"마르세유."

"밀입국이겠군."

"그러니까 너한테 이야기했지."

마르세유에서 출발하기 전에 폴에게 연락을 했던 것이다. 네 비행기를 쓸지도 모르니까 대기하라고만 했다.

승합차는 구불구불한 산길을 달려가고 있다. 깊은 밤. 오가는 차량도 없었기 때문에 차의 전조등이 멀리까지 비추고 있다. 산길을 벗어나 평지를 달릴 때 폴이 다시 물었다.

"여기까지 어떻게 온 거야?"

"배로."

"그것도 밀항인가?"

"아냐. 유람선을 타고 잠깐 정박한 거야."

"그럼, 네 흔적이 남았겠는데."

"가명을 썼어."

"1인당 10만 불씩 내."

"그동안 도둑놈이 되었구나, 대위."

그때 폴이 고개를 돌려 뒤를 보았다.

"각하, 모시게 되어서 영광입니다."

후세인에게 한 인사다. 후세인도 놀라 눈을 크게 떴고 바질과 로간도 숨을 들이켰다. 폴이 이제는 백미러에 대고 말을 이었다.

"각하, 차에 타실 때 알아보았습니다. 저는 미군 출신이지만 각하에 대한 적개심은 1그램도 없는 사람입니다. 오히려 존경하고 있지요. 잘 모시겠습니다."

"그만 닥쳐."

당황한 지노가 말렸을 때 후세인이 마스크를 벗으며 웃었다.

"이제 살겠구만."

"각하, 폴 커밍스라고 합니다. 전에 미 특공대 대위로 수송기 조종사였습니다."

"반갑네, 대위."

"각하, 저로서는 일생 최대의 영광입니다."

"도망 다니는 내가 부끄럽네."

후세인이 처연해진 얼굴로 말을 잇는다.

"내 나머지 인생은 이렇게 도망치다가 끝날 것 같네."

30분쯤 승합차가 평원을 달리더니 곧 비행장 안으로 들어섰다. 2층 시멘트 건물이 세워졌고 그 옆쪽에 4층 높이의 전망대가 있다. 작은 비행장이다.

밤 10시 10분.

승합차는 불이 꺼진 건물 옆에 다가가 멈춰 섰다.

"여깁니다, 각하."

폴이 말하더니 차에서 내렸다. 따라 내린 지노는 2층 건물 뒤쪽이 바다인 것을 보았다. 바닷가로 온 것이다. 판도라호가 정박한 반대쪽 바닷가다. 그때 폴이 손으로 계단 아래쪽을 가리켰다.

"저기."

지노는 바다에 떠 있는 수상비행기를 보았다. 2개의 부유체에 의해 떠 있는 비행기는 2개의 프로펠러 엔진이 장착되었고 창이 6개나 되었다. 20인승은 거뜬하다.

모두 차에서 내려 어둠에 덮인 바다 위에서 흔들리는 비행기를 보았다. 그때 폴이 말했다.

"저 비행정으로 제가 마르세유 앞바다까지 모시겠습니다, 각하."

지노가 고개를 돌려 후세인을 보았다.

이제 후세인은 얼굴을 다 드러내고 어깨까지 편 자세다. 후세인은 비행기를 응시한 채 입을 열지 않았다. 무슨 생각을 하는 걸까?

10시 20분에 판도라호 선장 알렉스는 몰타 시내에서 걸려온 전화를 받았다. 전화는 아즈란의 수행장 카밀이다. 지노가 한 것이다.

"예, 카밀 씨, 왕자께선 괜찮으십니까?"

"아, 그것 때문에요."

지노가 바로 대답했다.

"왕자께서 육지에서 3, 4일 쉬고 배에 타신다고 합니다. 그러니까 선장께선 항구에 그대로 계시든지 3, 4일 동안 다른 일을 하셔도 되겠습니다."

"아유, 다른 일을 하다니요."

알렉스가 펄쩍 뛰었다.

"판도라호는 한 달간 왕자님의 배입니다. 항구에서 기다리지요."

"알겠습니다. 우리는 섬 관광이나 할 겁니다."

"왕자님께서 건강한 몸으로 승선하시기를 기다리겠습니다."

알렉스로서는 이런 손님이야말로 특급 손님이다. 3, 4일 동안 항구에 배를 정박시켜놓고 자신도 몰타 관광이나 하기로 마음먹었다.

오후 10시 40분.

기름을 가득 채운 수상비행기가 바다를 향해 기수를 돌렸다. 두 개의 프로펠러가 맹렬하게 회전하기 시작했고 부유체가 물 위를 미끄러지는 소리가 울렸다.

몰타에서 마르세유까지는 2천 킬로가 넘는다. 시속 400킬로 정도인 수상비행기는 도중에 사르디니아 섬의 칼랴리 근처에서 내려 기름을 공급받은 후에 다시 날아갈 예정이다.

비행시간은 6시간, 주유 시간 1시간을 포함해서 7시간 후인 내일 오전 6시에는 마르세유 근처의 바닷가에 도착할 예정이다.

비행기가 바다를 박차고 밤하늘로 떠올랐을 때 조종석 뒤로 다가간 지노가 폴에게 말했다.

"폴, 영공 감시에 걸리지는 않겠지?"

"걱정 마. 1천 피트(300미터) 높이로 날아가고 있어서 배인지 비행기인지 모를 테니까."

고개를 돌린 폴이 이를 드러내고 웃었다.

"내가 장사가 잘 안 되어서 이걸로 밀수를 좀 했다."

"갓뎀. 그럴 줄 알았어."

"프랑스 영해로 들어가면 감시가 좀 세지는데 500피트(150미터) 이하로 내려가면 레이더에 보였다 안 보였다 하는 거야."

"마르세유 근처에는 해가 뜨기 전에 도착했으면 좋겠는데."

"7시 이전에는 불가능해. 하지만 네 의도는 아니까 인적이 없는 바닷가에 내려주지."

"부탁한다."

"40만 불 주는 거냐?"

"네 계좌로 송금시켜주지. 도착하면 말이다."

"너 어떻게 하려는 거야?"

정색한 폴이 지노를 보았다. 조종실 안에는 둘뿐이다. 이제 수상비행기는 어둠 속을 똑바로 날아가고 있다. 엔진음이 크게 울리지만 비행기는 흔들리지 않는다. 지노가 쓴웃음을 지었다.

"너, 후세인 대통령의 육성 테이프 들었어?"

"들었어."

대답했던 폴이 눈을 크게 떴다.

"아니, 그렇다면……."

"그래. 내가 그 테이프를 이라크에서 가져와 프랑스에서 터뜨렸다."

"마이 갓."

"그러고 나서 다시 이라크로 들어가 후세인 대통령을 탈출시키고 있는 거야."

"영웅이군."

폴이 콧등을 찌푸리며 지노를 보았다.

"패망한 이라크의 영웅."

"용병이야, 폴."

"얼마 받았는데?"

"너만큼은 돼."

"갓댐. 난 비행기까지 계산에 쳐야 되니까 네가 무지하게 많이 받는 셈이군."

지노는 고개를 끄덕였다. 카밀라가 나눠준 지노의 몫이 1억 불이다. 물론 그 돈으로 판도라호를 빌렸고 지금까지의 모든 경비, 로간, 바질의 수당까지 지급했지만 엄청난 금액이다. 폴이 내막을 알면 기절을 할 것이다. 그때 폴이 말을 이었다.

"지노, 마르세유에서 뭐 하려는 거냐?"

"누굴 만나려는 거야."

"만나서 뭐 하는데?"

폴이 덧붙였다.

"또 어디로 간다면 내 비행기를 써. 물론 요금을 내고."

"……."

"내가 밀수를 해온 경험에 의하면 이 갈매기호로 바다 위 20피트(9미터) 높이로 날아가면 누구도 못 잡아. 내 경험으로 말해주는 거다."

폴이 갑자기 기수를 숙여 비행정을 하강시켰기 때문에 지노가 좌석을 움켜쥐었다. 폴이 말을 이었다.

"말만 해, 지노. 이 갈매기를 각하 전용으로 쓰란 말이다, 싸게 받을 테니까."

"아즈란이 이상합니다."

카이로 CIA 지부, 정보담당관 베링턴이 보좌관 샤크에게 전화를 했을 때는 오전 12시 10분. 늦은 밤이다.

베링턴은 지금 사무실에서 숙소에 있는 샤크에게 연락을 한 것이다. CIA 카이로 지부도 현재 비상 상황이다. 워싱턴의 국무부, 백악관까지 비상 상태가 되었고 지부장 톰슨은 오후에 두 번이나 국장의 전화를 받았다.

"뭐가?"

얼떨떨한 상태로 샤크가 되묻자 베링턴이 서둘러 대답했다.

"유람선 판도라호에 탑승한 사우디 아즈란 왕자 말씀입니다."

"그래서?"

"탑승 가족이 13명으로 기록되었지 않습니까?"

"그걸 내가 어떻게 기억하냐?"

샤크가 버럭 소리쳤다.

"유람선이 수십 척이고 손님이 수백인데."

"아즈란 왕자는 판도라호에 가족이 13명 탑승한다고 했는데 알렉산드리아에서는 4명이 타고 떠났습니다."

"……."

"선사에서 제출한 기록만 참조했기 때문이죠. 조금 전 세관에서 제출한 기록에는 4명입니다."

"……."

"선사에 확인했더니 나머지 가족은 튀니스에서 탑승하기로 했다는군요."

"갓댐."

"남자 넷, 사우디 왕자 아즈란과 수행원 셋입니다."

"지금 배는 어디에 있나?"

"튀니스를 향해 다가가고 있을 거라고 합니다."

"좋아. 나도 지금 회사에 갈 테니까 판도라호를 추적해."

"알겠습니다."

"수고했어."

그제야 칭찬을 한 샤크가 서둘러 전화기를 내려놓았다.

그렇다. 선사에서 보낸 서류와 세관 서류를 대조했어야 했다. 100개 중 1개가 흘리는 곳에서 사고가 나는 것이다.

30분 후.

공동작전이었기 때문에 깁슨이 CIA의 연락을 받는다. 샤크가 연락을 해준 것이다. 내막을 전해 들은 깁슨이 화들짝 놀라 소리쳤다.

"판도라호입니까?"

어쨌든 간에 CIA다. 아르카디 용병단이 규모가 크다고 해도 CIA의 정보력, 행동력에 비교하면 코끼리 발밑의 뱀이다.

다시 30분 후.

CIA 지부 회의실에서 CIA, 아르카디 연합 회의가 열렸다. CIA 지부장 톰슨과 깁슨이 참모들을 이끌고 대책회의를 한다.

"지금 판도라호는 몰타에 정박하고 있어요."

톰슨이 새 정보를 내놓았다.

"아즈란의 뱃멀미 때문에 육지에 내렸다는 거요. 지금 아즈란 일행은 몰타의 호텔에 투숙하고 있습니다."

"가야 합니다."

깁슨이 대번에 말했다.

"우리 특전팀을 보내겠습니다. CIA에서 비행기만 협조해주시지요."

톰슨이 고개를 돌려 샤크를 보았다. 그때 샤크가 말했다.

"제42 공군기지에 C-130H가 있습니다."

"C-130에 2개 팀을 실어 보내지요."

깁슨이 말을 받았을 때 카터가 정색했다.

"C-130이면 몰타까지 2시간이면 갑니다. 몰타 공항에 착륙할 필요도 없습니다. 호텔 근방 상공에서 낙하하면 되니까요."

"좋습니다."

톰슨이 손을 뻗어 전화기를 집으면서 말했다.

"지금 비행기를 준비시키지요."

고도 100피트(30미터) 높이에서 날아가던 수상기가 갑자기 흔들리더니 엔진 음이 이상해졌다. 몰타를 떠난 지 3시간. 현재 시간은 오전 2시 반이 되어가고 있다.

뒤쪽 좌석에 앉아있던 지노가 조종석으로 들어갔을 때 폴이 소리쳐 말했다.

"칼랴리에 닿지 못하겠어. 도중에 작은 섬이 있는데 거기 착륙해야겠다."

"고장이야?"

"기름도 떨어져 가는데 주유 호스가 막힌 것 같다."

"갓댐. 고물이로군."

"안전하니까, 걱정 마."

"어떤 섬이야?"

"마들렌 섬이라고 주유소는 있어. 지도상에도 없는 섬이야."

"시간이 얼마나 걸릴 것 같나?"

"내려서 봐야 돼."

엔진의 털털거리는 소음이 심해지고 있었기 때문에 지노가 창밖의 프로펠러를 보았다. 밤이어서 윤곽만 보인다.

"얼마 남았어?"

수상기의 진동이 더 거칠어졌다. 앞쪽을 노려본 채 폴이 소리쳐 대답했다.

"10분!"

섬 주변의 파도가 높았기 때문에 폴은 섬에서 1킬로쯤 떨어진 바다 위에 수상기를 착륙시켰다. 그때는 엔진이 떨어져 나갈 것처럼 덜컹거려서 모두 사색이 되어있을 정도였다.

폴은 바다 위에 뜬 수상기를 마치 트럭처럼 조종하여 해안으로 끌고 왔다. 수상기는 파도를 따라 솟아올랐다가 곤두박질로 내려가기를 반복하더니 마침내 모래사장에 닿았다.

좁은 모래사장이다. 암초가 있었다면 여지없이 수상기는 부서졌을 것이다. 가슴을 조이고 있던 모두 숨을 내쉬었을 때 후세인이 웃음 띤 얼굴로 말했다.

"내가 수상기는 처음 타보는데 안전하구나."

모두 눈만 껌뻑였고 후세인이 말을 이었다.

"만일 바퀴 달린 비행기가 이런 정도로 땅에 내렸다면 이미 산산조각이 났을 것이다."

맞는 말이다.

그 시간에 카이로 외곽의 미 제42 공군기지에서 C-130H가 활주로를 박차고 이륙했다.

C-130H는 4개의 터보프롭엔진을 장착한 수송기로 항속거리는 3,800킬로, 순항속도는 시속 540킬로다. 그러나 공수대 2개 팀 20명을 태운 C-130H는 서쪽으로 기수를 틀더니 최고속도를 내었다. 시속 600킬로다.

나란히 앉은 팀장 마틴과 베일은 각각 네이비씰, 레인저 출신으로 지노와는 안면이 없다. 둘 다 아르카디의 고참 요원인데 깁슨이 직접 선발한 것이다.

"지노가 몰타에 있는 건 맞는 거야?"

마틴이 묻자 베일이 고개를 끄덕였다.

"판도라호가 몰타에 정박하고 있는 건 조금 전에도 확인했어. 네 놈이 시내 아레나호텔에 투숙 중인 것도 확인했고."

"갓댐. 그 넷 중에 후세인과 지노가 있는 건 맞나?"

"거의 확실해."

"이제야 잡는군."

"CIA가 나서주지 않았다면 힘들었어. 우리는 몇 단계 뒤만 쫓았으니까."

"현상금은 어떻게 되는 거야?"

마틴이 정색하고 베일을 보았다.

"후세인 현상금이 1억 불이야."

"CIA하고 나눠 갖겠지."

"그럼 우리가 5천만 불? 그렇게 되면 너하고 내 몫은?"

"좀 떼어 주겠지."

"갓뎀. 푼돈이나 만지겠군."

베일이 한숨을 뱉었다. C-130H는 굉음을 내며 날아가고 있다.

오전 3시 40분.

오른쪽 엔진의 뚜껑을 열고 안을 들여다보던 폴이 고개를 들고 옆에 선 지노를 보았다.

"맞아. 연료 호스가 낡아서 연료가 새나갔던 거야. 고무호스가 아니라 연결 부분의 이음 부분을 교체해야 돼. 부속은 있으니까 걱정 마."

수상기는 바닷가 끝부분에 있었는데 파도에 조금씩 흔들리고 있다.

아직 세상은 어둡다. 이곳에서 민가는 보이지 않지만 낮은 언덕을 넘으면 반대편에 어민들의 주택이 흩어져 있다. 그 중심 부근에 불빛을 비추는 이층 시멘트 건물이 가게다. 저곳에서 기름도 판다는 것이다.

엔진 연결 부분을 풀면서 폴이 말을 이었다.

"이 섬에는 주민 50여 명이 살아. 하지만 어선들이 자주 들르는 곳이라 기름도 팔고 어구도 준비되어 있어."

"고치려면 얼마나 걸리겠어?"

"3시간쯤."

"그럼 날이 밝겠는데."

하늘을 쳐다본 지노가 고개를 돌려 옆쪽을 보았다. 수상기 안에는 후세인이 쉬고 있다. 그때 밖으로 로간이 나왔기 때문에 지노가 말했다.

"로간, 그동안 우리는 기름을 사 와야겠다."

오전 4시 30분.

마틴과 베일이 인솔하는 2개 팀 20명이 몰타 섬 중심의 고원지대에 모였다. 방금 C-130H에서 낙하한 것이다.

아직 깊은 밤. 그러나 30분쯤 후에는 동녘이 밝아올 것이다. 마틴이 베일에게 말했다.

"그럼 호텔로 가자."

베일이 고개를 끄덕였다. 모두 전문가여서 낙하할 때 부상당한 대원은 없다. 이미 작전은 다 숙지한 상태여서 호텔을 포위, 넷을 잡는 것이다.

위장복 차림에 완전무장한 팀원들은 어둠 속으로 일사불란하게 사라졌다. 이곳에서 호텔까지는 2킬로. 30분 안에 도착할 것이다. 날이 밝겠지만 상관할 것 없다. 방해물은 무조건 제거할 것이다.

"칼랴리까지는 50킬로 정도야."

볼트를 조이면서 폴이 말했다.

오전 5시 반.

이미 날은 밝아서 옆쪽 언덕의 숲도 선명하게 드러났다. 파도가 밀려와 수상기의 유선형 부유체를 흔들고 있다. 다행히 밀물이 몰려오고 있어서 수상기가 바다로 나가는 데 지장이 없게 되었다. 폴이 고개를 들고 지노를 보았다.

"지노, 가게에 항공유가 있어. 20리터 통에 들어있는데 10통만 가져와."

폴이 말을 이었다.

"가게주인은 고르발이란 인도인인데 내 이야기를 하면 줄 거야. 1통에 100불씩 주면 돼."

지노가 고개를 들었다.

"외부에 연락하면 어떻게 하지?"

"그건 네가 알아서 판단해."

외면한 폴이 대답했다.

"고르발의 가게는 유일하게 외부와 통신할 수 있는 곳이야. 방송도 들을 수 있고."

오전 5시 40분.

호텔 복도에 선 베일이 눈짓을 하자 곧 대원 둘이 해머로 문을 내려쳤다.

"꽝! 꽝!"

단 두 번의 해머질에 문짝이 부서졌고 대원들이 쏟아져 들어갔다.

"꽝! 꽝!"

동시에 옆쪽 2개의 방도 문짝이 부서지는 소리가 건물을 울렸다. 5층짜리 호텔의 5층 특실 복도에는 베일의 팀원 10명이 와 있었고 마틴의 팀은 호텔 밖을 둘러싸고 있다.

베일은 후세인의 방으로 지목된 맨 끝 방으로 뛰어 들어갔다. 대원들의 뒤를 따라간 것이다.

"확인!"

"확인!"

이쪽저쪽에서 외침 소리가 들리더니 곧 대원 하나가 베일에게 보고했다.

"비었습니다!"

베일은 어금니를 물었다. 비었다니. 그때다.

"타타타타탕."

총성이 울렸기 때문에 베일이 고개를 들었다.

"쿠콰쾅!"

이번에는 폭음이 울렸다.

"무슨 일이냐?"

베일이 소리치자 곧 복도를 달리는 발자국소리가 들리더니 대원 하나가 방문 앞에서 보고했다.

"경비원들이 무기를 꺼내는 바람에 사살했습니다."

그때 매캐한 연기 냄새가 났기 때문에 베일이 복도로 나왔다. 수행원의 방에서 연기가 쏟아져 나오고 있다.

"뭐야?"

베일이 다시 소리쳤다. 그때 수행원의 방에서 나온 대원이 보고했다.

"문이 열리지 않아서 수류탄을 던졌거든요. 방에 불이 났습니다."

베일이 어금니를 물었다. 방은 비었다.

오전 6시 10분.

가게 문이 닫혀 있었기 때문에 지노가 문을 두드렸다. 세 번째 두드렸을 때 안에서 인기척이 들렸다.

"누구요?"

"고르발 씨? 문 열어요."

그때 문이 열리더니 50대쯤의 인도인이 드러났다. 셔츠 차림에 검은 얼굴, 반

48

백의 머리, 마른 체격이다.

"누구요?"

지노와 옆에 선 바질을 본 고르발이 눈을 가늘게 떴다.

"배를 타고 오신 거요?"

"아니. 우린 비행기를 타고 왔습니다."

"아, 수상기?"

"맞습니다."

"여긴 낚시하러 온 겁니까?"

"예, 그렇죠."

"그런데 여긴 왜?"

"항공유가 있다던데요."

"있지요."

고개를 끄덕인 고르발이 옆으로 비켜섰다.

가게 안으로 들어선 지노가 상품들을 둘러보았다. 상품은 빈약하다. 이곳에 민박집 수준의 여관이 5, 6채 있는데 모두 관광객용 상품이다. 그때 지노의 시선이 가게 안쪽에 놓인 TV에 옮겨졌다. TV는 꺼져있다.

"TV 켜봅시다."

지노가 말했을 때 고르발이 고개를 흔들었다.

"TV는 안 나옵니다. 라디오는 들을 수 있지요."

고르발이 손으로 TV 위쪽의 라디오를 가리켰다. 트랜지스터라디오가 놓여있다. 고르발이 창고에서 항공유를 꺼내는 동안 지노가 라디오를 켜고 주파수를 맞췄다. 이탈리아어가 나오고 잡음이 울리더니 곧 영어 방송이 나왔다.

"몰타의 아레나호텔 폭발로 현재 사망자는 2명, 부상 4명입니다."

순간 지노가 숨을 들이켰다. 뒤쪽에 서 있던 바질이 다가왔다. 그때 사내의 목소리가 이어졌다.

"아레나호텔을 습격한 일당은 현재 도주한 상태인데 몰타 경찰은 이것이 테러단체의 소행이라고 추측하고 있습니다."

지노와 바질이 서로의 얼굴을 보았다. 그때 고르발이 지하실 입구에서 말했다.

"항공유 가져가시오. 1통당 110불이오."

"놈들이 몰타까지 따라왔어."

항공유를 내려놓은 지노가 폴에게 말했다. 폴은 엔진을 켜고 누유를 체크하는 중이었다. 놀란 폴이 고개를 들고 지노를 보았다.

"몰타에?"

"그래."

지노가 몰타의 방송 내용을 말해주자 폴의 눈이 흐려졌다.

"그놈들이 공정부대를 투입했군."

"그래. 아르카디의 공정팀이 CIA의 주선으로 미국 수송기를 탄 거지."

둘은 엔진 옆에 나란히 서서 대화 중이다. 폴이 안쪽 바다를 보았다.

오전 6시 45분.

맑은 날씨다. 잔잔한 바다 위에 아침 햇살이 비치고 있다. 이윽고 폴이 말했다.

"밤까지 여기 숨어있는 것이 낫겠다. 낮에는 저공비행이 오히려 눈에 띄거든. 어선이 신고를 하면 골치 아파져."

"여기까지 오는 건 추적당하지 않았겠지?"

"추적당했으면 진즉 이곳으로 날아왔겠지. 내가 특공대 조종사 출신이야."

"그렇군."

"문제는 가게주인이야. 그놈이 경비대에 신고를 하거나 관할 관청에 연락을 하면 끝장이야."

"그럼 내가 다시 가게로 가야겠다."

"가서 어떻게 하려고?"

"그놈은 혼자 살더군. 안쪽 살림집에는 혼자뿐이었어. 가족은 칼랴리에 있다고 했어."

"그런가?"

허리를 편 지노가 폴을 보았다.

"내가 알아서 할게, 폴."

수상기 안으로 들어가 보았더니 후세인은 의자를 길게 펴고 누워 있었다.

"응, 다녀왔나?"

머리를 든 후세인이 밝은 표정으로 묻더니 일어나 앉았다.

"예, 각하. 그런데 출발은 밤이 되어야 할 것 같습니다."

다가선 지노가 옆쪽 자리에 앉았다.

"낮에는 더 위험할 것 같아서요."

"그럼 할 수 없지."

"밖에서 산책이나 하시지요. 이쪽은 인적도 없습니다."

"그래 볼까?"

"전 언덕 넘어 가게에 다녀오겠습니다."

"아까 다녀왔지 않나?"

"또 갈 일이 있습니다."

지노가 인사를 하고 수상기 밖으로 나왔다. 밑에서 기다리던 로간에게 후세인의 아침 식사를 부탁한 지노가 다시 바질과 함께 언덕을 넘어갔다.

"어? 또 사 갈 게 있소?"

고르발이 가게 안으로 들어서는 지노에게 물었다.

"응. 이것저것."

가게 안을 둘러보는 시늉을 하면서 지노가 물었다.

"주인, 여기 주민이 몇 명이오?"

"한 20명 되나? 지금은 주민보다 낚시꾼이 많아서."

"장사가 잘 안 되겠는데."

"나는 낚시 배나 수상기 기름을 파는 것으로 먹고사는 셈이지."

가게 아래쪽에는 어선이 한 척 매여있는데 주인 배 같다. 선창에 주유구가 기둥에 매여 있다. 호스가 이쪽으로 연결되었는데 가게 지하실이 기름 저장고이기 때문이다. 그때 지노가 과일 캔을 2개 고르고 나서 고르발에게 물었다.

"여기서 본토하고 어떻게 연락을 하죠?"

"내 방에 비상 전화가 있어요."

고르발이 턱으로 안쪽을 가리켰다.

"칼랴리의 해경과 도서 관리국에 직통으로 연결이 되지."

"그렇군."

"환자가 생기면 30분 안에 경비정이 온다고."

"다행이야."

"수상기가 언제 떠납니까?"

이번에는 고르발이 물었다.

"낚시를 좀 하고, 바쁠 건 없으니까."

"몇 명이 타셨는데?"

"여섯 명. 칼랴리에서 출발했는데 갑자기 연료 호스에서 연료가 새어나가는 바람에 여기 내린 거요. 시실리로 가는 중인데."

"수상기는 고물이 많지."

"잘 아시는군."

고개를 끄덕인 지노가 고르발을 보았다. 어느새 고르발의 뒤에는 바질이 서 있었는데 두 눈이 번들거리고 있다.

잠시 후에 가게 뒤쪽의 언덕으로 지노와 바질이 고르발을 양쪽에서 부축하고 오르고 있다. 고르발은 이미 시체가 되어서 몸을 축 늘어뜨렸기 때문에 둘이 떠메고 가야만 했다.

가게 내실에 있던 송수신기는 발신 장치만 부쉈기 때문에 수신은 된다. 상대방에서 의심할 여지를 없앤 것이다.

가게 문 앞에 휴업 푯말을 붙이고 자물쇠를 잠갔다. 이제 고르발의 시신만 숨겨놓으면 당분간은 안심이다.

"몰타에 여행사가 25개나 됩니다. 거기에다 헬기, 수상기를 보유한 관광사도 7개입니다."

마틴이 보고했다.

오전 10시 반.

마틴은 몰타 바닷가의 오두막집에 본부를 두고 머물고 있다. 몰타 시내는 아직도 비상 상태여서 경찰과 군인으로 가득 차 있는 것이다. 무전기를 귀에 붙인 마틴이 말을 이었다.

"검문이 심해서 행동에 제약이 많습니다. 우리가 조사하기는 힘듭니다."

"알고 있어."

카터가 맥 빠진 목소리로 말했다.

"거기서 기다려라. 곧 지원반이 갈 테니까 같이 행동하도록."

통화를 끝낸 카터가 고개를 들고 깁슨을 보았다.

"1시간쯤 후에 지원반이 몰타에 도착할 겁니다."

"그놈들은 이미 몰타를 떠났어."

깁슨이 말을 이었다.

"비행기를 찾아라. 헬기를 타도 이탈리아로 들어간다."

시실리가 바로 위쪽인 것이다. 시실리에서 이탈리아는 지척이다.

깁슨이 충혈된 눈으로 탁자 위의 지도를 보았다. 어젯밤 한숨도 자지 못했다.

"지노, 이놈."

깁슨의 시선이 지도 위를 훑고 올라갔다.

오후 3시가 되었을 때 수상기의 라디오로 태풍 경보가 울렸기 때문에 폴이 마음을 바꿨다.

"태풍이 올라오고 있어."

폴이 지노에게 말했다. 이쪽 바다는 아직 잔잔하다. 바람도 불지 않아서 호숫가 같다. 수상기의 조종석 안이다. 폴이 말을 이었다.

"한 시간쯤 후부터 바람이 불고 파도가 거칠어질 거야. 그럼 수상기 이륙이 힘들어져."

"갓댐. 그럼 가야지."

지노가 결국 결정을 했다.

"코르시카까지는 갈 수 있지?"

"두 시간 걸릴 거야."

폴이 고개를 기울였다가 지노를 보았다.

"태풍이 서쪽에서 몰려오고 있어. 동쪽으로 가면 어때?"

"어디로?"

54

"이탈리아 본토. 나폴리 근처까지는 3시간 반쯤 걸려."

폴이 말을 이었다.

"태풍에 앞서서 날아가니까 순항할 거야. 그리고 어두워졌을 때 도착하겠지."

"나폴리."

혼잣소리처럼 말한 지노가 곧 고개를 들었다. 결정권은 지노에게 있다.

"좋아. 가자."

서둘러 수상기에서 내린 지노가 언덕 위를 산책하고 있는 후세인에게 다가

갔다. 후세인의 뒤쪽에는 로간이 경호하고 있다. 다가간 지노가 말했다.

"각하, 태풍이 옵니다. 지금 떠나셔야겠습니다."

"어, 그래?"

후세인이 밝은 표정으로 고개를 끄덕였다.

"가야지."

발을 뗀 후세인이 언덕을 내려가면서 지노의 어깨를 잡고 중심을 잡았다.

"어디로 가는 거냐? 마르세유로 곧장 가는 건가?"

"아닙니다. 그쪽에서 태풍이 오기 때문에 이탈리아 쪽으로 갑니다."

"이탈리아? 좋지."

"나폴리 근처에서 내리기로 했습니다."

"밀입국이지?"

"그렇습니다."

"이 섬이 마음에 든다."

"다음에 찾아오시지요."

"다음에?"

후세인의 목소리에 웃음기가 떠올랐다.

"다음에 이곳에 올 기회가 있을까?"

"이곳보다 아름다운 섬을 한 개 사시면 됩니다."

"흠. 그래서 그 섬에서 게와 조개하고 벗 삼아서 살란 말이냐?"

"공주님과 함께……."

"숨어 다니더라도 주변에 사람이 많은 것이 좋아."

후세인이 혼잣말처럼 말했다. 어느덧 수상기에 도착했기 때문에 지노는 대꾸하지 않아도 되었다.

폴의 갈매기호는 다시 기운찬 엔진음을 내면서 지중해를 동진(東進)하고 있다. 지금까지 서쪽으로 날아왔다가 이번에는 동쪽으로 날아가는 것이다. 태풍은 뒤쪽 5백여 킬로 지점에서 시속 1백 킬로 정도가 되어서 동진하고 있다.

조종석에 나란히 앉은 지노에게 폴이 물었다.

"지노, 가게주인 고르발은 풀어주었어?"

고르발을 묶어놓았다고 한 것이다. 지노가 고개를 끄덕였다.

"그래. 하지만 무전기는 부쉈어."

"잘했다."

"넌 나폴리에서 돌아가겠지?"

"아니. 태풍 때문에 며칠 쉬려고."

폴이 고개를 돌려 지노를 보았다.

"놈들이 몰타에 왔다면 내 비행기가 없어진 것도 곧 파악할 테니까."

지노가 고개를 끄덕였고 폴이 말을 이었다.

"네가 준 돈으로 나폴리에서 카프리까지 이탈리아 관광을 하고 돌아갈 거다."

"다시 만나자."

불쑥 지노가 말하더니 덧붙였다.

"살아있으면."

폴은 웃지도 않고 고개만 끄덕였다.

수상기는 1천 피트(300미터) 상공을 날고 있었는데 아래쪽에 어선이 띄엄띄엄 보인다. 폴은 배가 보이지 않을 때는 기수를 낮춰 50피트(15미터)로 저공비행을 했다. 바다가 잔잔했기 때문에 1시간쯤 비행한 후에는 바다에 내렸다가 다시 올라가기도 했다. 레이더를 피하려는 폴 나름의 회피운동이다.

두 시간이 지났을 때 갈매기호는 나폴리 근처의 아스키아 섬으로 다가갔다. 이제는 나폴리가 50킬로 거리다.

오후 6시 반이다. 예정시간보다 30분쯤 늦은 것은 폴이 세 번이나 바다에 수상기를 착륙시켰기 때문이다.

이제 어두워져서 아래쪽 배의 불빛이 번쩍이고 있다. 고도를 2천 피트(600미터)로 높였기 때문에 창밖으로 멀리 나폴리의 불빛도 보인다. 그때 폴이 말했다.

"나폴리 근처에 착륙하면 경비정이 달려오니까 아스키아 근해에서 들어가는 것이 낫겠다."

폴이 밀항 밀수 전문가다.

아스키아 선창으로 다가간 수상기가 멈췄을 때 폴이 창밖을 둘러보면서 말했다.

"내가 여기에 한 번 온 적이 있어."

폴이 눈으로 옆쪽을 가리켰다.

"저쪽 부두에 가면 전세 보트가 있어. 10인승을 빌리면 될 거야."

"고맙다, 폴."

"살아남아라, 지노."

폴이 손을 내밀어 악수를 청하더니 곧 조종석 밖으로 나왔다. 내릴 준비를 하는 후세인에게 다가간 폴이 거수경례로 인사를 했다.

"각하, 모시게 되어서 영광이었습니다."

"고맙네."

후세인이 폴을 껴안고 볼에 입술을 붙였다.

"알라 아크바르."

"알라 아크바르."

이슬람교도가 아닌데도 저절로 폴의 입에서 '알라신의 찬양'이 뱉어졌다. 로간과 바질도 인사를 마치고 넷은 선창에 발을 딛는다.

10인승 고속 보트 안.

후세인은 밤인데도 선글라스에 마스크를 끼었고 중절모를 눌러 썼다. 바바리코트 차림. 12월이어서 바닷바람이 차다. 지노와 로간, 바질도 비슷한 차림이다.

관광 철은 아니지만 나폴리에서 아스키아를 오가는 사람이 많았기 때문에 고속 보트 옆으로 수많은 배들이 스치고 지나갔다. 후세인과 지노는 조타실 뒤쪽의 의자에 붙어 앉아있었는데 앞쪽에 선 바질이 선장의 시선을 가려주고 있다.

배는 50대쯤의 선장과 같은 또래의 선원 둘이 운행하고 있다. 과묵한 선장은 묵묵히 앞만 보았고 선원은 엔진룸에서 나오지 않는다. 그때 후세인이 고개를 돌려 지노를 보았다.

"그 우리가 아카바에서 탔던 밀항선 말이다. 그 선장 부자는 잘 있을까?"

후세인의 시선은 선글라스에 막혀 보이지 않았다. 지노는 쓴웃음을 지었다.

"제 생각입니다만 그 부자가 입을 연 것 같습니다. 그래서 놈들이 바짝 뒤에 붙은 것이죠."

"그랬을까?"

"이집트에서 판도라호가 일찍 발각된 것도 그것 때문입니다."

"그래도 살려두기 잘한 거다."

후세인이 말을 이었다.

"그리고 아직도 우리가 살아있지 않으냐?"

"각하, 변신하셔야 됩니다."

마침내 지노가 후세인에게 말했다.

"나폴리에서 일단 로마로 옮긴 후에 은신처를 잡고 공주를 모셔오도록 하겠습니다."

후세인은 듣기만 했고 지노가 말을 이었다.

"여기서 공주가 계신 마르세유까지 가시는 건 무리입니다."

"그렇겠다."

마침내 후세인이 길게 숨을 뱉고 나서 말했다.

"내 대역을 수술한 의사는 파리에 있어. 그자들을 데려오기는 힘들 거다."

"의사는 많습니다."

지노의 목소리에 활기가 띠어졌다. 지금까지 후세인은 얼굴 성형 수술에 거부감을 보였기 때문이다.

2장 리옹 대작전

나폴리, 메르카토 광장 근처의 1층 단독주택.

5평 정도의 정원까지 갖춘 '개집' 같은 집이지만 담장이 높고 철문이다. 집은 방 3개에 창고까지 딸린 70평쯤 규모로 낡았다. 그러나 후세인은 집 안을 둘러 보더니 만족했다.

"훌륭하다."

티크리트의 동굴보다는 훌륭했다. 후세인을 선창가의 헛간 같은 여관방에 두 고 지노와 로간이 발바닥이 닳도록 8시간 동안을 돌아다닌 결과다. 당장 임대할 저택을 찾으려고 임대업자를 3명이나 바꿨다. 둘러본 집만 수십 군데다.

오후 4시 반이다.

집 안을 둘러보고 나서 후세인이 응접실의 낡은 소파에 앉았다.

"나한테 과분하다."

"각하, 이곳에서 로간과 바질이 지켜드릴 겁니다."

지노가 앞쪽에 서서 말했다.

"제가 오늘 마르세유로 가서 공주를 데려오겠습니다. 가능하면 의사까지 같 이 오지요."

"카밀라하고 연락이 될까?"

후세인이 불쑥 물었다. 눈동자가 흔들렸고 얼굴에 쓴웃음이 떠올라 있다.

"위험할 것 같으냐?"

그때 지노가 심호흡을 하고 나서 말했다.

"저도 그 생각을 했습니다."

"위험한가?"

응접실 뒤쪽에는 로간도 서 있었는데 숨을 죽이고 있다. 지노가 한 걸음 다가가 섰다.

"각하, 각하 목소리를 입력시켜 통신위성으로 체크한다는 소문이 났습니다."

"그게 가능한가?"

"저도 확실히는 모르겠습니다만……."

"넌 카밀라하고 연락은 했지?"

"예, 한 번 했습니다."

"그럼 너하고 카밀라 목소리도 입력해서 발각이 되지 않았을까?"

"그건……."

지노가 주춤거렸을 때 뒤쪽에서 로간이 말했다.

"지노, 그건 소문인 것 같아. 특정 지역이면 몰라도 세계 모든 곳을 도청할 수는 없다고."

어깨를 부풀린 지노가 로간을 돌아보았다.

"닥쳐, 로간. 조심하는 게 낫다."

그때 후세인이 쓴웃음을 지었다.

"지노, 내가 죽기 전에 카밀라의 목소리를 듣고 싶다."

"제가 모셔올 테니까 그때 들으시지요."

"지금."

후세인이 똑바로 지노를 보았다.

"듣고 싶다."

"예, 각하."

마침내 지노가 고개를 끄덕였다.

"좀 쉬시지요. 먼저 이곳에서 떨어진 곳에서 전화를 하셔야 할 테니까요."

끝까지 회피 작업을 해야 한다. 카이로에서 카밀라에게 전화를 했으니 기다리고 있을 것이다.

오후 6시까지 1시간 반 남았다.

6시.

베베렐로 부두 근처의 공중 전화 박스 안. 박스 안에 두 사내가 들어가 있고 앞에는 한 사내가 기다리는 모습이다.

태풍이 밀려오고 있어서 바람이 세다. 밖에 서 있는 바질의 코트 자락이 펄럭이고 있다. 저녁 무렵인 데다 항구에는 태풍을 피하려는 배로 가득 찼지만 인적은 딱 끊겼다.

박스 안에 선 지노가 카드를 넣고 버튼을 눌렀다. 수화기에서 발신음이 울리고 있다. 옆에 바짝 붙어 선 후세인의 눈이 지노를 응시한 채 떼어지지 않는다. 초조한 얼굴이다. 발신음이 여섯 번 울리고 나서 카밀라의 목소리가 울렸다.

"여보세요?"

"나요."

지노가 응답했을 때 카밀라가 대답했다.

"기다리고 있었어요."

암호다. 무슨 일이 없으면 '기다리고 있었다.'고 말하기로 한 것이다. 그때 지노가 말했다.

"아버님 전화 받으시죠."

놀란 카밀라가 숨을 들이켰을 때 곧 후세인이 말했다.

"아가."

62

"아버지."

카밀라가 대번에 흐느끼기 시작했다.

"아버지, 아버지."

"네 목소리를 들었으니까 됐다."

"아버지, 건강하시죠?"

카밀라가 겨우 물었다.

"지금 어디세요?"

그 순간 실수했다고 느낀 카밀라가 서둘렀다.

"아니, 아버지. 괜찮아요."

"오냐. 너도 고생이 많지?"

"아녜요. 전 괜찮아요."

"너라도 살아남아야 한다, 아가."

"아버지, 건강하셔야 돼요. 곧 봬요."

"알았다, 알았다."

"기다리고 있겠어요."

"너도 건강하고."

"예, 아버지."

"네 목소리 듣고 싶어서 전화한 거다."

"아버지."

"전화 바꾸겠다."

후세인이 전화기를 지노에게 넘겨주었다. 물기에 덮인 두 눈이 번들거리고 있다. 전화기를 바꿔 쥔 지노가 말했다.

"기다려요. 내가 곧 갈 테니까."

"함께?"

겨우 카밀라가 묻자 지노가 대답했다.

"나 혼자."

오후 8시.

지노가 후세인에게 작별인사를 했다.

"로간과 바질이 각하를 모실 것입니다."

응접실의 소파에 앉아있던 후세인이 일어나 지노를 껴안았다.

"잘 다녀오너라, 지노."

"마음 놓고 쉬십시오."

"로간과 바질의 말을 잘 따를 테니 걱정하지 마라."

"감사합니다."

뒤쪽에 선 로간과 바질이 쓴웃음을 지었다. 인사를 마친 지노가 집을 나왔을 때 따라 나온 로간과 바질을 번갈아 보았다. 대문 앞이다.

"내가 연락을 할 테니까, 암호는 '기다리고 있었다'는 거다."

지노가 둘에게 말했다. 카밀라하고도 같은 암호다.

"이상이 있을 때는 다른 말을 해. 그럼 내가 말을 거꾸로 할 테니까."

"오케."

로간이 고개를 끄덕였다.

"특공대의 구닥다리 암호군."

"부탁한다. 긴장 풀지 마."

그러자 둘이 동시에 고개를 끄덕였다.

"알았어. 피니시 라인에서 실수할 수는 없지."

바질이 말했고 로간이 먼저 지노를 껴안았다.

"우리가 목숨을 바쳐 지킬 테니까 너나 조심해."

제노바로 향하는 특급열차 침대실 안.

지노가 옷을 입은 채로 침대에 누워있다. 방의 불은 꺼 놓았지만 창밖에서 들어오는 불빛으로 방 안의 윤곽이 드러났다. 탁자와 의자가 침대 옆에 배치되었고 안쪽에 샤워실까지 딸린 화장실이 있다. 제노바에서 프랑스는 1백 킬로가 조금 넘는다.

눈을 감았던 지노는 엉덩이 쪽 허리에 끼운 베레타가 걸렸기 때문에 빼내어 베개 밑에 넣었다. 지금까지 무기를 지니고 있었던 것이다. 로간과 바질도 마찬가지다.

국경을 건널 때 유럽지역은 거의 여권 검사를 안 하지만 지금 소지한 위조 여권은 위험하다. 검문소를 피해야 한다.

오전 10시 반.

국경도시 산 레모. 이곳에서 프랑스는 20킬로다. 제노바에서 내려 이곳까지 버스를 타고 온 것이다. 제노바에서 니스, 마르세유로 직행하는 열차가 있었지만 열차 안 검문에 걸리면 곤란하다. 국경을 넘고 나서 다시 열차를 타려는 것이다.

12월 초순이다. 이쪽은 눈이 내려서 길가에 눈이 쌓였다. 지노는 다시 국경까지 가는 버스를 탔다.

이제는 가게에서 산 등산복과 등산화 차림으로 등에 배낭을 메었다. 스틱을 짚고 털모자까지 썼기 때문에 완벽한 등산가 차림이다. 배낭에는 양복과 코트, 구두까지 넣었고 바닥에는 권총과 달러 뭉치가 5개 들어 있다. 비상금이다.

오전 11시 50분.

국경은 없다. 국경선이 보이지 않는다는 말이다. 바로 옆집이 프랑스다. 길가에 드문드문 주택이 세워져 있었는데 옆집이 프랑스인 집인 것이다.

지노는 스틱으로 눈을 짚으면서 샛길을 걸어 국경을 넘었다. 한 사람만 다닐 수 있는 샛길은 눈에 덮여 있었는데 발자국도 없다. 이윽고 샛길에서 빠져나온 지노가 눈 덮인 초원을 1백 미터쯤 내려갔더니 큰길이 나왔다.

사람들이 오가는 마을이다. 프랑스인 것이다.

"수상기를 찾았습니다."

카터가 깁슨에게 보고했다.

"아스키아 섬의 선착장에 매여 있습니다. 태풍 때문에 묶여 있는 겁니다."

"아스키아."

깁슨이 고개를 돌려 벽에 붙은 지도를 보았다. 깁슨의 얼굴이 일그러졌다.

"나폴리에 상륙했군."

"우선 조종사를 잡아야 되지 않겠습니까?"

"폴 커밍스가 쉽사리 입을 열지 않겠지만 일단 잡아."

깁슨이 뱉듯이 말했다. 몰타의 여행 업소를 체크하다가 수상기를 운용하는 폴 커밍스를 찾아낸 건 어렵지 않았다. 그리고 폴이 특전대 수송기 조종사 경력을 가졌으며 지노 장과 같이 근무한 적이 있다는 것도 금방 확인이 된 것이다.

그 후부터 폴 커밍스의 수상기를 찾는 작업이 시작되었다. 그러고 나서 만 하루 만에 아스키아 섬의 선창에 묶여있는 수상기를 발견한 것이다. 깁슨이 말을 이었다.

"팀을 이탈리아로 보내."

"예, 3개 팀을 먼저 보내겠습니다."

"그러고 나서 5개 팀을 더 보내."

지도에서 시선을 뗀 깁슨이 자리에서 일어섰다.

"나도 이탈리아로 가겠다."

오후 3시 반이다.

"폴 커밍스 씨?"

카페에 앉아있던 폴 앞으로 사내 둘이 다가왔다. 밖에서 비바람이 휘몰아치고 있었기 때문에 둘의 옷은 젖어있었다. 카페 안은 소란스럽고 담배 연기로 가득 차 있다. 선원들이다.

이곳은 아스키아 선창가의 카페 안. 오후 5시 반이어서 아직 술 마시기에는 이른 시간이다. 그때 폴이 흐린 눈으로 둘을 보았다.

"누구야?"

"잠깐 우리하고 나가실까?"

사내 하나가 다가서서 소리쳐 말했다. 소음이 컸기 때문이다. 취객들이 주위를 오가고 있다.

"밖으로? 그런데 당신들 누구야?"

"글쎄, 나가면 알아."

"신분증 내."

폴이 손을 펴 보였다.

"경찰 아니면 꺼져."

"이봐."

사내가 바짝 다가섰을 때다. 폴이 탁자 아래로 늘어뜨리고 있던 손을 올렸는데 권총이 쥐어져 있다.

"탕! 탕! 탕!"

세 발의 총성이 카페를 울렸다. 앞에 선 사내가 가슴에 두 발을 맞고 다른 사내는 얼굴에 맞았다. 카페 안이 순식간에 조용해졌고 사내 둘이 곡식 자루처럼 땅바닥에 쓰러졌다.

"갓댐."

권총을 손에 쥔 채 자리에서 일어선 폴이 사람들을 헤치고 카페 후문으로 다가갔다. 그러고는 문을 열고 비바람이 몰아치는 밖으로 나갔다. 안에서는 아무도 쫓아오지 않는다.

폴이 누구인가? 특공대 출신이다. 만일의 경우에 대비해서 준비하고 있었던 것이다. 경찰이 아니라면 누구겠는가? 쏘아죽여도 당장 걸릴 게 없는 용병이다.

폴 커밍스는 비바람을 뚫고 달려갔다. 이제 갈매기호는 잊어야 한다. 그러나 계좌에는 지노가 넣어준 1백만 불이 펄펄 뛰고 있다, 산 생선처럼.

지노는 1백만 불을 넣어준 것이다.

오후 6시 반.

길가에 선 지노가 주위를 둘러보았다. 골목 안은 인적이 없다. 주변 집을 하나씩 훑어보았지만 이상한 점은 발견되지 않았다. 이윽고 지노가 발을 떼었다.

지노는 이제 양복에 코트를 입었고 중절모를 썼다. 잘 어울리는 차림이다. 등산복과 배낭은 국경도시의 여관에 맡겨 놓았다.

벨을 눌렀을 때 5초쯤 지나고 나서 문 안에서 목소리가 울렸다.

"누구세요?"

카밀라다.

"납니다."

그 순간 문이 열리더니 카밀라의 모습이 드러났다. 지노가 문 안으로 들어간 순간이다. 카밀라가 지노의 목을 두 팔로 감아 안고 매달렸다.

"지노."

카밀라의 숨결이 지노의 턱에 닿았다. 저도 모르게 지노가 카밀라의 허리를 두 팔로 감아 안았다. 그리고 고개를 숙이자 카밀라가 눈을 감았다. 입술이 벌어지고 있다. 지노의 입술이 덮였다.

두 시간쯤 후.

지노와 카밀라가 주택을 나와 거리를 걷는다. 지노는 여행용 가방을 들었을 뿐 카밀라는 어깨에 핸드백만 멘 차림이다.

오후 8시 반.

택시 정류장 앞에 선 카밀라가 지노를 보았다. 두 눈이 반짝이고 있다.

"수상기를 놓고 도망쳤습니다."

카터가 보고하자 깁슨이 어깨를 부풀렸다가 내렸다.

"본토로 들어왔을 거다."

"예, 나폴리에서부터 수색하고 있습니다. 이탈리아 경찰들도 개입했으니까요."

"그놈한테 어이없이 당하다니, 기가 막힌다."

"폴이 조종사라 방심했던 것 같습니다. 더구나 손님이 많은 카페 안이어서요."

"갓댐. 그 자식도 특공대 출신이야! 군기가 빠진 거다!"

"그렇습니다."

순순히 시인한 카터가 한숨을 쉬었다.

"계속 뒤만 쫓다 보니까 대원들의 긴장이 풀린 것 같습니다."

"갓댐."

깁슨이 창밖을 보았다. 이곳은 나폴리다. 본부를 나폴리로 옮긴 것이다.

창밖으로 비바람이 쏟아지는 거리가 보였다. 태풍이다. 태풍이 상륙했다.

리옹.

손 강 동쪽의 신시가지에 위치한 리옹병원.

오전 9시 10분.

쟝 샹티에 박사가 주차장 안쪽의 전용 주차구역에 벤츠를 주차하고는 차에서 나왔다. 그때 뒤에서 부르는 소리가 들렸다.

"쟝 박사님."

사내 목소리. 몸을 돌린 쟝 앞으로 사내 하나가 다가왔다. 장신의 동양인. 외모가 코사크 인 같기도 하다. 굵은 윤곽의 호남. 쟝은 얼굴 골격에 관심이 많다.

"누구시오?"

쟝이 묻자 사내가 옆쪽에 주차된 차를 가리켰다.

"잠깐 저 차로 가시지요. 누가 기다리고 계십니다."

"출근 시간이라 바쁜데."

옆으로 차가 지나갔기 때문에 둘은 비켜섰다. 운전석에 앉은 사내가 쟝에게 손을 들어 인사를 했다. 그때 동양인이 말했다.

"카밀라 후세인이 기다리고 있습니다."

"카밀라?"

숨을 들이켠 쟝이 되묻더니 눈동자가 흐려졌다. 그러고는 고개를 돌려 조금 전에 사내가 가리킨 쪽을 보았다. 차 안은 보이지 않는다.

"카밀라가 왔단 말이오?"

"예, 박사님."

사내가 고개를 끄덕였다.

"박사님을 뵈려고 왔습니다."

차 안으로 들어선 쟝이 카밀라를 보았다. 입이 반쯤 벌어져 있다.

"카밀라 님, 이게 웬일이십니까?"

70

"박사님."

카밀라의 얼굴이 상기되었다. 둘이 차 뒷좌석에 나란히 앉았고 지노는 운전석에 앉았다. 그때 카밀라가 손을 뻗어 쟝의 손을 쥐었다.

"박사님께 부탁드릴 일이 있어요."

"말씀하세요, 카밀라 님."

쟝의 눈이 번들거렸다. 반백의 머리. 이마의 주름이 짙은 쟝은 54세. 프랑스에서 이름난 성형외과 의사다. 후세인의 대역인 1호와 2호의 성형을 했던 의사로 그 책임을 카밀라가 맡았던 것이다. 그때 카밀라가 말했다.

"아버지 성형을 해주세요."

"몇 호 말입니까?"

"아니, 내 아버지 말씀이에요."

"아!"

숨을 들이켠 쟝이 주위를 둘러보았다. 주차장에 한두 대의 차가 오가고 있었지만 이쪽에 관심을 보이는 사람은 없다.

"아, 아버님 말씀입니까?"

"예. 사담 후세인, 내 아버지."

"지, 지금 어디 계시는데요?"

"이라크를 빠져나오셨어요."

"그럼 얼굴을 변신하신단 말씀이죠?"

"네."

"그건 가능합니다만."

"장비가 필요하겠죠?"

"그건 각하가 계신 곳에서 수술한다는 말씀입니까?"

"네, 가능하면 박사께서 장비를 갖고 옮겨가실 수 없을까요?"

"그건 힘듭니다."

쟝이 고개를 저었다.

"장비 구입에다 시설 설치, 운반에 막대한 돈과 시간, 인력이 필요하거든요. 병원에서 하는 것이 낫습니다."

카밀라가 고개를 들어 리옹병원을 보았다. 주차장 건너편의 흰색 5층 건물이다. 지난번 대역들의 수술은 바그다드의 병원에서 했던 것이다.

"저 병원에서는 가능합니까?"

"가능하지요. 하지만……."

"여러 사람의 눈에 띄겠군요."

"그렇습니다. 접수하고 신상기록까지 다 해야 되거든요."

"방법이 없을까요?"

카밀라가 정색하고 쟝을 보았다.

"물론 대가는 드리지요. 충분히."

"……."

"그리고 기밀을 지켜주셔야 되겠고요."

"아시겠지만."

쟝이 어깨를 늘어뜨리면서 숨을 뱉었다.

"각하는 수배 중이시지 않습니까?"

"그렇죠."

"만일 발각되면 저는 중형을 받게 될 겁니다."

쟝의 시선이 백미러를 힐끗 스치고 지나갔다.

"제 인생뿐만이 아니라 가정이 무너지게 되죠. 난 아직 학교도 다 졸업하지 못한 자식이 셋입니다."

"간호사 등 필요한 사람을 매수할 수 없을까요? 위험수당은 넉넉히 드릴 테니까요."

카밀라의 눈빛이 강해졌다.

"얼마 드리면 될까요? 원하시는 대로 다 드리겠어요."

"나야."

지노의 목소리가 들렸을 때 로간이 바로 대답했다.

"기다리고 있었어."

오후 1시 반.

로간은 나폴리의 저택에서 전화를 받는다. 옆쪽의 소파에는 후세인이 앉아 있다. 그때 지노가 말했다.

"차로 제노바까지 오도록 해, 내가 제노바 역에서 기다리고 있을 테니까."

"오케."

대번에 승낙한 로간이 말을 이었다.

"3시쯤 출발할 수 있을 거야."

"5시쯤 출발하는 것이 낫다."

"알았어."

대번에 이해한 로간이 힐끗 후세인을 보았다. 그러나 전화를 바꾸지는 않았다.

"지노냐?"

전화기를 내려놓았을 때 후세인이 물었다.

"예, 각하."

로간이 상기된 얼굴로 후세인을 보았다.

"5시쯤 출발하겠습니다. 제노바에서 기다리고 있겠다는군요."

"오, 그런가?"

후세인의 눈에도 생기가 돌아왔다. 한낮인데도 창밖은 어둡다. 태풍이 지나 갔지만 폭우가 내리고 있다.

리옹에서 차로 남하해서 니스에 도착했을 때는 오후 1시였다. 여기서 로간에게 전화를 한 것이다.

이곳은 니스의 작은 모텔방 안. 신분증 확인을 하지 않는 러브호텔이다. 지노와 카밀라는 뜨거운 사랑을 나누려는 연인처럼 낮시간에 투숙했다. 작은 방. 침대 하나와 탁자에 의자 2개뿐인 방이었지만 이제는 어색하지 않다.

"오후 5시에 나폴리에서 출발하면 제노바까지는 10시간쯤 걸릴 거요."

지노가 말했다. 직선거리는 700킬로 정도지만 도로 길이로는 1천 킬로가 넘는다. 침대 끝에 걸터앉은 지노가 카밀라를 보았다.

"밤길을 달려 오전 3시쯤 도착할 겁니다."

카밀라가 고개를 끄덕였다. 이곳 니스에서 이탈리아 국경까지는 30킬로. 차로 1시간도 안 걸린다. 카밀라가 물었다.

"나도 제노바에 가요?"

"국경 감시가 엄격하지는 않지만 아무래도 내가 혼자 가는 게 낫겠어요."

지노가 말을 이었다.

"당신은 여기서 기다려요."

"언제 출발하는데?"

"오후 5시쯤."

"아직 3시간 남았네."

고개를 끄덕인 지노가 자리에서 일어섰다.

"나가서 먹을 거, 마실 걸 사 올 테니까 기다려요."

"빨리 돌아와요."

카밀라가 말했다가 시선이 마주치자 쓴웃음을 지었다.

"혼자 있기 싫어요."

그동안 로간은 중고차 매장에서 대형 피아트를 구입했다. 위조된 여권을 제시할 필요도 없이 현금을 주고 구입한 것이다. 제대로 등록된 차다. 프랑스에서 택시운전사로 지냈던 로간이라 차에 대해서는 전문가다.

5시에 셋은 제노바를 향해서 출발했다.

현재 4개 팀 40명의 행동대가 도착한 상태.

본부를 나폴리 시내 '클레오 호텔'에 둔 깁슨과 보좌관 카터는 우선 팀원 전원을 각 숙박업체, 임대업체, 여행사를 중심으로 후세인과 지노를 추적하기 시작했다.

이탈리아 경찰도 아스키아 섬의 '살인사건'을 추적하고 있었기 때문에 나폴리 전역은 검문검색이 엄중한 상태다.

로간에게 다행인 것은 태풍이 지나갔지만 아직도 억수로 비가 내리는 바람에 이쪽저쪽에서 수해가 일어난 것이다.

길이 물에 잠기고 차가 밀려서 나폴리 톨게이트를 빠져나가는 데 30분이나 걸렸다. 톨게이트에 경찰들이 서 있었지만 검문할 엄두도 못 내었다. 그러나 만일의 경우에 대비해서 로간은 후세인을 트렁크에 넣고 톨게이트를 통과했다.

"됐다. 이제 곧장 고속도로를 달리면 된다."

로간이 빗발이 뿌리는 고속도로를 달리면서 말했다. 그때 바질이 뒷좌석의 의자를 당겨 트렁크에 누워있던 후세인을 안으로 끌어 모셨다. 로간이 뒷좌석과의 통로를 만들어놓은 것이다.

"날씨도 도와주지 않는군."

창밖을 내다보면서 카터가 탄식했다. 나폴리의 클레오 호텔 특실 안. 깁슨은 잠깐 방에서 쉬는 중이고 카터는 팀장 마틴과 함께 창가에 서 있다.

오후 6시 10분.

어두워진 창밖에는 아직도 억수처럼 비가 내리고 있다.

"그놈들이 집 안에 숨어있으면 찾기 힘들어요."

마틴이 거들었다.

"카드를 쓰는 것도 아니고 현금을 내면 호텔도 체크가 안 되죠. 내국인 행세를 하면 되니까."

그리고 그들의 위조 여권의 이름도 모르는 상황이다. 아직 위조 여권도 드러나지 않았다.

"후세인은 아마 밖에 나오지 못할 겁니다. 얼굴이 다 알려져 있으니까요."

마틴이 말했다.

"카밀라나 지노는 젊으니까 변장도 잘 먹히겠지만 후세인은 힘들겠지요."

고개를 든 카터가 마틴을 보았다. 눈이 흐려져 있다.

국경을 걸어서 건넜다.

이곳은 날씨가 맑았지만 바람이 세었다. 이차선도로에는 오가는 사람이 많았는데 앞쪽 50미터 지점에 검문소가 있다. 2평쯤 규모의 검문소가 좌우에 1개씩 세워졌는데 위에 각각 프랑스와 이탈리아 국기가 걸려 있다.

어제 국경을 넘어올 때는 샛길로 넘어왔기 때문에 이곳을 지나오지 않았다. 이윽고 지노가 프랑스 검문소를 지났다.

창문을 통해 안에 앉아있는 세관원을 보았다. 난로 주위에 둘러앉은 셋은 이야기 중이다. 차도에는 차들이 오갔고 인도에는 사람들이 오가고 있다.

지노는 곧 이탈리아 땅으로 들어섰다. 국경선이 없었으니 검문소를 지나면 이탈리아 영토다.

"유리, 요즘 어때?"

쟝이 묻자 유리 세르넨코가 고개를 들었다. 오후 6시 반. 둘은 병원 식당에서 저녁을 먹는 중이다.

"뭘 묻는 겁니까?"

유리는 37세. 같은 성형외과 팀이지만 3년 전 이혼을 했다. 수척한 얼굴. 절제 없는 생활을 해오기 때문에 항상 늘어져 있다. 그러나 성형 수술은 최고 수준. 성형과장인 쟝이 믿고 맡길 수 있는 의사다.

"뭐긴 뭐야? 네 생활이지."

스테이크를 썰면서 쟝이 말을 이었다.

"맨날 술 마시고 여자 만나는 거 지칠 때도 된 거 같은데."

"업무에는 지장이 없을 테니까 걱정하지 말아요, 쟝."

"네가 걱정이 되어서 그런다. 업무 때문에 그런 거 아냐."

"안느한테 생활비 안 보냈다고 전화가 왔어요, 망할 년."

포크를 내려놓은 유리가 충혈된 눈으로 쟝을 보았다.

"두 달 안 냈다고 법원에 고발하겠다는군요, 그년이."

"그건 당연하지. 케이시를 키우고 있잖아, 안느가."

"안느는 제 엄마 회사에서 한 달에 나보다 많은 월급을 받는다고요."

"참. 어머니 회사에 다닌다고 했지?"

"날 죽이려고 그러는 거야, 그년이."

"네가 술 마시고 여자 만나느라고 돈을 써버렸기 때문이지."

정색한 쟝이 유리를 보았다.

"왜 그렇게 사는 거야?"

"쟝, 우크라이나로 돌아가고 싶어요."

유리도 정색하고 쟝을 보았다. 유리는 우크라이나 출신이다. 프랑스로 이민을 왔지만 부모는 지금도 우크라이나에 산다. 유리가 길게 숨을 뱉었다.

"여기서 살기 싫어요."

"너, 우크라이나에서 뭐 하려고?"

"병원에나……."

"거기 월급으로 살 것 같냐? 여기 월급의 30퍼센트밖에 안 될걸?"

"……."

"거기서 병원이나 하나 세워서 운영한다면 모를까."

목소리를 낮춘 쟝이 유리를 보았다.

"유리, 나하고 같이 일 하나만 처리할까?"

로마를 지났을 때는 오후 9시 반이다.

250킬로 거리를 4시간이 넘게 걸린 것이다. 비 때문이다. 그러나 로마를 지났을 때부터 겨울비는 그치고 바람만 불었다.

"저기 휴게소에서 좀 쉬자."

후세인이 앞쪽 휴게소 간판을 보고 말했다. 피렌체가 120킬로라고 적힌 표지판이 방금 지났다. 로간이 차의 속력을 줄이면서 대답했다.

"그렇지 않아도 기름을 넣으려고 했습니다, 각하."

"화장실에 사람이 없어야 하는데 불편하군."

"제가 먼저 가서 살펴보겠습니다."

바질이 말했기 때문에 로간은 먼저 화장실 앞에 차를 세웠다. 작은 휴게소다. 매점과 식당이 같이 붙어있었고 다행히 화장실 입구는 옆쪽으로 따로 만들어졌다.

먼저 내린 바질이 서둘러 화장실로 들어가더니 곧 나왔다. 그러더니 차로 다가와 말했다.

"비었습니다."

고개를 끄덕인 후세인이 차에서 내리면서 잠깐 비틀거렸다. 오랫동안 차에 있었기 때문에 몸이 굳어진 것이다.

밖은 어둡다. 로간이 앞쪽 건물을 살피다가 서둘러 차 밖으로 나와 낮게 소리쳤다.

"저기, 감시 카메라!"

식당 입구에서 화장실 쪽으로 감시 카메라가 부착되어 있다. 바질은 눈치채지 못했다.

화장실로 다가가려던 바질이 주춤했다. 감시 카메라는 이곳까지 비추지는 않는다.

"젠장, 나는 찍혔겠군."

바질이 투덜거렸다. 그때 로간이 후세인에게 말했다.

"각하, 차에 타시죠. 뒤쪽으로 차를 붙이겠습니다."

후세인이 다시 차에 올랐다. 로간은 후세인만을 태우고 차를 몰아 화장실 뒤쪽에 세웠다. 화장실 뒷문이 있다. 뒷문 앞으로 다가간 로간이 문을 열었으나 잠겨있다. 그때 로간이 아직도 옆쪽에서 얼쩡거리는 바질에게 소리쳤다.

"바질! 안에서 뒷문을 열어!"

바질이 서둘러 다시 화장실로 들어섰다. 잠시 후에 뒷문이 열렸고 기다리고 있던 후세인이 안으로 들어섰다.

길게 숨을 뱉은 로간이 다시 차 안으로 들어가 기다렸다. 적어도 지노에게 후세인을 인계하기 전까지는 사고가 일어나지 말아야 한다.

기름을 넣고 매점에 가서 물과 간식을 산 후에 다시 출발.

피렌체를 향해 로간이 속력을 내었다. 오후 10시가 되어가고 있다. 로간이 백미러로 뒤쪽의 후세인을 보았다.

"각하, 주무시지요. 앞으로 4시간이면 제노바에 닿습니다."

로간의 시선을 받은 후세인이 고개를 끄덕였다.

"고생이 많다, 로간."

이제는 바람도 그쳤고 고속도로 소통도 잘 되었다.

"프랑스, 스위스, 오스트리아, 유고슬라비아 쪽의 통로에 각각 1개 팀을 파견했습니다."

카터가 지도를 짚으면서 보고했다.

"육상통로는 대부분 검문소를 그냥 통과하기 때문에 우리가 체크하는 수밖에 없습니다."

"지노의 사진은 모두 갖고 있지?"

깁슨이 묻자 카터가 고개를 끄덕였다.

"물론이죠. 모두 머릿속에 박아 넣고 있습니다."

"일당이 셋이야. 다른 두 놈의 몽타주도 외우도록 해야 돼."

대답할 필요도 없다. 아카바 어선 선장 부자의 증언으로 지노, 로간, 바질의 몽타주가 자세히 그려졌다.

오후 11시.

깁슨이 길게 숨을 뱉었다.

"이 새끼들이 쥐새끼처럼 숨어서 다니고 있어. 후세인은 이탈리아에만 숨어 있을 놈이 아냐."

깁슨이 번들거리는 눈으로 카터를 보았다.

"후세인의 목적지를 알아야 돼."

"이탈리아를 벗어나는 건 확실한 것 같습니다."

고개를 든 카터가 깁슨을 보았다.

"후세인이 카밀라를 만나지 않겠습니까?"

"만나겠지."

"카밀라는 지노와 함께 프랑스에 갔습니다. 파리에서 후세인의 육성 녹음테이프를 뿌렸지요."

카터가 말을 이었다.

"그리고 다시 지노가 후세인을 데려오려고 티크리트로 들어갔습니다."

"후세인을 프랑스로 데려가겠군."

깁슨이 고개를 끄덕였다.

"카밀라는 프랑스에서 기다리고 말야."

"프랑스가 유럽에서 가장 언론이 개방된 나라이긴 하지만 지노와 카밀라가 그곳을 목적지로 택한 다른 이유도 있을 것 같습니다."

"뭐야?"

깁슨의 눈빛이 강해졌다.

나폴리의 클레오 호텔 안. 이제 비도, 바람도 그친 창밖은 짙은 어둠에 덮여 있다. 그때 카터가 말했다.

"후세인이 숨어서 살 수만은 없습니다."

"그래서?"

"후세인은 대통령 집권 시절에 대역을 둘 데리고 있었지요."

"……."

"대역 한 놈은 죽고 한 놈은 지금도 남아있다고 들었습니다."

그때 깁슨의 흐려졌던 눈에 초점이 잡혔다.

"그렇다면 성형 수술을 할 건가?"

깁슨이 똑바로 카터를 보았다.

"프랑스에서?"

"후세인의 대역 성형 수술을 프랑스 의사가 했습니다."

"나도 들었어."

"찾고 있습니다."

고개를 든 카터가 말을 이었다.

"이라크를 왕래한 프랑스 출신 성형외과 의사를 말입니다."

"갓댐."

깁슨이 심호흡을 했다.

"계속해서 뒤만 따르고 있어. 어디서 꼬리를 잡을 수 있을까?"

제노바. 오후 11시 45분.

제노바역 대합실에 앉은 지노가 머리를 숙이고 팔짱을 낀 자세로 잠이 들었다. 제노바에 도착한 지 30분쯤이 지났다. 대합실은 오가는 사람들이 끊이지 않았기 때문에 오히려 신경이 덜 쓰인다. 가끔 방송 안내가 울렸고 열차의 엔진음이 계속해서 들린다.

로간과 연락이 되지 않았기 때문에 여기서 기다리고 있는 수밖에 없다. 코트 깃을 세우고 중절모를 눌러쓴 채 옆에는 가방이 놓여있다. 로간이 도착하려면 앞으로 3시간쯤 더 기다려야 될 것이다. 지노는 오랜만에 달게 잠이 들었다.

살레르노의 '코린스 카페', 이곳은 고급 카페여서 주로 사업가, 고급 관리가 많이 찾는 곳이다.

오전 1시가 다 되었는데도 아직도 이곳은 손님이 많다. 2차를 온 사람들이 많아서 이 시간대가 가장 활기에 찬다. 그들을 노리는 고급 콜걸들이 몰려오기 때문에 지금이 '헌팅 타임'인 것이다.

구석 자리에 앉아 위스키를 마시던 폴 커밍스가 앞을 지나는 여자를 보았다.

긴 흑발 머리를 등까지 늘어뜨린 팔등신. 이곳 여자는 모두 미끈한 몸매였지만 폴의 기호에 맞는 몸이다. 약간 살집이 붙은 몸매. 그리고 화장기 없는 얼굴. 눈에 속눈썹도 붙이지 않았다! 팽팽하고 미끈한 피부.

숨을 들이켠 폴이 손짓으로 웨이터를 불렀다. 이미 조금 전에 술 심부름으로 10달러 팁을 받은 웨이터가 금방 다가왔다.

"저기, 긴 머리의 검은색 원피스."

폴이 손으로 여자를 가리켰다.

"여기로 데려와."

주머니에서 50불 지폐를 꺼낸 폴이 웨이터에게 내밀었다.

"얼마짜리야?"

"3백 불입니다, 선생님."

웨이터가 번개처럼 돈을 가로채더니 고분고분 대답했다.

"저한테 50불 더 주시면 틀림없이 성사시켜 드리지요."

"성사되면 줄게."

"예, 선생님."

몸을 돌린 웨이터가 곧장 여자에게로 다가갔다. 폴이 숨을 고르면서 제 옷차림을 보았다. 최고급 브랜드인 '쟈크방' 양복에 수제 구두, 2백 불짜리 셔츠에 '로랑' 향수를 뿌렸다. 옷이 날개다.

며칠 전만 해도 수상기를 몰면서 해진 진 바지에 샌들을 신고 너덜거리는 셔츠를 걸쳤던 폴이다. 그런데 지금은 부자다. 수상기는 잊어도 된다.

계좌에 1백만 불이 입금되어 있는 데다 주머니에는 아직도 2만 불 가깝게 들어있다. 카드를 쓰면 당장 체크가 될 테니 현금만 사용하는 것이다. 이것도 지노가 주고 간 현금이다.

그때 웨이터와 함께 여자가 다가왔다. 여자는 웃음 띤 얼굴이다.

오전 1시 반.

여관방 안. 안젤라의 거친 숨소리에 섞인 신음이 방을 울리고 있다. 방 안은 끈적한 열기로 뒤덮였고 비린 냄새로 가득 찼다. 폴은 안젤라의 어깨를 힘껏 안았다. 기대했던 대로 안젤라는 달콤했고 격렬했다. 숨소리까지 사랑스럽다.

안젤라의 신음이 더 높아졌다. 손톱으로 폴의 등을 할퀴었기 때문에 뜨끔거렸다. 상처가 난 것 같다. 상처가 공기에 노출되면서 등이 서늘해졌다.

그때 폴이 안젤라가 벤 베개 밑으로 손을 넣어 베레타를 움켜쥐었다. 그리고는 안젤라의 몸을 돌려 자신이 아래로 누웠다. 시야가 터지면서 눈앞에 두 사내가 드러났다.

"탕! 탕! 탕!"

안젤라의 허리 사이로 뻗은 폴의 손에서 권총이 발사되었다. 둘은 제각기 소음기가 끼워진 총을 쥐었지만 맞았다. 각각 가슴과 겨드랑이를 맞은 둘이 그 자리에서 허물어졌다.

"퍽, 퍽."

다음 순간 문 쪽에서 발사음이 울리더니 아직도 정신을 못 차린 안젤라가 머리를 들어올리면서 신음했다. 안젤라의 등에 맞았다. 또 한 발은 폴의 어깨를 관통했다.

"탕! 탕!"

폴이 다시 2발을 쏘았지만 빗나갔다.

"퍽! 퍽!"

다시 사내가 2발을 발사했고 이번에는 폴의 배에 맞았다. 안젤라가 옆으로 뒹굴었기 때문에 온몸이 드러난 것이다.

"퍽!"

다시 사내가 한 발을 발사했고 폴의 가슴에 맞았다.

"탕! 탕! 탕!"

기를 쓰고 총을 들어 올린 폴이 사내를 겨누고 쏘았다. 맞았다. 세 발 다.

얼굴을 맞은 사내가 털썩 주저앉는 것을 본 폴이 그때까지 폐에 남아 있던 숨을 뱉으면서 침대 위로 다시 넘겨졌다.

"지독한 놈."

보고를 받은 깁슨이 잇새로 말했다.

"조종사 놈이 웬 총질이야?"

"특공대 조종사였습니다."

"갓댐."

깁슨이 화를 냈다.

"셋이 죽다니. 더구나 기습을 해서 말야. 군기가 빠졌어."

카터가 어깨를 늘어뜨렸다. 폴 커밍스를 기습해서 생포하려던 요원 넷은 하나만 살아 나왔다. 여관 앞에서 기다리던 하나만 살아남아 보고를 한 것이다. 더구나 총성에 놀란 여관 측이 신고를 하는 바람에 시신 수습도 하지 못했다. 그때 카터가 말했다.

"폴 커밍스는 이탈리아 경찰에서도 수배 중인 살인용의자이기 때문에 그쪽에서 처리할 것입니다."

깁슨은 대꾸하지 않았다. 오전 2시 반이다.

오전 2시 40분.

대합실에 앉아있던 지노가 안으로 들어서는 바질을 보았다.

"갓댐."

자리에서 일어선 지노가 서둘러 다가가 바질을 껴안았다. 바질도 마주 안는다.

"저기 주차장이야."

바질이 몸을 떼면서 말했는데 목소리가 열기에 떴다.

"강행군이었어."

"네가 운전했어?"

"아니, 몇 시간만."

서둘러 주차장으로 다가간 지노는 어둠 속에 주차되어 있는 검은색 피아트를 보았다. 주차장에는 차량이 대여섯 대뿐이었고 인적은 없다. 지노를 본 로간이 운전석에서 나와 두 팔을 벌렸다. 로간을 껴안은 지노가 곧 뒷좌석에 올랐다.

"각하."

기다리고 있던 후세인이 팔을 벌려 지노를 안았다. 뺨을 세 번이나 부딪친 후세인이 팔을 떼더니 지노를 보았다.

"카밀라는 어디 있느냐?"

"니스에서 기다리고 있습니다. 여기서 2시간 거리입니다, 각하."

대답한 지노가 운전석의 로간에게 말했다.

"가자."

프랑스로 가자는 말이다. 로간이 잠자코 차의 시동을 걸었고 주차장을 나온 피아트는 어둠 속을 달려갔다.

오전 4시 15분.

지노가 이탈리아 쪽 국경초소 앞을 걸어서 지난다. 코트 깃을 세우고 가방도 들지 않아서 길 건너편 프랑스 쪽 집으로 돌아가는 주민 같다.

초소를 지나면서 창문 안을 보았다. 불이 켜진 안쪽에 세관원 하나가 벽에 머리를 기대고 잠이 들었다. 초소를 지나 50미터쯤 걷다가 선 지노가 담배를 입에 물고 라이터를 켰다. 그러고는 옆쪽 골목으로 들어섰다.

"각하, 내리셔야겠습니다."

다가온 바질이 말했기 때문에 먼저 로간이 물었다.

"라이터를 켰어?"

바질이 고개만 끄덕이자 후세인이 코트를 걸치고는 목도리로 입까지 감아 덮었다. 라이터 불은 신호다. '위험하다'는 신호라는 것을 후세인도 들은 것이다.

주차장에 세운 차에서 나온 셋은 거리 뒤쪽으로 다가갔다. 이곳은 벤티밀리아 서쪽 외곽의 주차장. 국경까지는 3백 미터도 되지 않는다.

이제는 로간이 앞장을 섰고 뒤를 후세인, 바질의 순서로 종대로 걷는다.

짙은 밤. 이곳은 길도 없는 황무지다. 30분쯤 전에 지노가 알려준 방향으로 2백 미터쯤 북쪽으로 다가간 셋은 작은 언덕 밑에서 멈춰 섰다. 주위를 둘러본 로간이 손목시계를 보았다.

오전 4시 35분.

아직 짙은 밤이다. 그때다. 위쪽에서 인기척이 나더니 곧 어둠 속에서 지노가 다가왔다.

"가자."

지노가 안내하러 온 것이다. 이제 다시 종대로 선 넷은 북서쪽으로 방향을 틀었다. 국경을 우회해서 넘어가려는 것이다.

"조금 전에 지나간 놈."

마르크가 팬터스에게 말했다.

"저쪽에 사는 프랑스 주민 같은데."

"주민이야."

팬터스가 하품을 했다.

"이탈리아에서 애인 만나고 돌아가는 놈이야."

"개새끼로군."

마르크도 하품을 했다.

둘은 검문소 뒤쪽 2층 저택의 2층 창가에 앉아있었는데 방의 불은 꺼놓아서 밖에서는 안이 보이지 않는다. 검문소하고의 거리는 30미터 정도. 낮이면 검문소 앞을 지나는 행인 얼굴까지 보였지만 지금은 밤이다. 그리고 얼굴을 이쪽으로 돌리지 않으면 보이지 않는 것이다.

"저쪽 해롤드는 자는 모양이다."

마르크가 앞쪽을 바라보며 말했다. 길 건너편의 주차장에 세워진 차에 해롤드 조가 있는 것이다. 그쪽은 프랑스 영토였지만 해롤드 조 2명은 이탈리아에서 넘어오는 사람들을 정면으로 바라보는 위치로 차를 세워놓고 있다.

아르카디의 2개 조(組)가 나와 있는 것이다.

깊은 밤.

길도 없는 황무지를 돌아 5백 미터쯤 걷는 데 20분쯤이나 걸렸다. 후세인과 보조를 맞춰야 했기 때문이다.

이윽고 한 사람이 다닐 수 있는 샛길로 들어선 후에 다시 500미터쯤 개울가를 걸었더니 큰길이 나왔다. 그리고 그 길가 민가의 담장 옆에 차가 한 대 세워져 있다. 지노가 차 앞에서 멈춰서더니 후세인에게 말했다.

"각하, 타시지요."

지노가 리옹에서부터 타고 온 차다.

"오!"

감동한 후세인이 차 뒷좌석에 오르면서 길게 숨을 뱉었다. 차 안은 추웠지만 아늑했다. 운전석에는 로간이 올랐고 지노는 후세인의 옆자리에 탔다.

"니스로."

지노가 말하자 로간이 차를 발진시켰다. 국경에서 3킬로 떨어진 지점이다. 오전 5시 10분. 동녘이 밝아지고 있다.

차가 프랑스 국도를 달려갈 때 지노가 입을 열었다.

"검문소 뒤쪽 민가 2층에 감시원이 있었어."

놀란 로간과 바질이 숨을 죽였고 지노의 말이 이어졌다.

"불을 껐지만 커튼을 걷어놓았는데 대문이 조금 열려 있더군. 주인이 문단속을 안 했거나 못 한 거지."

지노의 얼굴에 쓴웃음이 번졌다.

"내가 아프간에서 시가전을 하면서 몸으로 겪은 거야."

"아르카디일까?"

로간이 묻자 지노가 고개를 끄덕였다.

"전력을 다할 거다. CIA도 협조를 할 거고."

지노가 손으로 천장을 가리켰다.

"지금 위성이 이곳을 찍고 있을 거야. 나중에 분류 작업을 하겠지."

그때 후세인이 웃었다.

"지노, 그럼 우리가 빠져나온 거냐?"

"아닙니다. 아직 끝나지 않았습니다."

"그럼 언제 끝나는 거냐?"

"어느 한쪽이 손을 들었을 때입니다."

"그렇군."

그때 지노가 후세인을 보았다.

"저쪽이 손을 들게 할 것입니다."

후세인은 시선만 줄 뿐 대답하지 않았다.

오전 6시 반.

니스의 중앙역 입구 좌측의 환전소 앞에 서 있던 카밀라는 이쪽으로 다가오는 시트로엥을 보았다. 눈에 익은 차. 지노와 함께 리옹으로 타고 갔던 차다.

아직 이른 아침이라 오가는 행인도 드물다. 차가 옆에서 멈추고 뒷자리에서 지노가 내렸다. 그 순간 카밀라의 시선이 지노에게서 차 안으로 옮겨졌다.

"아버지."

다음 순간 짧게 외친 카밀라가 뒷문으로 빨려들듯이 들어갔고 지노가 따라 타면서 문을 닫았다. 로간이 차를 발진시켰기 때문에 이들을 주목한 사람은 없다.

차 안.

후세인이 카밀라를 껴안고 볼에 입을 맞췄다. 품에 안긴 카밀라가 짧게 흐느꼈다.

"아버지."

"너를 살아서 만나다니."

후세인이 카밀라의 볼을 손끝으로 쓸었다. 그때 지노가 로간에게 말했다.

"로간, 바닷가로 가자. 그곳에 별장 임대가 많다."

니스는 부자들의 휴양 도시다.

"미국 대통령 체면이 뭐가 돼?"

버럭 소리친 부시가 오벌룸 안을 둘러보았다.

국무장관 아놀드, CIA 부장 피터슨, 안보보좌관 케이슨이 둘러앉아 있다. 방금 부시는 피터슨으로부터 '후세인의 동향'에 대한 보고를 받은 것이다. 부시가 말을 이었다.

"지금 미국 언론에서도 후세인의 증언이 방송되는 상황이야. 내가 마치 전범이라도 되는 것처럼 난리라고. 그런데, 뭐? 후세인이 이라크를 탈출했다고?"

부시의 시선이 국무장관 아놀드에게 옮겨졌다.

"이 모든 시작은 리차드 해리슨이라는 그 개아들놈의 출세욕 때문이라는 생각이 안 드나?"

아놀드가 한숨만 쉬었고 부시의 목소리가 높아졌다.

"나는 공무원을 믿었던 잘못밖에 없었던 거야. 굳이 따진다면 잘못 임명했기 때문인가?"

그때 피터슨이 헛기침을 했다.

"대통령님, 곧 후세인을 잡을 겁니다."

"잡아서 어쩔 건데?"

부시가 버럭 소리쳤다.

"지금 잡아서 나치 전범처럼 처형시킬 수 있을 것 같나? 그럼 재판받는 동안 후세인의 녹음테이프는 지금보다 10배는 더 돌아다닐 거야."

모두 숨을 죽였다.

이 사건을 일으킨 국무부 차관 리차드 해리슨은 지금 해직된 상태여서 청문회에 출석하고 있는 상황이다. 리차드에게는 좋은 시절은 다 가고 고생길이 펼쳐진 입장이다. 그때 안보보좌관 케이슨이 입을 열었다.

"후세인을 데려오면 안 됩니다. 공개석상에 등장시키면 안 된단 말입니다."

케이슨이 피터슨과 아놀드를 둘러보았다. 케이슨은 부시의 심중을 대변하고 있는 것이다.

"그렇게 되면 재판을 받는 동안 그놈은 온갖 언론 플레이를 할 것이고 그렇게 되면 여론이 악화될 겁니다. 우리가 그놈 페이스에 놀아날 수는 없어요."

"알겠습니다."

피터슨이 고개를 끄덕였다. '후세인 사건'의 책임을 맡은 피터슨이 말을 이었다.

"그렇게 처리하겠습니다."

이렇게 후세인의 처리가 결정되었다. 후세인을 생포하지 않는 것이다.

프랑스는 로간과 바질의 홈그라운드다. 용병을 그만두고 프랑스에서 생활했던 둘은 프랑스로 돌아오자 물 만난 고기가 되었다.

오후 3시 반.

일행은 해수욕장이 내려다보이는 숲속의 별장에 들어와 있다. 2층의 흰색 건물로 방이 8개, 옆쪽 부속채에는 마구간과 차 3대가 주차될 공간이 있다. 잔디가 깔린 정원, 숲에 싸인 별장은 바다 쪽에서만 보인다.

지노는 이곳을 1년 사용료 1백만 불을 주고 빌린 것이다. 임대업자를 통하지 않고 주인과 직거래, 그것도 현금 거래다. 지방신문에 매물로 내놓았다가 거래가 되면 지우면 된다.

후세인이 2층 응접실에 앉아 바다를 내려다보았다. 옆에는 카밀라가 앉아있다. 방금 후세인은 지노와 카밀라한테서 성형 수술 이야기를 들었다. 이윽고 고개를 돌린 후세인이 입을 열었다.

"좋아. 하자."

"예, 각하. 그럼 쟝 박사하고 스케줄을 잡겠습니다."

"그래. 그리고……."

주위를 둘러본 후세인이 말을 이었다.

"여기 시중드는 사람은 구할 필요가 없다. 수술이 끝날 때까지 보류다."

"아버님."

카밀라가 입을 열었다가 후세인이 손을 드는 바람에 숨을 멈췄다. 후세인이 말을 이었다.

"이렇게 지노가 고생 끝에 날 여기까지 데려왔는데 내가 조금 편하려고 허점을 보일 수는 없지."

후세인이 생기 띤 눈으로 지노를, 카밀라를 번갈아 보았다.

"내가 얼굴 성형이 끝나면 할 일이 있어. 여기까지 오면서 생각을 한 거야."

지노와 카밀라가 시선을 주었지만 후세인은 더 이상 말을 잇지 않았다. 지노가 고개를 숙여 보이고는 응접실을 나왔다.

차고 앞. 오후 5시.

지노가 로간, 바질과 함께 둘러서 있다. 지노가 둘을 번갈아 보았다.

"너희들 둘이 각하 성형 수술 끝날 때까지만 같이 있어줘야겠다."

지노가 말을 이었다.

"한 달쯤 걸릴 거야."

"난 별로 할 일도 없어서……."

바질이 먼저 입을 열었다.

"그냥 각하 죽을 때까지 옆에 있으면 안 될까? 물론 자연사할 때까지 말야."

"갓댐."

쓴웃음을 지은 지노가 로간을 보았다.

"로간, 어때?"

"그걸 말이라고 묻는 거야?"

"뭘?"

"가라고 할 때까지 있을게."

"좋아. 그리고."

고개를 끄덕인 지노가 다시 둘을 번갈아 보았다.

"각하께서 너희들한테 보너스를 주라고 하셨다."

둘은 시선만 주었고 지노가 말을 이었다.

"너희들 차명 계좌로 각각 5백만 불씩 넣어줄 테니까 그렇게 알고 있도록."

순간 숨을 들이켠 둘이 잠깐 지노를 응시했다. 눈동자가 흐려져 있는 것이 머릿속이 혼란한 것 같다. 이윽고 눈의 초점을 잡은 둘의 호흡이 가빠졌다. 지난번에 지노한테서 각각 1백만 불씩을 받았던 것이다. 그러면 6백만 불이 된다.

"지저스 크라이스트."

먼저 로간이 한숨과 함께 말을 뱉었다.

"이젠 돈 욕심이 안 나는군."

그때 바질이 말을 받는다.

"돈이 뭐 하는 거야?"

그날 밤.

12시가 조금 넘었을 때 문 열리는 기척에 지노가 고개를 들었다. 침대에 누워 있던 참이다. 카밀라가 방으로 들어서고 있다. 방의 불을 켜놓아서 카밀라의 얼굴이 상기되어 있는 것도 드러났다.

지노가 상반신을 일으켰을 때 카밀라가 방의 불을 껐다. 그러나 창밖의 보안등 불빛을 정면으로 받은 얼굴 윤곽이 더 선명해졌다. 카밀라는 진주색 원피스 차림으로 샌들을 신었다.

94

침대 옆으로 다가온 카밀라가 원피스 단추를 풀더니 곧 발밑으로 흘러 떨어뜨렸다. 그러자 브래지어와 팬티 차림이 되었다. 풍만한 가슴, 도톰한 아랫배, 잘록한 허리가 드러났다. 곧 카밀라가 침대 위로 올라왔고 지노가 몸을 비켜 자리를 만들었다.

시트 속으로 파고든 카밀라가 지노의 가슴에 얼굴을 붙였다. 두 팔로 지노의 허리를 빈틈없이 감아 안는다. 방에 들어와서 단 한마디도 하지 않았다. 곧 방 안에 거친 숨소리가 울리기 시작했다.

밤. 1시가 넘었다.

지노의 가슴에 얼굴을 붙인 카밀라가 입을 열었다.

"저녁때, 당신이 마당에 있을 때 로간과 바질이 들어왔어요."

카밀라가 지노의 가슴을 입술로 물면서 말을 이었다.

"아버지께 고맙다고 했어요."

"……"

"보너스를 주셔서 고맙다고요."

카밀라가 고개를 들고 지노를 올려다보았다. 두 눈이 반짝이고 있다.

"5백만 불씩 받았다는군요."

"……"

"아버지는 고개만 끄덕이셨어요."

카밀라가 다시 입술을 지노의 가슴에 붙였다.

"그러고는 나한테 말씀하셨어요. 지노 덕분에 인사 받았다고."

그때 지노가 카밀라의 허리를 감은 팔에 힘을 주었다. 카밀라가 턱을 들고 얼굴을 내밀었다. 입술이 반쯤 벌어졌고 다시 가쁜 숨이 뱉어졌다.

다음 날 아침.

후세인에게 인사를 마친 지노가 아래층으로 내려왔다. 지노가 카밀라와 함께 현관 밖으로 나왔을 때 기다리고 있던 로간과 바질이 맞는다.

"맡기겠다."

지노가 둘을 둘러보면서 말했다.

"부탁해."

"걱정 마."

로간이 쓴웃음을 짓고 대답했다.

"더 긴장하고 있으니까."

바질은 잠자코 고개만 끄덕였다. 지노는 리옹으로 가서 수술 일정을 체크하려는 것이다.

오후 3시 반.

쟝이 화장실에서 손을 씻고 있을 때 옆쪽으로 환자 하나가 다가섰다. 쟝이 무의식중에 시선을 주었더니 눈에 안대를 매고 머리에는 털실 모자를 쓴 사내가 말했다.

"접니다, 박사."

50센티쯤의 거리에서 서로 얼굴을 마주 보았는데도 쟝은 누군지 모른 채 고개만 끄덕였다. 환자복 차림이어서 안면이 있는 환자인 줄 알았다. 요즘 눈 수술한 환자는 없다. 그때 사내가 다시 말했다.

"지난번에 주차장에서 잠깐 뵈었죠."

"아!"

놀란 외침을 받은 쟝이 말을 이으려고 했더니 사내가 손가락을 세로로 입술에 붙였다. 그러더니 주머니에서 쪽지를 꺼내 쟝의 가운 주머니에 넣고 먼저 화장실을 나갔다. 사내가 나갔을 때 쟝이 쪽지를 꺼내 읽었다.

"도청, 감시를 조심해야 됩니다. 박사님 가운에도 도청장치가 있을지도 모릅니다. 수술 가능 일정을 적어주시지요. 30분 후에 다시 화장실에서 뵙겠습니다."

30분 후 화장실 세면기 앞에 서 있던 지노는 쟝이 들어서는 것을 보았다.

화장실에는 두 사람이 더 있었기 때문에 쟝이 소변기 앞에서 꾸물거리다가 그들이 나갔을 때 지노 옆으로 다가왔다. 그러더니 잠자코 환자복 주머니에 접힌 종이를 찔러 넣고 밖으로 나갔다.

세탁실 옆 창고에서 옷을 갈아입은 지노는 옆쪽 통로를 돌아 주방의 식자재 반입 출구로 나왔다.

오전 11시에 도착해서 지금까지 리옹병원의 구조를 조사한 것이다. 비상구 위치, 폐쇄된 입출구, 입원실 구조와 수술실 입출구까지 메모를 했다.

아직 감시자 기색은 발견하지 못했지만 상대는 이제 아르카디가 아니다. CIA라는 것을 직감적으로 느끼는 것이다. 아직 언론에는 일절 보도되지 않았지만 미국 정부는 비상이 걸려 있을 것이다. 지금은 CIA가 주도해서 후세인 체포 작전이 시작되었을 것이다.

거리로 나온 지노가 병원에서 500미터쯤 떨어진 카페에 들어가 맥주를 시켰다. 안전을 위해 이곳까지는 대중교통을 이용했다. 차를 가져오면 눈에 띄기 쉽기 때문이다. 맥주가 놓였을 때 지노가 주머니에서 쟝이 준 종이를 폈다.

"조수를 구했습니다. 1주일 후. 일요일에 수술 가능합니다. 그러니까 토요일 밤 12시까지는 병원에 오셔야 합니다. 그때는 주말이라 병원에 당직만 남아 있습니다."

지노가 심호흡을 했다.

대 작전이다.

"이런 작전이 제일 싫어."

말렌이 커피 잔을 들면서 말했다.

"가능성 1퍼센트를 기대하고 마냥 기다리다니. 벌써 5일째야."

"그래도 수당은 나오잖아."

로이스가 위로했다.

"슈스키는 작년에 생말로에서 두 달간 잠복근무를 하다가 돌아왔어."

"알아. 하지만 후세인이 성형 수술을 할지도 모른다는 허황된 추측 하나만으로 의사를 감시한다는 게 말이 돼?"

커피 잔을 내려놓은 말렌이 손목시계를 보았다.

오후 5시 반.

쟝 샹티에의 스케줄은 주르르 꿰고 있어서 오늘은 6시에 퇴근이다. 어제는 오후 11시까지 수술을 했기 때문이다. 쟝이 앞쪽 주차장으로 나오면 집에까지 미행해야만 한다. 로이스가 주차장을 바라보면서 말렌에게 물었다.

"말렌, 들었어?"

"뭘?"

"후세인을 이라크에서 데리고 나간 지노가 레인저의 한국계 소령 출신인데 하사로 제대했다는군. 코리안이야."

"소문이야?"

"피터한테서 들었어. 자료를 보았다는 거야."

"그놈이 살인 전문가라는 말은 들었어."

"그러니까 후세인이 고용했겠지."

"이것도 소문인데 지노가 후세인한테서 수억 불을 받았다는 거야. 그래서 옛날 동료들을 포섭해서 돈을 막 뿌린다는군."

말렌의 눈에 생기가 띠어졌다.

"아카바의 어선 선장한테도 만 불 뭉치를 줬다는 거야."

그때 로이스가 손목시계를 보고 나서 몸을 일으켰다. 이제 차에 가서 기다려야 한다.

지노가 주차장이 보이는 병원 비상구 옆 유리창으로 말렌과 로이스가 건너편 커피숍에서 나오는 것을 보았다.

오후 5시 40분.

오늘은 쟝이 6시에 퇴근한다. 의사들의 일정은 총무과에 물어보면 다 나온다. 그리고 총무과 앞에 의사들의 일정이 적혀 있는 것이다.

두 남녀는 쟝의 차에서 입구 쪽으로 20미터쯤 떨어진 검은색 승용차에 올랐다. 그러고는 움직이지 않는다. 이윽고 6시 10분이 되었을 때 쟝이 나왔다. 차에 오른 쟝이 주차장을 빠져나갔을 때 두 남녀가 탄 차가 뒤를 따른다.

쟝 상티에가 자택에 들어간 것을 확인한 말렌과 로이스는 길 건너편의 골목 안에 차를 주차했다. 이곳은 손 강의 서쪽 신시가지. 둘이 건물 3층의 연립주택으로 들어서자 창가에 서 있던 미뇽이 고개를 들었다.

"잘 왔어. 너희들이 12시까지만 여기 있어줘, 우리가 좀 나갔다가 올 테니까."

"무슨 소리야?"

말렌이 대번에 소리쳤다.

"규칙대로 하자고. 우리도 오늘 계획이 있단 말야!"

"너희들은 맨날 돌아다니니까 답답하지는 않잖아? 좀 봐주라."

안에서 보튼이 나오면서 말했다. 보튼과 미뇽은 도청 조다. 쟝의 자택, 병원의 집무실 전화기에 도청장치를 심어놓았기 때문이다. 그래서 이곳에 박혀 헤드셋을 머리에 쓰고 있어야만 한다. 그때 이번에는 듣고만 있던 로이스가 말했다.

"우리는 쉬운 줄 알아? 교대로 병원에 들어가 쟝 감시를 하는 데다 차로 미행까지 하는 게 얼마나 신경이 곤두서는 일인지 모른단 말야? 그렇게 못 해."

이것으로 도청 조의 계획은 좌절되었다.

이곳은 쟝 상티에의 감시본부다. 각각 둘씩 나눠서 밀착 감시와 도청을 맡았는데 쟝이 퇴근을 하면 감시조가 쉬는 것이 다르다. 도청 조는 24시간 근무하기 때문이다.

골목 끝에 선 지노가 연립주택 3층을 올려다보았다. 이곳은 건물 처마에 가려져 있어서 방금 불이 켜진 3층에서는 보이지 않는다. 저곳이 감시본부다.

지노는 택시를 타고 쟝의 뒤를 따라온 것이다. 쟝의 집을 알고 있었던 터라 두 남녀가 탄 차가 병원 주차장에서 따라 나간 후에 택시를 탄 것이다. 그래서 쟝의 집으로 가자고 했더니 예상했던 대로 앞서가는 그들을 발견할 수 있었다.

지노의 시선이 골목 안에 주차된 차로 옮겨졌다.

다음 날 오전 9시 반.

병실 진료를 하던 쟝이 복도에서 서 있는 환자를 보았다. 오늘도 안대를 매고 있는 지노다. 지노가 다가와 말했다.

"감시가 있습니다. 남녀 2명인데 박사님 일정을 다 알고 있는 터라 지금은 주차장 차 안에 있습니다."

쟝의 얼굴이 굳어졌지만 지노의 얼굴에 쓴웃음이 번졌다.

"조수하고 전화 통화 마시고, 조수한테도 지금 주의를 주세요."

"그럼 어떻게 하지요?"

"놈들을 우리가 파악한 이상 그걸 역으로 이용하면 됩니다."

지노가 말을 잇는다.

"지금 박사님이 병실을 돌아다니는 시간으로 알고 놈들이 올라오지 않는 것처럼 말입니다."

지노가 발을 떼면서 말했다.

"오후 3시부터 1시간 동안 회의지요? 그때도 놈들이 쉬는 시간일 테니까 그때 조수하고 셋이 모이지요."

"어떻게?"

"회의 도중에 자료실로 조수를 불러내면 되지 않겠습니까? 내가 자료실에서 기다릴 테니까 키를 주시죠."

쟝이 숨을 들이켰다. 회의실 옆방은 자료실이다. 지노가 자료실까지 알고 있는 것에 놀란 것이다.

오전에 유리와 수술이 있었기 때문에 수술 도중에 간호사 둘을 내보내고 쟝이 말했다.

"유리, 도청하고 있으니까 나한테 전화하지 마."

"도청? 누가 말요?"

놀란 유리가 눈을 크게 떴다. 수술실 안에는 환자가 마취되어 누워있을 뿐이지만 쟝이 목소리를 낮췄다.

"미국 놈들이겠지. CIA."

"갓댐. 미국 놈들."

"오늘 오후 2시에 회의지?"

"그래서요?"

"회의 중에 잠깐 자료실로 가자고. 거기서 중개인을 만나 상의를 하지."

"중개인?"

"계약금 문제도 결정하고, 수술 계획도 다시 세워야 돼."

"계약금, 좋죠."

"감시가 있는 이상 계획을 바꿔야지. 중개인 이야기를 듣자구."

"알았습니다."

유리는 이미 마음을 굳혀서 적극적이다. 고개를 끄덕인 유리가 말을 잇는다.

"5시간이면 끝낼 수 있어요, 쟝. 붕대를 풀기까지는 우리가 나서지 않아도 돼요."

"로이스, 커피 뽑아올까?"

말렌이 일어서며 말하자 로이스가 고개를 저었다.

"난 싫어."

"그럼 주스?"

"됐으니까 너나 마셔."

말렌이 자판기로 다가가자 로이스는 코트 깃을 세웠다.

리옹병원 대기실 안. 오늘도 대기실은 오가는 환자, 가족들로 분주하다. 의사와 간호사, 병원 직원들, 이제는 낯이 익은 얼굴도 생겼다. 그때 인스턴트커피 잔을 든 말렌이 다가와 옆에 앉았다. 계단과 엘리베이터, 그리고 병원 정문과 후문까지 보이는 위치다.

"나폴리에서 사살된 수상기 조종사의 차명계좌에 1백만 불이 입금된 것을 확인했다는군."

"누가 그래?"

"조금 전에 라셀이 말했어."

라셀은 파리 제1병원에 파견되었다. 그곳 성형외과 의사 말콤을 감시하는 것이다. CIA는 그동안 이라크를 왕래했던 성형외과 의사 4명을 선별해서 감시팀을 붙였다. 후세인의 성형 수술은 이라크에서도 극비로 처리한 것이라 어떤 증거도 없다. 그래서 왕래한 기록만으로 4명을 선별, 팀을 붙인 것이다. 그만큼 혈안이 되어 있는 상황이다. 로이스가 한숨을 쉬었다.

"도대체 잡아서 어쩌겠다는 거야?"

"어쩌다니?"

한 모금 커피를 삼킨 말렌이 눈을 크게 떴다. 기가 막힌다는 표정이다.

"제거야. 체포가 아니라고."

"얼른 끝내고 집에 돌아가고 싶다."

로이스의 눈이 흐려졌다. 파리의 집에는 어머니와 5살짜리 아들 쟈크가 있다. 어머니가 아침에 유아원에 데려다주고 오후에 데려온다. 다행히 이곳 업무가 조금 규칙적이어서 유아원에서 돌아온 시간에 쟈크와 통화할 여유는 있다. 손목시계를 본 로이스가 자리에서 일어섰다.

오후 3시 10분.

쟝이 회의를 시작했을 것이다. 회의까지 감시할 필요는 없지. 그래서 다시 대합실로 내려온 것이다.

성형외과 의사 12명이 모인 회의. 수술 일정, 환자의 문제 등을 매일 체크하는 회의다. 회의를 시작한 지 15분쯤이 지났을 때 쟝이 의사들에게 말했다.

"수술 일정 조정을 해봐요, 그동안 나하고 유리가 자료 검토를 할 테니까."

쟝이 자리에서 일어나 옆쪽의 자료실 문으로 다가갔고 유리가 뒤를 따랐다.

자료실 안에는 지노가 기다리고 있었는데 환자복 차림이지만 안대는 풀었다. 모자도 벗어서 머리는 다 드러났다. 지노가 의자에서 일어나 둘을 맞는다.

"이 사람이 유리 세르넨코, 날 도와줄 조수지요."

쟝이 소개하자 지노가 손을 내밀었다.

"지노 쟝이오, 용병이죠."

"반갑습니다."

유리가 힘주어 지노의 손을 잡았다. 지노를 똑바로 응시하고 있다. 지노가 고개를 끄덕였다.

"두 분은 좋은 일을 하시는 겁니다. 그리고 그 대가를 드리지요."

셋이 둘러앉았을 때 먼저 지노가 유리에게 물었다.

"얼마를 드릴까요?"

"5백만 불."

미리 정해놓고 있었기 때문에 유리가 대번에 대답했다.

"내 목숨 값이죠."

"목숨을 걸 정도는 아닙니다."

지노가 쓴웃음을 짓더니 고개를 끄덕였다.

"드리지요."

고개를 돌린 지노가 쟝을 보았다.

"쟝 박사는?"

"유리하고 같은 금액이면 됩니다."

그때 당황한 유리가 쟝을 보았다.

"아니, 박사님. 그건 좀……."

"됐어, 유리. 난 그 정도면 충분해."

"아니, 그러면 제가……."

"자, 돈 이야기는 그만."

쟝이 손을 들어 유리의 말을 막았다.

"그것으로 결정하지."

그때 지노가 말했다.

"그럼, 지급은 수술이 끝나는 즉시 계좌로 송금시키도록 하겠습니다. 자금 추적이 될 수 있으니까 분산된 차명 계좌를 제가 만들어드리지요."

지노가 말을 이었다.

"지금까지 여러 번 지급했지만 저쪽에서 먼저 추적당하지는 않았습니다."

"그러지요."

쟝이 고개를 끄덕였고 유리도 선선히 동의했다.

바로 수술 일정이 상의되었다. 지노가 먼저 입을 열었다.

"감시팀은 박사가 귀가하면 집 감시만 합니다. 그러니까 감시팀 모르게 집을 빠져나와 수술을 해야 됩니다."

지노가 둘을 번갈아 보았다.

"그렇게 계획을 세워주시지요."

이틀 후 오후 8시 반.

리옹 구시가지의 고택 안으로 승용차 한 대가 들어섰다. 열린 철문 안으로 들어선 차가 현관 앞에 멈춰 서자 기다리고 서 있던 지노가 뒷문을 열었다. 그때 후세인이 나왔다.

"각하."

"지노."

후세인이 지노의 어깨를 껴안았다. 지노의 볼을 세 번이나 비빈 후세인이 몸을 떼었을 때 카밀라가 다가섰다. 그러나 시선만 줄 뿐 손은 내밀지 않았다. 로간과 바질은 뒤로 물러서 있다.

후세인이 니스를 떠나 리옹으로 옮겨온 것이다. 이곳은 지노가 임대한 고택이다. 석조건물인 2층 대저택은 오래전부터 비어 있었기 때문에 정원에는 마른 잡초가 무성했다. 2층 응접실로 올라온 후세인이 소파에 앉았을 때 지노가 말했다.

"프랑스 귀족의 저택이었는데 지금은 후손이 망해서 매물로 내놓았습니다."

그것을 지노가 '영화 촬영' 조건으로 한 달간을 임대한 것이다. 이것도 건물주와 직접 계약했다. 얼굴을 드러내지 않으려는 수단이다.

방이 22개나 되는 대저택이다. 부속채가 2동이나 있어서 한 달 임대비로 12만 불을 지불했다. 지노가 말을 이었다.

"병원에서 수술을 하시고 바로 이곳으로 옮겨와서 붕대를 풀 때까지 머무르실 곳입니다."

"그렇군."

주위를 둘러본 후세인이 쓴웃음을 지었다.

"더 바랄 게 없다."

"내일 밤에 수술입니다."

후세인이 숨을 죽였고 지노가 말을 이었다.

"내일 밤 11시 반에 병원으로 가시면 기다리고 있는 쟝 박사팀이 수술을 시작할 것입니다."

후세인과 카밀라는 시선만 주었고 지노가 목소리를 낮췄다.

"CIA의 감시팀이 쟝 박사를 감시하고 있지만 귀가하면 집 감시는 느슨해집니다. 그때 박사가 집을 빠져나와 수술실로 오는 것입니다."

"……."

"수술실에는 쟝 박사의 동료 유리 박사가 먼저 와서 바로 시작할 수 있도록 준비를 다 해놓을 것입니다."

"……."

"수술 시간은 약 5시간. 오전 5시쯤 수술을 마치고 다시 이곳으로 옮겨 오시는 것입니다."

고개를 든 지노가 번들거리는 눈으로 후세인을 보았다.

"각하, 내일이면 끝납니다."

3장 대역 1호

"저놈."

손으로 화면을 가리킨 베크가 말했다.

"지노 일당입니다."

화장실 앞에 서 있는 사내. 밤이었지만 얼굴이 선명하다. 힐끗 이쪽을 보는 얼굴이 정지되어 있는 것이다. 이곳은 피렌체 북방의 고속도로상 휴게소.

"갓댐."

카터가 한숨을 쉬었다.

"프랑스로 간 것은 확실해."

지금 고속도로상 CCTV 필름을 모두 회수해서 확인하고 있는 중이다. 카터가 둘러선 팀장들에게 말했다.

"차로 갔어."

"젠장, 계속 뒷다리를 잡는군."

누군가 투덜거렸기 때문에 카터의 얼굴에 쓴웃음이 번졌다. 이제는 CIA가 주력이고 아르카디는 보조 역할이다. 이 테이프도 CIA가 먼저 보고 나서 아르카디에게 넘겨준 것이다. 그때 방으로 사내 하나가 들어섰다.

"고든 씨한테서 전화 왔습니다."

카터가 옆에 놓인 전화기를 들었다. 고든은 CIA 특별반장. 이번 작전의 책임자다.

"예, 고든 씨."

"카터 씨, 놈들의 피아트가 벤티밀리아 주차장에서 발견되었어."

고든의 목소리는 허탈하게 들렸다.

"뒷좌석은 젖히면 트렁크로 이어지는 부분이 뚫려 있더군."

"……."

"트렁크에 숨었다가 뒷좌석으로 나올 수 있도록 한 것이지."

"후세인을 숨겨 놓았군."

"차를 놓고 프랑스로 들어간 거야."

"……."

"카터 씨, 그쪽 국경은 아르카디에서 맡고 있었지요?"

카터가 숨을 들이켰다. 1개 조 4명을 파견했고 지금도 지키고 있다. 그때 고든이 말했다.

"차 안의 지문까지 싹 지워버린 놈들이오. 하지만 서둘렀기 때문인지 문에 지문 하나가 남았어."

"……."

"그린베레 출신으로 지노하고 한때 같은 팀이었던 로간이란 놈이야. 파리에서 택시운전을 하다가 요즘은 보이지 않는다는군."

고든의 목소리가 딱딱해졌다.

"카터 씨, 프랑스로 옮겨오시오. 뒷다리 짚더라도 끝은 봐야지."

다음 날 오후 6시 10분.

대기실에 앉아 있던 말렌의 귀에 꽂은 리시버에서 로이스의 목소리가 울렸다. 지금 로이스는 쟝의 성형외과가 위치한 3층 휴게실에 있을 것이었다.

"쟝이 외출복 차림으로 나갔어."

"어?"

놀란 말렌이 벌떡 일어섰다. 오늘 쟝의 스케줄은 7시에서 9시까지 수술이다. 스케줄 표에 찍혀 있는 것이다. 그때 쟝이 엘리베이터에서 내리더니 곧장 옆문으로 다가갔다. 주차장 쪽이다.

말렌은 로이스가 계단을 서둘러 내려오는 것을 보았다. 바지에 운동화 차림의 로이스는 날렵하다. 검정 머리가 어깨 위에서 출렁였고 화장기가 없는 얼굴이었지만 윤곽이 선명하다. 다가선 로이스에게 말렌이 물었다.

"어디 가는 거야?"

"내가 주차장으로 갈 테니까 네가 간호사실에 구내전화로 물어봐."

로이스가 발을 떼면서 말했다.

"서둘러. 차 빼려면 시간이 좀 걸릴 테지만 말야."

"알았어. 먼저 주차장에 가 있어."

말렌이 인터폰이 놓여있는 데스크로 다가갔고 로이스는 쟝의 뒤를 쫓는다.

"저기, 환자인데요. 쟝 박사님 사무실에 안 계세요?"

3층 성형외과 간호사실에다 물었더니 바로 간호사가 대답했다.

"퇴근하셨어요."

"오늘 수술이라고 해서 9시에 끝나고 병원에서 뵈려고 했더니. 무슨 일이 있으신가요?"

"몸이 아프시다고 수술 내일로 미루고 퇴근하셨어요."

"아, 감사합니다."

맥이 풀리면서 동시에 기분도 개운해진 말렌이 천천히 1층 대기실을 나왔다.

차로 다가갔더니 운전석에 앉아있던 로이스가 짜증을 냈다.

"왜 이렇게 엉금엉금 기어 다녀? 쟝은 벌써 빠져나갔다고!"

"집에 갔어."

말렌이 의자에 등을 붙이면서 말했다.

"몸이 아프다고 수술도 내일로 미루고 퇴근한 거야."

골목이 보이는 대각선 위치의 건물 옆에서 지노는 검은색 시트로엥이 쟝의 집 앞을 지나는 것을 보았다.

시트로엥은 집 옆쪽 주차장에 세워둔 쟝의 차를 확인하듯이 속력을 늦추고 지나갔다. 차 안에는 두 남녀가 탔다. 이제는 낯이 익은 쟝의 감시역이다. 차는 곧 골목 안으로 들어가 보이지 않았다.

오후 7시 15분.

이곳에서 쟝과 감시자가 오기를 기다리고 있었던 것이다. 자, 이제 감시자는 이곳으로 끌어들였다. 주위는 이미 어둠에 덮여 있다. 그때 옆에 선 바질이 물었다.

"저 차야?"

"응."

"놈들의 본부는 3층이고?"

"그래. 안에 몇 명 더 있을 거다."

오늘은 거사 날이다. 그래서 바질을 데려온 것이다. 고개를 끄덕인 바질이 코트 깃에 얼굴을 묻으면서 다시 물었다.

"지노, 들어가서 다 없애버리는 게 낫지 않을까?"

"그러면 수술은 당장 끝내겠지만 수술 때문에 죽인 것이 드러나."

"갓댐, 그렇군."

"수술한지 모르게 끝내는 것이 최상이야."

"그래서 내가 여기서 지키고 서 있어야 한단 말이지?"

"만일의 경우에 대비해야지."

지노가 앞쪽 쟝의 집을 눈으로 가리켰다.

"쟝이 없어진 것을 알게 되면 놈들이 찾으러 나갈 거다. 곧장 병원으로 달려가겠지."

"그때 없애란 말이군."

바질이 혀를 찼다. 추운 날씨다. 발이 시려서 바질은 자꾸 발을 구른다. 오가는 행인이 많았지만 모두 종종걸음을 한다. 그때 지노가 손목시계를 보았다. 쟝이 집에 있다는 확인전화를 해줄 때가 되었다.

"잠깐."

보튼이 소리치자 집 안이 조용해졌다.

연립주택의 응접실 안. 벽 쪽에 녹음장치와 스피커, 3개의 도청장치가 붙어 있다. 바로 쟝의 집 응접실의 전화기다. '응접실'이라고 적힌 도청기 뒤쪽 전구가 번쩍인다. 그때 번쩍임이 그치고 스피커에서 여자 목소리가 울렸다.

"네, 리옹병원 성형외과 간호사실입니다."

"응, 난데."

쟝의 목소리. 쟝이 말을 이었다.

"내가 깜빡 잊었는데 내일 모린 씨 수술은 4시로 해."

"네, 알겠습니다."

"내가 몸이 안 좋아서, 미안."

"푹 쉬세요."

"9시에 당직만 남고 퇴근하도록."

"네, 알겠습니다."

통화가 끝났을 때 보튼이 입맛을 다셨다.

"우리도 좀 쉬자."

그렇지만 나갈 수는 없다.

오후 8시 반.

운동복 차림의 쟝이 저택 뒤쪽의 샛문을 열고 밖으로 나오더니 옆집 1미터쯤 높이의 담장을 건너 뒷마당을 지났다. 이곳 주택들은 뒷마당이 연결되었는데 뒤쪽은 길이 없다. 불이 꺼진 옆집도 조용하다. 노인 부부는 8시면 안방에서 TV만 본다.

다시 옆집 반대쪽 담장을 건넌 쟝이 오른쪽 골목으로 나왔을 때 담장에 붙어 서 있던 지노가 다가왔다. 지노가 쟝이 들고 있는 헝겊 가방을 받았다.

"자, 이쪽으로."

휘어진 골목 밖으로 나왔더니 건너편의 감시자 연립주택은 보이지도 않았다. 둘은 거리를 걸어 곧 택시 정류장으로 다가가 섰다. 곧 택시가 다가왔다.

오후 9시 반.

지노와 쟝이 응접실로 들어서자 후세인이 일어섰다. 카밀라도 따라서 일어선다.

"오!"

미리 연락한 터라 후세인이 두 팔을 벌렸다.

"각하, 뵙게 되어서 영광입니다."

굳은 표정의 쟝이 후세인의 품에 안겼다. 후세인이 쟝의 볼을 두 번 비비고는 놓아주었다.

"반갑네, 박사."

후세인과 쟝은 안면이 없다. 대역 1호를 만나 성형했을 뿐이다. 그때 카밀라가 나왔다.

"박사, 오랜만입니다."

"오, 공주님."

그제야 쟝의 얼굴이 일그러지며 풀렸다. 카밀라가 쟝을 여러 번 만나 성형을 지도했기 때문이다.

"여기서 뵙습니다."

카밀라의 손을 잡은 쟝이 허리를 굽혔다.

"반갑습니다."

"잘 부탁해요."

"최선을 다하겠습니다."

이윽고 모두 자리에 앉았을 때 후세인이 말했다.

"위험을 무릅쓰고 도와줘서 고맙네."

"아닙니다, 각하. 저는 최선을 다하겠습니다."

그때 지노가 손목시계를 보면서 말했다.

"각하, 이제 준비를 하셔야겠습니다."

오후 10시 반.

병원의 후문 주차장에 검정색 승용차가 멈춰 섰다.

이곳은 식당과 입원실로 통하는 출구여서 오후 7시 이후에는 문이 잠겨 있다. CCTV도 설치되지 않았다. 차에서는 4명이 내렸는데 한 명은 환자복을 입었고 한 명은 의사 가운 차림이다. 넷은 곧장 후문으로 다가갔는데 앞장선 의사가 열쇠를 꺼내 문을 열었다.

의사는 쟝이다. 곧 안으로 들어선 넷은 복도 옆쪽에서 환자용 바퀴 달린 병상을 꺼냈다. 그러자 환자가 병상 위에 올라가 누웠다. 후세인이다.

쟝이 후세인의 몸 위로 갈색 모포를 덮었다. 마치 환자가 자는 것 같다. 곧 의사와 지노, 로간이 병상을 밀고 옆쪽 화물용 엘리베이터로 다가갔다.

엘리베이터가 3층에서 멈춰 섰을 때 문이 열렸다. 복도로 나온 쟝이 곧장 왼쪽 수술실로 다가갔다. 복도는 텅 비었다. 수술실 문을 연 쟝이 병상을 밀고 들어섰을 때 기다리고 있던 유리가 맞았다. 유리도 굳은 표정이다. 그때 지노가 로간에게 말했다.

"로간, 넌 밖으로."

밖에서 지켜 서 있으라는 말이다.

"수술실에 누가 있지?"

간호사 포나가 묻자 미누엘이 대답했다.

"유리 박사가 수술기기 점검을 하신다고 들어가 있어."

"그렇구나."

"기기 제작사 사람도 부른다고 했어."

성형외과 간호사실에는 둘뿐이다. 성형 병실에는 환자가 8명뿐이어서 조용하다. 둘은 다시 제 할 일을 했다.

수술 2시간째.

마취 상태에서 후세인의 얼굴은 그야말로 난도질이 된 상태. 미리 준비된 얼굴형이 앞쪽 스크린에 떠 있다. 지금 쟝은 후세인의 콧등을 깎고 봉합을 하는 중이다.

지노가 벽에 기대서서 스크린을 물끄러미 보았다. 후세인이 저렇게 되어간다.

115

수술 3시간 째. 오전 2시 반.

이제 후세인의 입술이 꿰매지고 있다. 조금 옅어진 입술. 스크린의 얼굴은 전혀 다르다. 부드러운 눈매와 굳게 다문 입술, 콧날은 곧고 미끈하다. 전혀 다른 얼굴.

수술 5시간째.

얼굴에 붕대를 감은 후세인이 수술대에서 병상으로 옮겨졌다. 아직 마취에서 깨어나지 않은 상태. 쟝이 뒤에 선 지노에게 입을 열었다.

"조심해야 됩니다. 차로 옮겨 실을 때에도 의식이 돌아오지 않을 테니까요."

고개를 돌린 쟝이 유리를 보았다.

"유리, 뒷마무리를 부탁해."

오전 4시 10분.

병상이 화물용 엘리베이터에서 나와 후문으로 다가갔다. 후문이 열리고 병상에 얼굴까지 모포가 덮인 채 누운 후세인이 나왔다. 지노와 쟝이 병상을 밀고 로간이 서둘러 앞장서서 차로 다가갔다. 차의 뒷문을 열고 후세인을 길게 눕힌 후에 쟝이 병상 밑에 넣은 가방을 지노에게 건네주었다.

"아까 말씀드린 대로 붕대를 적시고 링거를 꽂아야 합니다."

"압니다."

"내가 내일 밤에 가서 점검하겠습니다."

"알겠습니다."

쟝과 악수를 나눈 지노가 차에 올랐고 로간이 시동을 걸었다. 몸을 돌린 쟝이 서둘러 어둠 속으로 사라졌다. 택시를 잡아 집으로 돌아가려는 것이다.

오전 5시.

차가 저택 현관 앞에 도착하자 카밀라가 먼저 차 문을 열었다.

"아버지."

불렀지만 누워있는 후세인은 대답이 없다. 얼굴은 입 부분만 남겨놓고 모두 흰 붕대로 감은 상태. 아직 마취에서 깨어나지 않았다.

지노와 로간, 카밀라까지 거들어서 후세인을 집 안으로 옮겼다. 미리 준비해 둔 들것에 실어 이층 침실의 침대에 눕힌다. 쟝의 지시대로 붕대 사이에 내놓은 링거 줄에 링거 바늘을 꽂았다.

그때는 오전 6시가 되어가고 있었다.

다시 뒷골목.

옆집 마당을 횡단해서 집의 뒷문으로 들어섰을 때 화장실에 가던 큰딸 마리안이 쟝을 보았다.

"아빠, 어디 갔다 와?"

"쓰레기 버리고."

아직 잠이 덜 깬 마리안이 쟝의 모습을 힐끗 보더니 화장실로 들어섰다. 쟝은 운동복 차림이다. 안쪽 침실 옆의 화장실로 들어선 쟝이 긴 숨을 뱉었다.

끝났다.

오전 7시 10분.

쟝의 집에서 차가 나와 차도로 들어섰다. 그 뒤쪽으로 말렌과 로이스가 탄 차가 따른다. 그것을 본 바질이 하품을 하고는 몸을 돌렸다.

어젯밤의 작업이 잘 끝난 것 같다.

"나는 새로운 이라크를 건설할 거다."

의식을 회복한 후세인의 첫 말이다. 침상 주위에는 카밀라와 지노 둘이 서 있었는데 또렷하게 말한 것이다.

오전 10시 반.

수술 후 5시간이 지났다. 후세인의 얼굴은 흰 붕대로 감겨서 입만 뚫려있다. 누에고치 같다. 그 뚫린 입으로 말을 잇는다.

"지금까지와는 전혀 다른 내가 되어서 새 이라크를 세운다."

후세인의 목소리는 떨렸지만 또렷했다.

"아버지, 그렇게 하세요."

카밀라가 격려했다.

"이젠 새 얼굴로, 새 사람으로 다시 시작하세요."

"내가 구차하게 숨어 살려고 얼굴 바꾼 것이 아니다."

"알아요, 아버지."

"다시 이라크로 돌아갈 거다."

"예, 아버지."

"지노, 거기 있느냐?"

후세인이 찾았기 때문에 지노가 한 걸음 다가섰다.

"예, 각하."

"고맙다."

"아닙니다, 각하."

"네 덕분이다."

"저는 용병일 뿐입니다, 각하."

"지노."

"예, 각하."

"네가 내 옆에 있어줘야겠다."

118

"예, 각하 성형이 끝날 때까지 지켜드리겠습니다."

"지노."

"예, 각하."

"나는 독재자, 악랄한 전쟁 범죄자가 아니다."

"……."

"이라크 국민들에겐 내가 필요하다. 지금 이라크를 보아라."

"……."

"갈기갈기 찢어지고 이란, 시리아, 탈레반 테러범들까지 이라크를 뜯어먹는 상황이야."

"……."

"미국은 그렇게 되기를 바라고."

"……."

"다음에는 이란을 죽이려고 하겠지."

후세인이 손을 뻗어 내밀었다.

"지노, 네 손을 내밀어라."

그때 지노가 후세인의 손을 잡았다. 후세인이 손을 흔들었다.

"네가 굳이 용병을 고집한다면 나하고 다시 계약을 하자."

지노가 고개를 돌려 옆에 선 카밀라를 보았다. 지노의 시선을 받은 카밀라가 고개를 끄덕였다. 승낙을 하라는 표정이다. 지노가 후세인의 손을 쥔 채 대답했다.

"예, 각하."

"고맙다."

후세인의 목소리가 약해졌기 때문에 카밀라가 몸을 굽히고 말했다.

"아버지, 이제 좀 쉬세요."

이곳은 이라크의 티크리트. 후세인의 고향. 미 제7사단 사령부가 위치한 지역. 지금도 현상금 사냥이 진행되고 있는 곳이다.

티크리트 외곽의 험준한 산맥 중턱의 동굴 안. 국도에서 10킬로나 떨어진 산악지역이다.

압둘 가민 소장이 앞에 앉은 후세인을 쳐다보았다. 그렇다. 사담 후세인. 이라크의 대통령이다. 그때 가민이 입을 열었다.

"각하께선 지금 유럽에 계시는 것 같아."

후세인은 시선만 주었고 가민이 말을 이었다.

"하지만 좀 기다려 봐야겠어."

"지쳤습니다, 장군."

후세인이 말했다.

"짐승처럼 살다가 죽기는 싫습니다. 이제 나가고 싶어요."

후세인이 번들거리는 눈으로 가민을 보았다.

이 후세인이 누구인가? 대역 1호다. 지금까지 산속에 숨어 있다가 후세인이 탈출하고 나서 가민에게 온 것이다.

"장군."

후세인이 가민을 부른다. 목소리도 똑같다. 얼굴도 후세인 그대로다. 그래서 후세인의 시선을 받은 가민도 곧 고개를 숙일 정도다. 1호가 말을 이었다.

"내가 후세인으로 죽게 해주시오. 난 10여 년간 후세인으로 살았고 각하의 은혜를 입었습니다."

1호의 목소리에 열기가 띠어졌다.

"내가 미군에게 잡혀서 처형당하면 각하께선 안전하게 되실 것입니다."

"……."

"미국도 그것으로 이라크 작전을 끝내겠지요, 장군."

고개를 든 1호가 가민을 보았다.

"날 믿지 못하십니까?"

"1호, 넌 각하의 분신이야. 믿는다."

"그럼 왜 망설이십니까? 날 미군에게 넘기고 이 지긋지긋한 도피 생활을 끝냅시다."

"미군은 네가 대역인 줄 금방 알아챌 거야. DNA 검사에서 바로 드러나."

"하지만 알면서도 날 재판하고 처형해야 될 겁니다. 국내 여론이 아직도 후세인을 잡지 못하느냐고 악화되고 있으니까요."

"잘 아는군."

"저도 각하처럼 사고하도록 끊임없이 공부를 했습니다."

1호가 말을 이었다.

"이 얼굴로 어떻게 살겠습니까? 지금까지 후세인으로 살아왔으니 후세인으로 죽도록 내보내주시오."

가민이 심호흡을 했다. 후세인은 떠나면서 1호의 처리를 말해주지 않은 것이다. 지금까지 1호는 산속 은신처에 박혀 있어서 아무도 관심을 갖지 않았다. 후세인 역할을 시킨다고 해도 금방 탄로가 날 것이기 때문이다. 그때 가민이 고개를 들었다.

"각하께서는 떠나시면서 내가 투항하기를 바라셨는데 이제 결심했다."

"……."

"너와 함께 투쟁을 계속하겠다."

"장군, 어쩌시겠다는 겁니까?"

"후세인이 여기 있다고 소문을 내는 거야. 그러려면 네가 모습을 드러내야겠다."

"……."

"네 존재는 나와 파라드 대령 둘만 알기로 하지."

가민이 번들거리는 눈으로 1호를 보았다.

"1호, 북부로 가자."

다음 날 밤 9시가 되었을 때 유리 세르넨코가 로간과 함께 저택으로 들어섰다. 유리는 손에 가방을 들고 있었는데 후세인을 치료하러 온 것이다. 누워있는 후세인의 상태를 진단한 유리가 붕대를 갈아주면서 지노에게 말했다.

"잘 아물고 있습니다. 10일이면 붕대를 풀고 20일이면 새 살이 어울릴 것이고, 30일이면 흔적도 사라질 것입니다."

"수고했어요."

지노가 사례했다. 유리는 CIA 감시조의 밀착 감시를 받지 않는 것이다. 유리가 소독기를 씻으려고 방을 나갔을 때 카밀라가 말했다.

"한 달이면 끝나겠군요."

그때 듣고만 있던 후세인이 누운 채로 말했다.

"한 달 후에 여기를 떠나는 거다."

어디로 떠난다는 말은 하지 않았다.

진료를 끝낸 유리와 현관으로 나온 지노가 입을 열었다.

"박사, 계좌의 돈은 우크라이나로 돌아간 후에 사용하도록 하시지요. 그것도 조금씩 말입니다."

"압니다."

어두운 현관 앞에 선 유리가 이를 드러내고 웃었다.

"사고는 꼭 돈을 쓸 때 일어나더군요. 영화에서 많이 보았습니다."

"한 달 후에 프랑스를 떠난다고 하셨지요?"

"예, 프랑스는 지긋지긋해요."

"가족은 여기다 두고?"

"이혼해서 이젠 남이죠. 딸 얼굴도 생각나지 않아요."

유리가 고개를 저었다.

"매달 양육비를 보내주면 됩니다. 그건 우크라이나에서 보낼 수도 있으니까."

"……."

"걱정하지 않으셔도 됩니다. 난 머릿속의 후세인 각하 새 얼굴도 싹 지웠으니까요."

그때 로간이 차를 끌고 왔기 때문에 지노가 유리의 손을 잡았다.

"고맙습니다."

"내일 다시 오지요."

유리가 지노의 손을 쥐더니 다시 웃었다.

"각하의 수술 증거는 아무것도 없습니다."

그날 밤.

침대에 누워있던 카밀라가 고개를 돌려 지노를 보았다. 지노의 침실 안이다. 방 안은 어두웠지만 카밀라의 얼굴 윤곽이 선명하게 드러났다.

"지노, 우리하고 함께 가실 거죠?"

카밀라가 지노에게 바짝 몸을 붙였다. 두 팔로 허리를 감아 안고 얼굴을 가슴에 묻는다. 그때 지노가 카밀라의 어깨를 감싸 안았다.

"용병이니까 다시 고용 계약을 하는 것으로 합시다."

"좋아요."

카밀라가 눈웃음을 쳤다.

"계약해요. 얼마 드릴까요?"

"다 받았지 않습니까?"

"5천만 불을 더 드릴게요, 자금이 더 필요할 테니까."

"지금도 몇 천만 불이 남아있어요."

지노가 고개까지 저었다.

"이젠 돈에 대한 개념이 흐려졌어."

카밀라가 다시 웃었다.

"지노."

"예, 카밀라."

"이젠 다른 목표를 세우세요."

허리를 감은 팔에 힘을 준 카밀라의 숨결이 가빠졌다.

"미국의 제국주의를 깨뜨리고 새 민주국가를 세운다는 목표."

"……."

"당신이 세운다고 생각하세요."

"……."

"나와 함께."

"……."

"내 아버지를 도와서."

카밀라가 지노의 가슴에 입술을 붙였다.

"다시 이라크를 해방시키는 거죠. 북부지역 반군들을 규합하면 희망이 있어요."

지노가 잠자코 카밀라의 어깨를 당겨 안았다. 나는 용병일 뿐이다. 그런 의미다.

"석 달이야!"

안느의 날카로운 목소리가 수화기를 울렸다.

"법원에 신고를 했으니까 곧 네 월급에 차압이 들어갈 거야!"

유리가 수화기를 귀에서 뗐다가 붙였다. 수술 대기실 안이다.

오후 1시 반.

유리가 숨만 가쁘게 쉰 것이 무시하는 것으로 보인 것 같다. 안느의 목소리가 더 높아졌다.

"너한테 프랑스 법이 얼마나 엄격한지 보여주겠어. 이 우크라이나 개자식아."

그때 유리가 말했다.

"이 더러운 창녀."

낮게 말했기 때문에 옆쪽 자리의 의사들도 못 들었다. 유리가 말을 이었다.

"이 돈만 밝히는 냄새나는 암캐."

"뭐라구? 이 쓰레기 같은 놈이."

"양육비 보내주마, 이년아."

"네가 무슨 돈이 있다고? 이 거지같은 놈아!"

"오늘 보내주지, 이 잡종."

전화기를 내려놓은 유리가 어깨를 부풀렸다가 내렸다. 얼굴이 하얗게 굳어졌고 꾹 다문 입술 끝이 경련을 일으켰다. 그러나 의사들은 눈치채지 못했다.

오후 5시 반.

수술실에서 수술을 마쳤을 때 유리가 쟝에게 말했다.

"3,600불 보냈어요."

"응? 뭘?"

손을 씻던 쟝이 고개를 돌려 유리를 보았다. 뒤쪽에서 간호사가 기구를 정리하고 있을 뿐이다. 유리가 목소리를 낮췄다.

"안느, 그년에게 석 달분 양육비."

"……"

"그 돈 안 쓰려고 했는데 어쩔 수가 없었어요. 법원에서 차압이 들어온다고 해서. 그렇게 되면 곤란하거든."

"……"

"내가 돈 빌린 데가 있기 때문에……"

"도대체 어디서 돈을 빌린 거야?"

"사채업자."

수건으로 손을 닦으면서 유리가 말을 이었다.

"그놈들한테 돈을 안 갚으면 골치가 아파지거든. 하지만 이제 다 끝났어요."

유리가 쓴웃음을 짓고 쟝을 보았다.

"내가 곧 여기를 떠날 테니까."

퇴근 시간이 되었을 때 쟝이 유리를 스쳐 지나면서 말했다.

"누가 데리러 왔을 때 오늘 내가 간다고 해. 날 데리러 오라고."

"그래 주실래요?"

유리가 반색을 했다. 오늘은 8일째다. 그동안 매일 밤 유리가 후세인을 진료했던 것이다. 쟝이 고개를 끄덕였다.

"내가 한번 봐야지."

"내일쯤 붕대 풀어도 될 것 같아요."

"그건 내가 봐야겠어."

쟝이 다시 발을 떼었다.

오후 9시 반.

126

골목 입구에서 기다리던 쟝이 다가오는 지노를 보았다. 눈발이 흩날리는 날씨다. 유리를 데리러 갔던 로간이 혼자 돌아와 이야기를 전하자 지노가 이쪽으로 온 것이다. 길가에 세워놓은 차에 올랐을 때 지노가 차를 발진시키면서 물었다.

"오늘은 박사가 진료를 하셔야 됩니까?"

"붕대를 풀 때가 되어서요."

쟝이 뒤쪽을 바라보고 나서 말을 이었다.

"그리고 드릴 말씀도 있고."

쟝이 지노의 옆얼굴을 보았다.

"유리가 받은 돈에서 전처한테 양육비 밀린 것을 보냈다는데."

"……."

"3,600불 정도인데 그 돈이 어디서 생겼느냐고 묻는다면 핑계거리가 없을 겁니다."

"……."

"그리고 사채업자한테 돈을 빌린 모양입니다. 월급을 받으면 바로 사채업자한테 갚는다고 해요."

"……."

"이러다가 정보가 새는 것 아닌가 불안해져서 말하는 겁니다."

지노가 소리 죽여 숨을 뱉었다.

"양부와 어머니가 낭트에 사는데 인연을 끊은 지 10년도 더 넘었다고 하는데요."

제닝스가 보고했다.

"전화도 한 적이 없답니다."

이곳은 파리의 CIA 지부 사무실 안. 고든이 이곳으로 옮겨온 지 10일째다. CIA 지부는 5층 건물을 사용하고 있었는데 정문에는 성조기가 걸려 있다. 대사관 부속 건물인 것이다.

자리에서 일어선 고든이 창밖을 보았다.

오전 9시 반.

겨울 하늘은 맑고 푸르다. 제닝스가 말을 이었다.

"로간은 여자도 없습니다. 로간 계좌를 체크해봤더니 예금이 120프랑쯤 남아 있었습니다."

"갓댐."

창밖을 향한 채 고든이 투덜거렸다.

"요즘은 차명계좌에 비밀번호만 있으면 신분증명서 없이도 얼마든지 은행거래가 되는 세상이야. 어떤 미친놈이 제 이름으로 입출금을 하겠냐?"

파리 제1은행에 입금되어 있던 후세인의 비자금이 카밀라와 지노에 의해 인출된 것은 파악이 되었다. 12억불이다. 그러나 그 12억불은 증발된 채 흔적을 찾을 수 없다. 카밀라가 수십 개로 쪼개서 차명계좌로 수십 개의 은행에 분산시켰기 때문이다.

그뿐인가?

그것을 다시 다른 차명으로 쪼개어서 인출했기 때문에 지금도 추적 중이지만 점점 멀어져 간다. 그것은 이틀에 한 번, 또는 하루에도 두 번씩 끊임없이 계좌를 바꾸고 자금을 모았다가 분산시키기를 계속하기 때문이다.

그래서 지금까지 만들어진 계좌가 수천 개에 이르렀다. 그 하나를 추적하는 데도 법원의 영장을 받아야 하는 상황이다. 그때 방 안으로 파리지부 요원 맥심이 들어섰다. 이번 '후세인 작전'에 투입된 파리 요원이다.

"반장님, 리옹병원 성형외과 의사 유리 세르넨코가 전처에게 양육비로 3,600

불을 지급했습니다."

고든은 시선만 주었고 맥심이 말을 이었다.

"유리의 한 달 월급이 미화로 4,700불가량 되는데 리옹 법원에서 3달 양육비 지급 명령을 받았습니다. 그런데 어제 3,600불을 지급했더군요."

"……."

"그런데 유리의 계좌 거래내역을 보았더니 잔고가 50프랑밖에 없었습니다. 3,600불은 누구한테서 현금으로 빌렸든지 차명계좌에서 인출한 것이 되겠지요."

"그렇겠군."

그러나 고든의 표정은 시큰둥했다.

"또는 집에 현금을 숨겨놓았을 수도 있지."

"리옹에 감시팀이 있습니다만 유리 세르넨코에게 감시를 따로 붙일까요?"

"리옹의 팀에게 조사시켜."

맥심이 고개를 끄덕이며 돌아섰다.

10일째.

오늘은 유리가 와서 붕대를 풀었다. 숨을 죽인 채 침대 옆에 선 카밀라와 지노는 붕대가 한 꺼풀씩 벗겨지는 것을 보았다. 이윽고 붕대가 다 벗겨졌을 때 지노는 눈을 크게 떴고 카밀라는 두 손으로 입을 가렸다.

처음 보는 사내가 누워있다. 얇은 눈꺼풀, 곧은 콧날, 얇고 단정한 입술, 얼굴은 수염으로 덮였지만 다른 사내다. 후세인이 아니다. 후세인의 흔적조차 없다.

"아, 아버지."

카밀라가 그렇게 불렀지만 두려운 표정이다. 냉큼 다가가지 못한다.

"카밀라."

손을 내밀었던 후세인이 상반신을 일으키면서 말했다.

"거울."

유리가 거울을 건네주자 후세인이 거울을 들고 보았다.

"으음!"

거울을 보면서 후세인이 탄성을 뱉었다. 아직 코의 윗부분이 붉었고 실밥 자리가 남아있다. 눈꼬리에도 실밥이 붙어 있다. 그래서 보기 흉했지만 다른 사내가 거울에 있는 것이다. 그때 유리가 말했다.

"각하, 3, 4일 지나면 딱지가 떨어지고 새살이 돋아날 것입니다."

"으음. 수고했어."

"그때 실밥을 떼고 약을 계속 바르면 피부가 깨끗해질 것입니다. 그때까지 수염은 깎지 마십시오."

"알았어, 박사."

"그럼, 3일 후에 다시 오겠습니다."

유리가 밝은 표정으로 후세인을 보았다.

"성공적입니다, 각하."

"이젠 내가 후세인이 아냐, 박사."

후세인이 쓴웃음을 짓고 말했다.

"다른 이름을 만들어야겠어."

오후 11시.

유리가 집으로 들어섰을 때다. 전화벨이 울렸기 때문에 유리가 전화기를 집어 들었다.

"여보세요."

"유리 세르넨코, 나야."

"아, 바르키 씨."

유리가 어깨를 치켰다가 내렸다.

"무슨 일이오?"

"안느한테 밀린 양육비를 보냈더군."

숨을 죽인 유리의 귀에 바르키의 목소리가 울렸다.

"나한테도 밀린 마약 값을 줘야겠어, 유리. 3만 5천불, 알지?"

"이봐요, 바르키 씨. 2만 2천 불에서 3만 5천이 된 거요?"

"잊었군. 그동안의 이자가 밀린 거야."

바르키의 목소리에 웃음기가 띠어졌다.

"네가 그 돈으로 마약을 사먹은 것이라고 경찰에 알려줄까?"

"……"

"그것이 3년 반 동안의 마약 값에다 콜걸을 산 대금이지. 물론 그것 때문에 이혼을 당한 것이지만 말야."

"……"

"내 정보력이 그쯤 모를 것 같나? 병원의 차압 명령이 취소된 것, 나한테 바로 들어온다고."

"이봐요, 바르키 씨."

"너 돈이 갑자기 생긴 모양인데, 어떻게 한 거야?"

"내일 다시 이야기합시다."

마침내 유리가 뱉듯이 말했다.

"어디 갔다 온 거지?"

보튼이 묻자 미뇽이 고개를 저었다.

"혼자 사는 놈이 집에 혼자 있는 게 이상하지."

이곳은 감시본부의 3층 도청실 안. 이제는 유리 세르넨코의 자택 전화기에도 도청장치를 설치해 놓은 터라 이곳에서 둘의 통화를 들은 것이다.

"그나저나 이 새끼, 사채업자한테 돈을 빌려서 마약을 샀군. 이거 막장인생인데?"

"그러니까 이혼을 당했겠지."

그때 듣고 있던 로이스가 말했다.

"3만 5천 불이라니. 이 돈을 어떻게 갚을 예정이지?"

"이 자식 월급이 5천 불 정도일 텐데, 1년 월급 가깝게 되는군."

미뇽이 말을 이었다.

"내일 어떻게 처리할지 두고 보자."

저택 안.

지노와 로간, 바질 셋이 현관 앞에 둘러서 있다. 깊은 밤. 12시 가깝게 되어서 주위는 조용하다. 그러나 2층은 불을 밝혔고 활기 띤 분위기다. 지노가 고개를 들고 둘을 보았다.

"유리가 위험하다."

둘은 시선만 주었고 지노가 말을 이었다.

"계좌의 돈을 빼내기 시작했는데 추적하면 걸려."

"갓댐."

바질이 혀를 찼다.

"일 다 끝나 가는데 그 새끼가 엎질러버리는 건가?"

"너희들 생각은 어때?"

지노가 묻자 로간이 고개를 들었다.

"문제는 저놈이 각하의 새 얼굴을 알고 있다는 거야."

그때 바질이 거들었다.

"각하뿐만이 아냐. 우리까지 다 끌고 들어갈 거야."

"없애지."

로간이 외면한 채 말했다.

"각하는 이제 얼굴에 약만 바르면 되니까 없애고 이곳을 벗어나자고."

바질이 지노를 보았다.

"쟝의 집 앞에 감시하는 놈들이 죽치고 있는 것을 보면 잠이 안 와. 그놈들이 언제 이곳으로 덮칠지 모른다고."

"……."

"지노, 유리는 물론 쟝까지 없애고 떠나자."

지노가 눈을 치켜떴지만 바질이 시선을 피하지 않았다.

"그건 당연한 거야. 각하를 보호하려면 그래야 돼. 그리고 우리도."

"갓댐."

마침내 지노가 낮게 욕설을 뱉고는 어깨를 늘어뜨렸다.

오전 9시 반.

아침 병실 체크 시간. 귀 수술을 한 314호실의 환자 앞에 섰을 때 유리가 따라온 간호사와 인턴들에게 말했다.

"내가 과장님하고 상의드릴 작업이 있으니까 자리 좀 피해줘요."

모두 군말하지 않고 병실을 나갔을 때 유리가 쟝에게 말했다.

"나, 사채업자한테 시달려서 아무래도 오늘 도망가야 될 것 같아요."

"무슨 말이야?"

놀란 쟝이 힐끗 누워있는 환자를 보았다. 양쪽 귀에 붕대를 감은 환자가 들을 수는 없다. 그때 유리가 목소리를 낮췄다.

"그놈들이 3만 5천 불을 내라고 하는데 아무래도 그걸 내주면 내 계좌가 탄로 날 것 아닙니까?"

"……."

"내가 안느한테 돈 보낸 것을 그놈들이 알아채고 협박을 해왔습니다."

"……."

"지금 감시당하는 상황이라 내가 발각되면 다 망하는 것 아닙니까? 여기서 바로 열차를 타고 우크라이나로 가는 것이 낫겠어요."

"……."

"비행기는 표시가 날 테니까요."

"좋아, 유리."

어깨를 부풀렸다가 내린 쟝이 유리를 보았다.

"잡히지만 마라, 유리."

"각하 수술은 다 끝났으니까 박사께서도 오늘내일 중 하루만 가보시고 손을 떼세요."

"오늘은 내가 가는 날이니까 그쪽에다 이야기를 하지."

마침내 쟝이 결정을 했다.

미행 팀이 유리까지 감시할 수는 없다. 유리가 앰뷸런스를 타고 병원을 빠져 나가는 것을 보지도 못했다.

오후 8시.

유리 자택의 전화벨이 15번 울리고 끊어지더니 곧 음성 메모의 목소리가 울렸다.

"유리, 아직 안 들어왔나? 내가 10시에 다시 전화하지. 그때도 안 들어오면 내가 집으로 찾아가겠다."

"갓댐."

메시지를 들은 보튼이 고개를 저었다.

"저래서 사채업자 돈을 쓰면 안 된다니까? 유리 세르넨코가 큰일 났군."

"근데 이놈은 어디 간 거지?"

로이스가 말렌에게 물었다.

"병원에서 몇 시에 퇴근했어?"

"내가 어떻게 알아?"

말렌이 이맛살을 찌푸렸다.

"쟝 감시하느라고 어디 시간 낼 수가 있나?"

하긴 그렇다. 로이스도 쟝 따라다니느라고 오늘 바빴으니까. 유리는 아직 도청만 하는 상황이다.

오후 9시 반.

길가에서 기다리던 쟝이 앞쪽에 차가 멈추자 서둘러 조수석에 오른다. 오늘도 지노가 운전하고 왔다. 차가 출발하자마자 쟝이 입을 열었다.

"유리가 도망쳤어요."

지노가 고개를 돌려 쟝을 보았다. 차의 속력이 늦춰졌다. 쟝이 말을 이었다.

"나한테 오전에 말하고는 앰뷸런스에 숨어 타고 떠났습니다. 가방 하나만 달랑 들고."

"……."

"비행기는 체크가 되니까 열차로 우크라이나에 들어간다고 했어요."

"……."

"러시아 사채업자를 피해서 도망간 겁니다. 아마 유리를 감시하는 놈들이 있다면 그렇게 짐작할 겁니다."

"……."

"3만 5천 불 빚을 졌는데 협박을 한다는군요. 전처한테 돈 보낸 걸 알고 그러는 겁니다."

"……."

"만일 계좌에서 돈을 빼내주면 계좌가 탄로 날 것이니까 도망치는 것이 낫겠다면서, 옷이고 뭐고 다 놓고 떠났습니다."

지노가 어깨를 늘어뜨렸다. 어젯밤 유리의 제거 문제를 상의했던 것이다.

후세인의 얼굴에 약을 바른 쟝이 들고 온 가방을 카밀라에게 내밀었다.

"아침저녁에 한 번씩 상처 부위에 바르시고 두 번 약을 드시는 겁니다. 여기 한 달분 약입니다."

허리를 편 쟝이 카밀라와 지노를 보았다.

"이것으로 제 치료는 끝냅니다."

"오, 박사."

새 얼굴의 후세인이 몸을 일으키더니 손을 내밀었다.

"고맙네, 박사."

"각하, 건강하십시오."

"이제 앞으로 못 보겠구먼."

"좋은 인연이었습니다, 각하."

후세인이 두 팔을 벌려 쟝의 어깨를 감싸 안았다. 얼굴의 약 때문에 볼을 비비지는 않았다.

집으로 돌아가는 차 안에서 쟝이 지노에게 말했다.

"내 머릿속에서 각하의 새로운 얼굴도 지웠습니다."

지노는 앞만 보았고 쟝의 말이 이어졌다.

"당신과 동료, 공주의 얼굴도."

"……"

"자료도 다 지웠으니까 이젠 누구도 각하를 찾아낼 수 없을 것입니다."

그때 지노가 고개를 끄덕였다.

"부디 잘 지내시기를."

쟝이 숨을 들이켰고 지노의 말이 이어졌다.

"난 용병이지만 무자비한 놈은 아닙니다."

쟝은 지금 자신이 제거될 것을 두려워하고 있는 것이다.

다음 날 오전.

리옹을 출발한 검은색 시트로엥이 남쪽의 도시 니스를 향해 달려간다. 리옹에서 니스까지는 5백 킬로가 조금 넘는다.

차 안에는 4명이 탑승하고 있다. 운전석에는 로간이, 옆에는 지노, 뒷좌석에는 후세인과 카밀라가 탔다. 바질은 아침 일찍 먼저 출발을 한 것이다. 차가 고속도로에 진입했을 때 후세인이 창밖을 내다보면서 말했다.

"지노, 내 이름을 정했다."

"예, 각하."

지노가 몸을 돌려 후세인을 보았다. 후세인이 빙그레 웃었다.

"압둘 자말이다."

"예, 각하."

"내 친가와 외가에서 하나씩 이름을 가져온 것이지."

후세인이 말을 이었다.

"나는 이제 압둘 자말로 산다."

"예, 신분증도 그렇게 만들겠습니다."

니스에서 신분증을 만들 계획이다.

지노가 후세인의 얼굴을 다시 보았다. 아직 새 얼굴에 익숙해지지 않았다. 곧은 콧날, 단정한 입술, 눈두덩이 얇은 사내가 앉아있다. 압둘 자말이다.

"유리 세르넨코가 출근하지 않았다고?"

버럭 소리친 고든이 잠깐 침묵했다. 로이스는 전화기를 귀에 붙인 채 숨을 죽였다.

이곳은 병원 1층의 대기실 안쪽. 오전 10시. 유리 세르넨코는 어젯밤 집에 돌아오지도 않았다. 사채업자 바르키가 어젯밤 전화를 5번이나 했지만 받지 않았던 것이다. 그 바람에 도청조는 잠도 자지 못했다.

쟝을 뒤따라 병원에 온 로이스가 확인을 해보았더니 결근이다. 간호사들은 유리가 어디 간지도 모르는 상황이다. 다시 고든이 말했다.

"사채업자 피해서 도망갔나?"

"글쎄요."

"글쎄요라니?"

다시 소리친 고든이 입맛 다시는 소리를 냈다.

"추적해."

"알겠습니다."

"그 병신 주변을 수색해서 보고하도록."

로이스가 어깨를 부풀렸다가 내렸다. 일거리가 늘어났다.

후세인이 앞에 앉은 간부들을 보았다. 모두 후줄근한 쑴에 작업복을 위에 걸친 차림. 덥수룩한 수염. 그러나 모두 장교 출신이다.

138

동굴 안.

후세인의 좌우에는 압둘 가민 소장과 무하라비 파라드 대령이 서 있다. 그때 후세인이 입을 열었다.

"북으로 가자. 가서 동지들을 규합해서 다시 시작하자."

후세인의 목소리가 동굴을 울렸다. 모두 긴장했고 눈이 번들거리고 있다. 후세인이 말을 이었다.

"오늘 밤에 이곳을 떠난다. 모두 수고했다."

그러고는 후세인이 몸을 돌렸다.

모두 동굴을 나가고 안에는 셋이 남았다. 그때 가민이 고개를 들고 후세인을 보았다.

"잘했어, 1호."

파라드도 고개를 끄덕였다.

"턱을 조금 들도록 해. 오랜만에 나타나서 그런지 좀 어색한 것 같기도 해."

1호를 처음 티크리트 지역에 등장시킨 것이다. 어쨌든 후세인을 중심으로 북을 향해 이동한다.

니스. 바닷가 별장.

이번에는 한 달 렌트를 했다. 물론 외딴 집. 풀장까지 딸린 2층 저택이다. 바질은 하인 4명까지 고용해 놓았는데 모두 필리핀인들이다. 지금까지 식사준비는 카밀라가 대충대충 해왔기 때문에 제대로 된 시중을 받게 되었다.

오후 4시 반.

2층 베란다에서 바다를 바라보던 후세인이 말했다.

"압둘 자말이 되는구나."

뒤에 서 있던 카밀라가 옆으로 다가왔다.

"아버지, 먼저 준비를 하고 가셔야 되지 않겠어요?"

"그래야겠지."

"아버지, 정체를 밝히실 거죠?"

"필요할 때는 밝혀야겠지."

후세인이 카밀라를 보았다.

"압둘 자말로 처음부터 쌓아갈 거다."

어려운 일이다. 더구나 이라크는 멸망한 상태다. 후세인이 말을 이었다.

"내가 지금까지 쌓아온 경륜을 다른 방식으로 압둘 자말이 펼쳐 나가는 거야. 내 실패를 거울로 삼아서 새 이라크를 건설한다는 말이다."

카밀라가 고개를 끄덕였다. 이제 후세인 아니, 압둘 자말의 각오는 들었다.

"지노, 먼저 통보를 하는 게 낫지 않을까요?"

저녁 식사를 마친 지노가 1층 현관 앞으로 나왔을 때 카밀라가 따라 나와 물었다.

오후 7시 반.

주위는 어둡지만 저택은 불을 환하게 밝히고 있다. 아래쪽 백사장은 텅 비었다. 겨울바람이 휘몰고 지나면서 파도가 높아지는 중이다. 카밀라가 옆에 붙어 섰다.

"아버지는 압둘 자말로 이라크를 재건하신다고 해요."

"……"

"사담 후세인은 필요할 때 밝힌다고 하셨는데……"

"……"

"불안해요. 그래서……"

고개를 든 지노가 카밀라를 보았다.

"카밀라, 내 생각을 말해드릴까요?"

카밀라의 시선을 받은 지노가 말을 이었다.

"각하께선 이라크에서 죽으려는 겁니다."

"……."

"이라크에 뼈를 묻겠다는 것이죠."

"……."

"압둘 자말은 이라크로 들어가기 위한 방법일 뿐이지요."

"……."

"이라크는 이미 멸망했습니다. 각하께서 북부지역으로 들어가신다고 해도 재건이 안 될 겁니다."

지노가 물었다.

"어떻게 생각합니까?"

"그래요."

카밀라가 외면하면서 대답했다. 목소리가 갈라져 있다.

"어렵다고 생각해요. 하지만……."

"북부의 반군, 북부의 군벌들은 모두 썩었습니다. 그놈들은 돈만 받으면 무슨 일이건 할 겁니다."

지노의 얼굴에 쓴웃음이 번졌다.

"그놈들은 용병도 아닙니다. 용병은 약속만은 지키지요."

그때 카밀라가 지노의 옆에 바짝 다가섰다. 몸을 붙인 카밀라가 바다 쪽을 보면서 말했다.

"그런데도 이곳보다 이라크가 더 안전하다고 느껴져요."

"후세인이?"

이맛살을 찌푸린 깁슨이 카터를 보았다.

"그게 무슨 말야?"

"예, 북쪽으로 떠났다는 겁니다."

카터가 말을 이었다.

"믿을 만한 정보원입니다."

"갓댐."

쓴웃음을 지은 깁슨이 의자에 등을 붙였다.

이곳은 파리. 아르카디 본부장 깁슨은 팀을 이끌고 프랑스로 옮겨온 상태. CIA와 합동으로 후세인을 추적 중이다. 그때 카터가 말을 이었다.

"티크리트 주변 산악지대가 비워지고 있다고 합니다."

"후세인 대역이겠군."

"그럴 가능성이 많지만 후세인이 오랜만에 간부들에게 얼굴을 보였다는 것입니다."

"이건 주의를 분산시키려는 수작인가?"

"하지만 후세인이건 대역이건 북부지역으로 간 것은 확실합니다."

"갓댐."

깁슨이 들고 있던 서류를 내던졌다. 서류가 사방으로 흩어졌고 깁슨이 자리에서 일어섰다. 마레지구의 사무실 안이다. 오후 6시.

"고든을 바꿔."

깁슨이 소리치자 카터가 전화기를 들고 버튼을 눌렀다. 아르카디는 프랑스에 10개 팀 100여 명의 병력을 파견한 상태다. 물론 국무부와의 계약으로 대가를 받기 때문에 고용된 입장이다. 곧 전화가 연결되었고 카터가 전화기를 건네주었다.

"고든."

깁슨이 대뜸 말했다. CIA 특별반장 고든이 이번 작전의 책임자다.

"나 이라크로 돌아가야겠습니다."

"무슨 일이오?"

고든의 목소리에 짜증기가 묻어나온다.

"이라크는 왜?"

"티크리트에서 후세인이 나타나 북쪽으로 이동했다는 정보요."

"티크리트에서?"

"우리 정보원이 실물을 보았다는 거요."

"그럴 리가."

"대역일 가능성이 높지만 대역의 현상금도 1천만 불이오."

"이봐요, 깁슨 씨, 지금 농담하쇼?"

고든이 목소리를 높였다.

"지금 프랑스를 샅샅이 뒤지고 있지 않습니까? 그런데 당신이 돌아간다면 아르카디는 누가 지휘한단 말요?"

"어차피 이라크에서도 후세인 잡는 일이니까 내가 5개 팀을 데려가겠습니다."

"3개 팀만 데려가요. 그리고 이곳 지휘는 누구한테 맡깁니까?"

"카터가 남을 겁니다."

"갓댐."

고든이 욕을 했지만 모두 후세인을 잡는 일이다. 전화기를 내려놓은 깁슨이 카터를 보았다.

"3개 팀을 데려갈 거야. 카터, 넌 여기서 휴가 보내는 셈으로 쳐."

"이집트 여권입니까?"

카르노가 자료를 받으면서 물었다.

"압둘 자말 씨. 58세. 옳지, 사진이 잘 나왔군요. 됐습니다."

"며칠 걸리겠소?"

"사흘이면 됩니다."

지노가 1만 불이 든 봉투를 내밀었다.

"사흘 후에 찾으러 오지."

"알겠습니다."

카르노가 봉투를 받더니 빙그레 웃었다.

이제 압둘 자말의 신상 자료가 만들어진다. 여권뿐만이 아니라 운전면허증, 카드까지 완벽하게 만들고 있다.

그날 밤.

아래층의 지노 침실로 카밀라가 들어섰다.

밤 12시 반.

잠자코 지노의 침대 속으로 파고든 카밀라가 입을 열었다.

"지노, 아버지가 살라드에게 가시려고 해요. 알고 있지요?"

"짐작은 하고 있었어요."

지노가 몸을 붙이는 카밀라의 어깨를 감싸 안았다.

살라드는 이라크 북부지역을 장악하고 있는 군벌 중의 하나로 다후크를 중심으로 기반을 굳히고 있다. 휘하 병력도 약 1만. 전쟁 전에는 미국이 후세인 정권의 견제 세력으로 양성했지만 지금은 미군의 적이다. 북부지역 반군(反軍) 5개 연합 중 하나. 욕심이 많고 무자비한 지도자로 소문이 났다. 카밀라가 말을 이었다.

"살라드가 아버지와 적대관계로 알려져 있었지만 자금과 무기 원조까지 받았어요. 살라드는 미국, 이라크 양쪽에서 지원을 받은 셈이지요."

"나도 좀 압니다."

"때로는 미국 측의 정보도 알려줬습니다."

"이라크 정보도 미국 측에 넘겼겠지요."

이라크 북부에는 터키와 인접한 여러 개 부족이 있다. 그 부족들 간의 주도권 전쟁이 끊임없이 일어나고 있는 것이다. 그중에서 살라드가 가장 강력하다.

카밀라가 지노의 가슴에 볼을 붙였다. 불을 끈 방은 어두웠지만 카밀라의 두 눈이 반짝였다.

"아버지는 터키를 통해 다후크에 잠입하신 다음 살라드를 만날 계획이세요."

"……"

"그런데 그 계획을 당신과 같이 상의하고 싶다고 하셨어요."

그때 지노가 고개를 숙이고 카밀라를 보았다. 정색한 얼굴이다.

"각하께서 당신과 내 사이를 압니까?"

"아시는 것 같아요."

카밀라가 두 팔로 지노의 허리를 감아 안았다.

"당신한테 그 이야기를 전하라고 하신 걸 보니까 그런 생각이 들어요."

"……"

"당신이 아들 같다는 말씀도 하셨고."

후세인은 아들이 있었지만 셋이 다 죽었다. 최고급 차를 수십 대 사서 타고 다니던 아들, 허세를 부리던 아들들이다. 전쟁이 일어나자 바로 잡혀 죽은 것은 주위에서 보호하는 부하가 없었기 때문이다. 그만큼 박덕했던 것이다. 그때 지노가 잠자코 카밀라의 몸을 안았다.

그렇다면 할 말은 하겠다.

다음 날 오전.

아침 식사를 마친 후세인이 베란다의 의자에 앉아있을 때 지노가 다가가

섰다.

"각하, 공주한테서 말씀 들었습니다."

시선을 든 후세인이 잠자코 지노를 보았다. 잘생긴 아랍인이 지노를 응시하고 있다. 이제 수염까지 깎아서 말쑥한 얼굴. 이윽고 후세인의 눈이 흐려졌다.

"지노."

"예, 각하."

"카밀라를 좋아하느냐?"

"예, 각하."

"카밀라가 순수한 애다."

"알고 있습니다."

"너를 좋아하는 것 같더구나."

"감사하게 생각하고 있습니다."

"너희들이 이라크의 미래다."

"……."

"난 너희들을 위해서 밑거름이 되겠다."

"……."

"무하마드에게 갈 작정이야. 네 생각은 어떠냐?"

"위험합니다, 각하."

"당연히 그렇겠지."

고개를 끄덕인 후세인이 지노를 보았다.

"어떻게 하는 게 낫겠냐?"

"각하 주변 세력을 키워야 합니다."

지노가 말을 이었다.

"최소한 용병대를 더 모집해서라도 주변을 강화시켜야 합니다."

"그럼 네가 모아라."

"제가 먼저 터키 쪽으로 가서 용병을 모으겠습니다. 그때까지 각하께서는……."

"아니."

후세인이 고개를 저었다.

"나도 너하고 같이 가겠다. 네 옆에 있겠다."

지노가 숨을 들이켰고 후세인이 말을 이었다.

"카밀라는 데려갈 수가 없겠지."

"지노, 들어 봐."

바질이 말하더니 녹음기의 버튼을 눌렀다. 그러자 곧 사내의 목소리가 울렸다.

"어때? 이제 실적 내놓지 않으면 네가 대신 들어가는 수밖에 없어."

"에이, 젠장."

사내가 투덜거렸다.

"별거 없다니까 그러네."

"그럼 네가 들어가. 내 목이 잘리게 생겼으니까."

"엄살 부리지 마. 지난달에도 한 건 주었잖아."

"그까짓 불법 이민자로 뭘 때우려고? 너, 지금까지 누구 덕분으로 살고 있는지 잊었어?"

"내가 지금까지 건수 만들어준 게 몇 건이야? 정말 이럴 거야?"

"정 그렇다면 넌 내일 끝나."

"……."

"두고 보자, 카르노."

"좋아."

마침내 카르노가 말했다.

"내일 점심때 만나. 이브 카페에서."

"좋아. 오후 12시 반."

통화가 끊겼을 때 바질이 지노를 보았다. 저택 1층의 응접실.

방금 지노와 바질은 위조 여권 제작자인 카르노와 사내의 통화 테이프를 들은 것이다. 폭파 및 기계제작 기술자인 바질이 카르노의 전화선에 도청장치를 부착한 성과다. 이윽고 바질의 시선을 받은 지노가 쓴웃음을 지었다.

"저놈, 카르노는 퇴역한 용병의 소개로 알게 되었어."

바질은 숨을 참았고 지노의 말이 이어졌다.

"그 용병은 콜롬비아에서 정보원으로 일하다가 피살되었고."

"카르노 저놈의 대화 상대는 경찰이야."

"내일 오후에 만나서 정보를 줄 것 같다."

지노가 심호흡을 했다.

"다행이야. 네 덕분이다."

고개를 든 카르노가 숨을 들이켰다. 방으로 지노가 들어서는 것이다.

밤 11시 45분.

카르노의 저택 작업실 안이다. 카르노가 엉거주춤 일어섰다.

"아니, 갑자기 웬일이오?"

어떻게 집 안으로 들어왔단 말인가? 카르노는 바질이 경보장치를 끈 다음에 지노를 집 안으로 보낸 것을 알 리가 없다. 카르노의 저택은 2층 시멘트 건물로 시내 중심부에 위치하고 있다. 지노가 고개만 끄덕이며 앞쪽 의자에 앉았다.

"여권 다 되었나?"

"아직 덜 되었는데. 내일 저녁에 주기로 되어있지 않아?"

"거기, 책상 위에 있는 건 뭐야?"

지노의 눈이 책상 위를 가리켰다. 여권 하나가 펼쳐져 있다.

"아, 이거."

카르노가 여권을 집어 들었을 때 지노가 손을 내밀었다.

"이리 줘 봐."

카르노가 꾸물거렸을 때 지노가 자리에서 일어나 여권을 집었다. 지노가 여권을 넘겨보더니 고개를 들었다.

"다 끝냈군."

"아니, 앞쪽 도장을 다시 체크해야 돼."

"괜찮은데."

앞쪽을 본 지노가 카르노에게 물었다.

"오늘 가져갈 수 없어?"

"안 되겠는데."

"그럼 그냥 가져갈게."

지노가 여권을 주머니에 넣었다.

"이만하면 되겠지."

그때 방으로 바질이 들어섰기 때문에 카르노가 숨을 들이켰다. 바질이 카르노의 옆으로 다가서면서 지노에게 물었다.

"다 끝났어?"

"내일 끝낸다는데."

고개를 끄덕인 바질이 카르노의 머리를 두 손으로 감싸 쥐더니 가볍게 비틀었다.

"뚜두둑."

목뼈가 부러진 카르노의 얼굴이 등 쪽으로 돌려졌다.

30분쯤 후에 카르노의 2층 작업실에서 불길이 치솟더니 곧 화염이 2층 전체를 뒤덮었다. 이웃집에서 사람들이 뛰어나왔지만 불길이 너무 세찼기 때문에 불길을 잡을 엄두도 내지 못했다.

10분쯤 후에 소방차의 사이렌이 울렸지만 이미 저택은 불덩어리가 된 후였다.

다음 날 오전.

일행 5명은 니스를 떠났다. 하인들에게는 이집트인 부호 일행이 배를 타고 고향으로 돌아간 것으로 말했지만 그 반대다. 열차를 두 번 바꿔 타고 스위스에 입국했다.

국경을 넘을 때 열차 안에서 입출국 담당관으로부터 여권 체크를 받았다. 간단하게 확인만 한 것이다. 이집트인 압둘 자말의 여권을 살펴본 담당관은 잠자코 돌려주었다. 후세인과 함께 있던 바질도 통과다. 바질은 프랑스 여권을 그대로 사용하고 있다.

이곳은 일등실로 그 옆방에는 지노, 카밀라, 로간이 타고 있다. 세 명 모두 프랑스 여권을 소지, 모두 위조 여권인 것이다. 둘씩 짝을 지어 다니는 입출국 담당관은 지노와 로간의 여권을 슬쩍 보더니 돌려주었다. 카밀라가 내민 여권은 보지도 않고 손을 저어 집어넣으라는 시늉을 했다. 모두 통과다.

"프랑스에서 스위스로 나가는 통로에 CIA 감시가 없다는 증거군."

로간이 말하자 지노가 정색했다.

"열차마다 배치시킬 수는 없겠지. 방심하면 안 돼."

그때 카밀라가 자리에서 일어섰다. 옆방에 있는 후세인에게 가려는 것이다. 열차는 제네바를 거쳐 취리히에 도착할 것이다. 취리히에서 유럽을 횡단, 터키로 들어간다. 로간이 심호흡을 하고 나서 지노를 보았다.

"도대체 국경을 몇 개나 건너는 거야?"

그건 세어보지 않았다.

취리히에서 1박을 하고 나서 다시 '동방급행열차'에 승차.

오전 10시 반.

특등석 3개를 차지하고 오스트리아 빈으로. 오스트리아 국경을 건널 때도 여권만 체크하고 입국했다. 빈을 거쳐 헝가리의 부다페스트로. 헝가리 국경을 통과할 때 여권에 스탬프를 찍었다.

오후 9시에 부다페스트에 도착. 바질의 여권을 제시하고 여관에 투숙. 1박을 했다.

부다페스트.

후세인이 하루 쉬기로 했기 때문에 일행은 모처럼 휴가다. 후세인은 압둘 자말의 얼굴이 되어서 카밀라하고 백화점에 가서 쇼핑을 했다. 옷과 신발, 생필품을 구입한 것이다. 이제는 카밀라가 새 얼굴의 후세인에게 익숙해져서 눈빛이 부드러워져 있다.

뒤를 로간과 바질이 수행했고 지노는 공중전화 박스에서 전화를 했다. 백화점의 공중전화다.

페샤와르. 파키스탄 서북방의 도시.

오후 6시 반.

도시 동쪽의 시장 입구에 위치한 카페. 소란스러운 카페 구석 자리에 앉아있던 브라운에게 주인 하라드가 다가왔다.

"브라운, 전화 왔어."

"누구야?"

"아프간 친구라는데."

"갓댐. 그런 놈이 하나둘이어야지."

"흰 동굴이라고 했어."

그때 브라운이 벌떡 일어나 카운터로 다가갔기 때문에 하라드가 뒤를 따른다.

"나다."

브라운이 소리쳐 말했을 때다. 수화기에서 사내가 역시 소리쳐 물었다.

"너 요즘 뭐해?"

"장사가 잘 안 돼."

브라운이 전화기를 고쳐 쥐었다.

"무슨 일이야?"

지노가 심호흡을 했다.

브라운은 지노가 18살에 군에 입대해서 하사관이 되었을 때 만난 전우다. 그러나 브라운은 중사 때 전역하고 용병이 되었으니 지노와의 인연은 짧다. 브라운의 용병 경력은 지노보다 10년 가깝게 길다. 지금 브라운은 용병도 그만두고 페샤와르에서 교관 노릇을 하면서 먹고산다. 그때 지노가 입을 열었다.

"일거리가 있어."

"그래? 그럼 만나야지."

바로 브라운이 대답했다.

"어디서 만날까?"

"이스탄불."

"좋아."

"사흘 후에. 12시. 유럽지구. 옛날 너하고 같이 묵었던 곳."

"오케이."

전화기를 내려놓은 지노가 심호흡을 했다.

브라운이 CIA 리스트에 기록된 인물일지도 모른다. 그러나 지노가 페샤와르까지 갈 수는 없는 것이다.

오후 7시 반.

다뉴브 강 오른쪽 장미언덕 근처의 호텔방 안. 방 안에 지노와 로간, 바질이 둘러앉아 있다. 지노가 먼저 입을 열었다.

"브라운은 페샤와르에서 탈레반 교관으로 일하고 있어. 그 친구를 사흘 후에 만날 거다."

"탈레반?"

로간과 바질이 놀라 동시에 물었다. 그때 지노가 고개를 끄덕였다.

"그래. 이번 작전에 탈레반을 고용할 거다. 브라운과 함께 말야."

지노가 말을 이었다.

"브라운이 교육시킨 놈들이야. 그놈들을 데리고 이라크로 들어갈 거다."

"과연."

금세 로간이 고개를 끄덕였다.

"탈레반으로 반군을 상대하는 것이군."

탈레반은 아프간 남부 파슈툰족을 기반으로 출발한 반군 테러조직이다. 이 것은 회교 교리를 연구하는 학생 모임으로 시작되었는데 곧 소련 침공에 대항하는 테러조직으로 발전되었다.

탈레반의 교육장은 아프간 남쪽 국경에서 가까운 파키스탄 북서부 페샤와르 지역이다. 이곳에서 브라운이 탈레반에게 테러 교육을 시키고 있었던 것이다. 2001년 탈레반 정권이 아프간에서 퇴출되고 나서도 테러 훈련은 계속되고 있다. 지노가 입을 열었다.

"각하가 압둘 자말로 등장하시는 만큼 맨손으로 시작되는 것이나 같아. 우리 셋만 갈 수는 없어."

"갓댐."

바질이 쓴웃음을 지었다.

"탈레반과 전우가 되어서 전쟁을 시작하는군."

"전쟁에 나서지는 않을 거다, 호위대 형식이니까."

"몇 명이나 고용하려는 거야?"

"5팀 정도."

"50명이군."

고개를 끄덕인 지노가 말을 이었다.

"무기까지 제공해야 돼. 페샤와르에서 구할 수 있겠지."

"그럼 우리도 1개 팀을 지휘해야겠어."

로간이 말을 이었다.

"우리가 3개 팀, 브라운이 1개 팀이면 4개 팀을 직접 지휘하겠군."

북부지역에 이 상태로 들어간다면 흔적도 없이 사라지게 될 것이다. 더구나 새 얼굴이 된 압둘 자말이다.

회의를 마친 지노가 후세인의 방으로 들어섰다. 응접실에는 후세인과 카밀라가 나란히 앉아 지노를 맞는다. 후세인의 표정은 밝다. 이라크가 가까워질수록 밝아지는 것 같다.

"보고드릴 일이 있습니다."

앞쪽 자리에 앉은 지노가 말을 이었다.

"탈레반 용병을 고용할 계획입니다."

지노가 이스탄불에서 브라운과 만나기로 한 것을 보고하자 후세인이 고개를 끄덕였다.

"사흘 후에 만나기로 했어?"

"예."

"그럼 내일 출발해야겠구나."

"불가리아의 소피아를 거쳐서 이스탄불로 들어갈 예정입니다. 내일은 소피아에서 쉬고 모레 이스탄불로 출발할 예정입니다."

"그래야겠군."

"탈레반 용병을 50명쯤 고용할 예정입니다."

후세인이 고개만 끄덕였고 지노가 말을 이었다.

"무기까지 구입해서 무장을 시켜야 합니다."

"당연히 그래야지. 자금은 얼마든지 써도 된다."

고개를 돌린 후세인이 카밀라를 보았다.

"자금 지급을 해야지?"

"예, 아버지."

"아니, 충분합니다."

지노가 대답했을 때 카밀라가 쓴웃음을 지었다.

"이건 공적 자금이니까 제가 지급할게요."

그때 후세인이 고개를 들고 둘을 번갈아 보았다.

"잘 들어라."

카밀라가 정색했고 후세인이 말을 이었다.

"내가 너희들 둘한테 이런 말을 할 기회가 올지 모르겠다, 그래서 지금 말하겠다."

"……."

"너희들 둘이 같이 있는 데에서 묻겠다."

그때 카밀라의 얼굴이 붉어졌고 지노도 시선을 내렸다. 후세인이 먼저 지노를 보았다.

"지노, 너 카밀라를 책임지겠느냐?"

고개를 든 지노와 후세인의 시선이 마주쳤다. 지노가 입을 열었다.

"예, 각하."

후세인이 고개를 돌려 카밀라에게 물었다.

"카밀라, 너 지노를 믿고 따르겠느냐?"

"네, 아버지."

카밀라가 바로 대답했다. 이제는 똑바로 지노를 응시하고 있다. 후세인이 천천히 고개를 끄덕였다.

"이젠 됐다."

후세인의 얼굴에 웃음이 떠올랐다.

"카밀라, 내 딸. 너를 지노한테 맡겨서 안심이다."

지노의 눈이 흐려졌다. 이것이 부정(父情)이다.

"결혼서약을 한 것이나 같죠."

이제는 지노를 따라 방을 나온 카밀라가 이를 드러내고 웃었다.

"아버지 앞에서."

"로간과 바질도 부를 걸 그랬군요."

지노의 표정도 밝아졌다.

"증인으로."

"그러게요."

카밀라가 복도에서 지노의 팔을 꼈다.

"어떡해요? 오늘 밤 방에 갈까요?"

후세인이 묵는 특실은 방이 3개다. 그래서 지노가 문간방을 사용하게 된 것이다. 지노가 고개를 저었다.

"당신은 침대에서 소음이 좀 심해서."

그러자 카밀라가 지노의 팔을 세게 꼬집었다. 얼굴이 순식간에 붉어졌다. 지노가 팔을 빼면서 웃었다.

이런 달콤한 감정은 처음이다.

"여권."

불가리아 국경을 넘은 열차가 소피아를 향해 달릴 때 세관원이 후세인에게 손을 내밀었다. 후세인이 건네준 여권을 본 세관원이 도장을 찍으면서 물었다.

"압둘 자말 씨, 관광 여행이십니까?"

"그렇소."

후세인이 웃음 띤 얼굴로 세관원을 보았다.

"소피아에서 며칠 묵고 돌아갈 거요."

"즐거운 여행 되십시오."

여권을 건네준 세관원이 방에 둘러앉은 카밀라와 지노의 여권을 받더니 도장을 찍었다. 특등석 안. 세관원들이 방을 나갔을 때 후세인이 웃음 띤 얼굴로 지노를 보았다.

"이제 터키 국경 통과만 남은 거냐?"

"예, 각하."

"특등석은 조사가 가벼운가?"

"그런 편이긴 합니다."

특등석은 침대와 소파, 화장실까지 딸린 호텔방 수준으로 비행기 요금과 비슷하다. 그래서 특급 대우를 받기는 한다.

지노가 일어나 옆방을 보았더니 세관원이 바질과 로간에게 도장을 찍어주고 나가는 중이었다. 이제는 터키 입성만 남았다.

4장 이라크 재침투

소피아, 불가리아의 수도. 고원 도시다. 인구는 110만이 조금 넘는다. 오래된 도시.

불가리아는 훈족, 동로마제국, 슬라브족의 지배를 받다가 14세기부터 19세기까지는 오스만 터키의 영토가 되었다. 2차 대전 후에 소련의 16번째 공화국이 되었다가 독립, 그러나 지금도 소련의 영향력이 남아있다.

번화가인 비토샤 거리에 위치한 소피아 호텔에 손님 5명이 제각기 투숙했다. 이집트인 압둘 자말과 프랑스 여권 소지자인 4명이다.

소피아 호텔은 중급 호텔이다. 5층 건물로 낡았고 룸이 40개뿐이다. 그런데 후세인은 만족했다. 오래된 양탄자가 깔린 복도와 응접실에서는 악취가 풍겼지만 개의치 않았다. 아랍식 분위기였기 때문인 것 같다.

오후 4시 반이다.

후세인의 옆방에 로간, 바질이 모였다.

"터키 국경 통과가 문제야. 내가 전에 겪었는데 멀쩡한 여권을 갖고도 시비를 걸고 시간을 끌었어."

둘이 고개를 끄덕였고 지노가 말을 이었다.

"편법을 써야겠어. 그러려면 터키 국경까지 가봐야겠다."

"어떻게 할 건데?"

로간이 묻자 지노가 고개를 들었다.

"먼저 이쪽 사정부터 알아봐야지."

고개를 든 지노가 둘을 번갈아 보았다.

"그래서 안내원이 하나 필요하다고 주문을 해놓았어."

"갓댐."

로간이 투덜거리면서 웃었다.

"이제야 긴장감이 살아나는군."

그때 바질이 심호흡을 했다.

"무기가 필요해."

이곳까지 오면서 무기를 버렸던 것이다. 이제 다시 무기가 필요한 곳이 가까워지고 있다. 그리고 불가리아와 터키는 사이가 나쁘다.

소피아 호텔은 중급 호텔이지만 모두 여권 제시를 했다. 여권을 제시하면 프런트에서 복사해놓고 필요시에 당국에 제출한다. 그것을 알고 있었지만 지금까지 문제가 없었던 것이다. 5명 모두 위조 여권이지만 실제 여권을 변조했기 때문이다. 다 기록에 남아있는 여권이다.

지노의 여권 이름은 앙드레 문. 실제 인물인 것이다.

"앙드레 씨."

오후 7시 반.

프런트 앞을 지나던 지노를 지배인이 불렀다. 지노가 다가가자 지배인이 웃음 띤 얼굴로 안쪽 소파를 가리켰다.

"여행사에서 기다리고 있습니다."

고개를 돌린 지노가 소파에 앉아있는 여자를 보았다. 안내역으로 온 여자다.

루드밀라. 30대쯤의 풍만한 체격이다. 마주 보고 앉았을 때 루드밀라가 물었다.

160

"소피아 관광을 원하세요? 아니면 불가리아 다른 지방까지인가요?"

"여기서 이스탄불까지 다녀올 수도 있겠지요?"

지노가 묻자 루드밀라가 고개를 끄덕였다.

"그럼요. 급행열차를 타면 오전에 출발해서 오후 3시에 도착합니다."

"입국심사가 까다롭다는데."

"열차 안에서 심사할 뿐이에요. 하지만 10불쯤만 주면 그냥 스탬프를 찍어줍니다."

"그래요? 듣기로는 거기서 잡혀간 놈들도 많다던데."

"미리 정보를 갖고 검거한 거죠. 밀수범이나 테러범 정보를 받거든요."

"그렇군. 그럼 내일 흑해 연안의 부르가스까지 다녀옵시다."

"인원은 몇 명이죠?"

"나 하나요."

루드밀라의 눈동자가 흔들렸다.

"자동차로 가시렵니까? 아니면 기차로 가실 건가요?"

"비행기로. 얼맙니까?"

"하루 전세 내는 데 7천 불이나 됩니다."

"……."

"7인승이라서요."

"그렇다면 내일 오전 10시에 출발합시다."

지노가 자리에서 일어섰다. 놀란 루드밀라가 따라 일어서면서 물었다.

"7천 불 그대로 할까요?"

"깎을 수 있습니까?"

"6천 불까지는……."

"좋습니다."

"제 안내료는 1백 불입니다."

"그러지요."

"그럼 내일 오전 8시 반에 모시러 오겠습니다."

루드밀라가 지노의 등에 대고 고개를 숙였다.

방으로 돌아온 지노가 카밀라에게 말했다.

"내일 흑해 연안으로 가서 배로 터키에 밀입국하는 방법을 알아보고 올 거요. 그러니까 당신은 각하 모시고 소피아 관광이나 해요."

카밀라가 고개를 끄덕였다.

"내가 같이 가면 안 돼요?"

"각하 모시고 관광이나⋯⋯."

"싫어요."

"아버지하고 같이 있는 것이⋯⋯."

"같이 가요, 당신하고."

"그럼 각하께 말씀드리고 와요."

마침내 지노가 한 발 물러섰다.

다음 날 아침.

로간과 바질에게 후세인을 맡긴 지노와 카밀라는 호텔을 나왔다. 루드밀라가 앞장을 섰다.

7인승 프로펠러 비행기가 발칸산맥 위를 날아가고 있다. 뒷좌석에 나란히 앉아있던 카밀라는 들뜬 표정이다. 둘만 있었기 때문에 앉아서도 지노의 손을 쥔 채 몸을 붙이고 있다.

카밀라는 불가리아에 남아 있어야 되는 것이다. 그것은 후세인의 명령이다. 터키에서 이라크 북부로 침투해야 할 후세인이다. 카밀라를 이라크까지 데려갈 수는 없는 것이다. 그러니 시간이 얼마 남지 않았다. 지노와 함께 있는 시간을 말한다.

쥐고 있던 손바닥에 땀이 배어 나왔다. 그래서 손을 뗀 카밀라가 바지에 손바닥을 문지르고는 다시 쥐었다. 손을 떼기가 싫은 것이다.

부르가스는 흑해 연안의 해변 도시이며 관광 도시다. 그러나 규모가 작아서 도시 끝에서 끝까지 걸어도 30분밖에 안 걸린다. 시내 관광거리는 별로 없지만 해변이 아름답고 흑해 바닷가 도시들로 연결되어 있다.

"음. 바로 저곳이야."

바닷가에 선 지노가 감탄했다.

"뭐가요?"

지노의 혼잣말을 들은 카밀라가 묻자 지노가 옆쪽 별장 지대를 눈으로 가리켰다. 수영장과 정원이 딸린 2층 별장들이 나란히 서 있다.

"저곳에 각하를 모시는 게 낫겠습니다."

바닷가의 그림 같은 별장이다. 지노가 말을 이었다.

"저 별장을 계약하고 소피아에 가서 각하를 모시고 옵시다."

지노가 힐끗 뒤쪽을 보았다. 안내원 루드밀라가 커피숍 안에서 기다리고 있다.

"안내원이 알면 안 되지. 커피숍에 가서 안내원과 함께 기다려요. 내가 별장 계약하고 올 테니까."

바닷가로 내려간 지노가 별장을 둘러보고 나서 계약을 했다. 2달 임대를 한

것이다. 겨울이라 별장들은 텅 비어 있었기 때문에 마땅한 모델도 찾았고 할인
까지 받았다.

방이 9개나 있는 2층짜리 별장이다. 뒷마당이 해변으로 연결되어있는 데다
왼쪽 계단으로는 보트가 매인 선창으로 내려갈 수 있다.

오후 3시가 되었을 때 지노는 다시 소피아로 돌아왔다. 부르가스에서 소피아
는 프로펠러 비행기로 한 시간 반 거리다. 루드밀라에게 안내비 1백 불과 팁 1백
불을 줘서 돌려보낸 후에 지노는 후세인과 함께 다시 전세기에 올랐다. 이제는
숙소를 부르가스로 옮기는 것이다.

비행기 안에는 이제 5명이 탔다. 조종사는 팁으로 5백 불을 더 받아서 신바람
을 내었다. 지노가 옆자리에 앉은 후세인에게 말했다.

"각하께서 부르가스 별장에 계시는 동안 저는 터키에서 용병들과 팀워크를
맞출 계획입니다."

"그래야겠지."

후세인이 고개를 끄덕였다. 용병들을 부르가스까지 데려올 수는 없다. 내일
지노는 브라운을 만나려고 이스탄불로 들어가야 한다.

"내일 브라운을 만나고 돌아와 다시 말씀드리겠습니다."

"혼자 가느냐?"

"예, 로간과 바질이 부르가스에 남아있어야 합니다."

"며칠 예정이냐?"

"무기 구입, 용병을 입국시키는 데 일주일은 걸릴 것 같습니다."

지노가 말을 이었다.

"그리고 나서 다시 부르가스에 왔다가 다시 돌아가겠습니다."

"알겠다."

후세인이 지노를 보았다.

"부르가스에서 널 기다리마."

비행기는 여전히 발칸산맥을 날아가고 있다.

바닷가 별장은 후세인을 만족시켰다. 베란다에 선 후세인이 흑해를 바라보면서 말했다.

"저쪽이 이라크야."

뒤에 서 있던 지노의 얼굴에 웃음이 떠올랐다. 그것은 맞다. 그러나 터키를 거쳐 내륙으로 들어가야 한다.

오후 6시 반.

두 번이나 소피아를 왕복했지만 할 일이 많다. 지노는 로간과 함께 별장을 나와 위쪽 바닷가로 향했다.

이곳은 별장에서 3킬로쯤 남쪽의 어항이다.

선창에는 10여 척의 어선이 매여 있었는데 오후 7시 반. 주위는 어둠에 덮여 있다. 선창가의 술집에서 로간과 함께 술을 마시면서 지노가 웃음 띤 얼굴로 말했다.

"내일 여기서 배를 빌려 타고 남쪽으로 내려갔다가 밀항을 할 거다."

지노는 배를 타고 터키로 밀입국하려는 것이다. 로간이 고개를 끄덕였다.

"신형 어선이 나을 거야. 여기에 요르단처럼 밀항선이 있는지 모르겠어."

그것을 알아보려고 이곳에 온 것이다.

1시간 후.

지노와 로간이 50대쯤의 사내와 마주 보고 앉았다. 술잔을 든 사내가 지노에게 물었다.

"마렌스까지 태워달라고? 4시간 걸리는데 2백 불 주시오."

"어떤 사람은 100불이면 하겠다던데."

"내 배는 20톤급이야. 속력도 20노트나 된다고."

"좋아. 130불."

지노의 말에 사내가 고개를 끄덕이며 물었다.

"그런데 뭘 싣고 가는 거요?"

"거기서 누굴 만나려는 거요."

사내가 다시 고개를 끄덕였다. 마렌스는 터키 국경에서 가까운 어항이다. 그곳에서 밀항 준비를 하려는 것이다.

별장으로 돌아오면서 지노가 로간에게 말했다.

"내일 중으로 터키에 입국해야 이스탄불에서 브라운을 만난다."

지노가 말을 이었다.

"네가 이곳을 책임져야 돼."

"알았어, 지노."

로간이 고개를 끄덕였다.

"혼자 애쓰는데 도와주지 못해서 미안."

"너희들이 있으니까 내가 마음 놓고 일하는 거지."

지노가 앞쪽에 불을 밝힌 별장을 바라보았다. 문득 세상을 돌아 이곳까지 왔다는 감회가 일어났다.

밤. 12시 반.

지노의 방은 2층의 계단 옆방이다. 이층을 지키는 문간방이나 같다.

166

방문이 소리 없이 열렸을 때 지노는 침대 위에 누워있었다. 카밀라가 들어섰다. 방의 불은 꺼놓았다. 카밀라가 잠자코 다가와 침대 옆에서 옷을 벗고 침대 위로 오른다. 이제는 익숙한 태도. 지노도 잠자코 몸을 비켜 빈자리를 만든다. 부르가스의 바닷가에서의 첫날 밤. 카밀라가 지노의 가슴에 얼굴을 묻는다.

카밀라가 고개를 들고 지노를 보았다.

"얼마나 걸려요?"

"일주일쯤."

지노가 카밀라의 어깨를 당겨 안았다.

"여긴 로간과 바질에게 맡겼으니까 잘할 거요."

"당신 걱정이나 해요."

카밀라가 눈을 흘겼다.

"우리 걱정은 말고."

지노는 오전 7시에 출발할 예정인 것이다. 11시경에 마렌스에 도착, 그곳에서 다시 밀항선을 타고 터키로 들어간다는 계획이다. 그때 카밀라가 말을 이었다.

"지노, 탈레반 용병이 몇 명이나 돼요?"

"브라운하고 상의를 해봐야겠지만 50명쯤 고용할 예정인데."

"그럼 그들과 함께 이라크로 들어갈 예정이군요."

"그때는 각하를 모시고 가야지요."

지노가 카밀라의 허리를 감아 안았다. 그때는 카밀라가 이곳에 혼자 남게 된다. 장소는 이곳이 아닐 수도 있지.

선창을 떠난 어선이 남쪽을 향해 속력을 내었다.

지노는 작업복을 입고 배낭을 메었는데 여행자 차림이다. 어선은 선장과 40대의 선원 둘이 조종하고 있다. 배는 해변에서 2킬로쯤의 간격을 두고 달려가는 중이다.

"마렌스에는 무슨 볼일이오?"

조타실에서 창밖을 바라보는 지노에게 선장이 불쑥 묻더니 제가 대답했다.

"요즘 그곳에도 러시아 놈들이 땅을 사려고 몰려들고 있더군."

"그런가?"

지노가 선장을 보았다.

"그 아래쪽 터키 해안은 땅값이 오르지 않았소?"

"거긴 땅값이 우리 쪽의 십분의 일도 안 돼."

선장이 고개를 저었다.

"터키는 정부 간섭이 심하고 터키로 놀러 가는 관광객이 있어야지."

"그렇군."

"터키 정부는 배가 아파 죽으려고 하겠지. 하지만 누가 땅을 보러 오기나 하나?"

지노가 고개를 끄덕였다. 아직 불가리아에서 터키 쪽의 바닷길 상황은 불분명한 것이다. 그리고 선장을 믿을 수도 없는 상황인데 밀입국 관계를 물을 수는 없지.

마렌스에 도착했을 때는 오전 11시 반. 선창에 배를 붙인 선장이 지노에게 물었다.

"선생, 부르가스로 언제 돌아갈 거요?"

"좀 돌아봐야겠는데, 언제 돌아갈지 알 수 없어."

"내가 여기서 오후 6시까지는 있을 거요. 배로 돌아가고 싶으면 저 술집으로 오시오."

"알았습니다."

손을 들어 보인 지노가 몸을 돌렸다.

마렌스에서 터키 쪽으로 가장 가까운 항구는 하그란으로 지리상 거리는 3킬로밖에 되지 않는다. 물론 이곳도 국경 간 철조망도 없고 바닷가에 검문소도 없다. 바닷가 모래사장을 걷다 보면 터키 땅이 되는 것이다.

지노는 바닷가 카페에 앉아 그것을 확인하고는 맥주를 마셨다. 선장이 말한 대로 이쪽 마렌스에도 러시아인들이 눈에 띄었는데 카페 안에도 셋이 술을 마시고 있다. 한낮인데도 테이블 위에 보드카 병을 놓고 마시는 중이다.

"어디서 오셨나?"

뒤에서 묻는 소리에 지노가 고개를 들었다.

러시아인 하나가 다가와 섰다. 술 냄새가 풍겨왔기 때문에 지노는 숨을 참았다. 30대쯤, 비대한 체격, 헝클어진 회색 머리에 붉은 얼굴, 눈은 이미 풀려 있다.

"응, 차이나."

"차이나? 일하러 왔나?"

"응."

"오늘은 쉬는 날이야?"

"응."

지노는 자리에서 일어섰다. 오래 끌면 시비가 일어날 것 같았기 때문이다. 배낭을 메고 카운터로 다가갔지만 러시아 인은 따라오지 않았다. 여기서 사고가 나면 일을 그르칠 수 있다.

오후 4시 반.

국경선에 흰색 페인트가 칠해져 있다. 해변에서 안쪽으로 1백 미터쯤 떨어진 맨땅에 칠해져 있는 것이다. 선에서 5미터쯤 떨어진 곳에 민가가 한 채 서 있다.

터키인 민가다. 불가리아 쪽은 시멘트 건물인 식당이 세워졌는데 저쪽은 닭장이 붙은 민가인 것이다.

지노는 불가리아 쪽 식당에서 해물 요리로 이른 저녁을 먹었다. 커피를 가져 온 주인에게 지노가 물었다.

"저쪽에도 식당을 차리면 손님이 오지 않을까?"

그때 주인이 빠진 이를 드러내며 웃었다.

"터키 쪽 세무서에서 껍질을 벗겨갈 거야."

"그런가?"

"얼마 전에도 근처에서 철없는 터키 인이 카페를 차렸다가 두 달 만에 문을 닫았어."

"……."

"그전에도 수십 군데가 그렇게 망했어."

주인이 힐끗 지노를 보았다.

"터키로 밀입국하려면 배를 타. 여기서 걸어서 넘어갔다가 민가에 숨어있는 놈들한테 다 걸려."

"내가 밀입국자처럼 보이나?"

"멋모르는 밀수업자들이 가끔 넘어갔다가 걸리지. 여기 물건을 터키에다 팔면 좀 남으니까."

주인의 시선이 탁자 밑에 놓인 지노의 배낭을 훑고 지나갔다. 지노가 고개를 끄덕였다. 국경선 근처의 카페, 식당을 4곳째 옮겨 다닌 성과다. 그냥 넘어갔다가 숨어있는 놈들에게 잡힐 뻔했다.

"어, 선생."

지노를 본 선장이 반색을 했다. 오후 5시 반. 선장은 배로 돌아와 돌아갈 준비를 하던 참이다.

"돌아가려고?"

배에 오른 지노에게 선장이 물었다.

"아니, 터키 쪽에 데려다 줘."

지노가 턱으로 터키 쪽을 가리켰다.

"어? 그럴 줄 알았어."

선장이 웃음 띤 얼굴로 말을 이었다.

"2백 불 내, 선생."

"좋아."

이번에는 깎지 않았다. 그러자 선장이 하늘을 보고 나서 말했다.

"1시간만 기다려. 여기선 금방 해가 지니까."

지노가 고개를 끄덕였다. 이제는 선장이 믿을 만하다.

오후 7시 반.

어둠 속에서 나타난 어선이 선창에 다가오더니 멈춰 섰다. 배에서 내린 지노
가 선장에게 지폐를 쥐어 주고는 악수를 나눴다. 선장이 손을 흔들면서 말했다.

"그럼 일주일 후, 17일 밤 7시 반에 이곳에서 만나."

"알았어."

"5백 불이야. 진짜 5백 불 줘야 돼."

"알았어, 니콜라 씨."

선장과 계약을 했다. 몸을 돌린 지노가 곧 어둠 속으로 사라졌다.

다음 날, 낮 12시.

이스탄불 유럽지구의 콘스탄틴 호텔 로비 라운지 안.

안쪽 좌석에 앉아있던 사내가 들어서는 지노를 보더니 자리에서 일어섰다. 장신, 후줄근한 양복 차림이지만 건장한 체격, 넓은 얼굴, 검은 머리의 서양인이다. 브라운이다.

"지노."

둘은 껴안고 나서 악수를 나눴다. 라운지에는 손님이 30명쯤 앉아있었는데 대부분이 서양인이다. 외국인 전용 호텔인 것이다. 자리에 앉아 주문을 마쳤을 때 브라운이 정색하고 지노를 보았다.

"지노, 여긴 안전해. 내가 다 체크했어."

"여기까지 와줘서 고맙다."

"식비 정도나 받고 훈련시켜 주는 거야."

"비행기 표도 겨우 만들었겠구나."

"빌렸어."

"미안하다."

"그런데 무슨 일이야?"

"너하고 탈레반 50명쯤 필요해. 수당은 충분히 줄 거야."

"네가 후세인 테이프를 터뜨렸더군. 소문 다 들었어."

"맞아."

"지금도 CIA에 쫓기고 있지?"

"맞아."

"그런데 나하고 탈레반 팀이 필요한 건 뭐 때문이야?"

"난 지금 후세인 각하고 같이 있어."

순간 브라운이 숨을 들이켰고 지노의 말이 이어졌다.

"각하고 같이 다시 이라크로 재진입, 북부지역의 반군을 모아서 이라크를 수복하는 거다."

"……."

"우선 네가 모아준 탈레반 병사를 각하의 호위대로 삼고 진출하는 거지."

"……."

"이라크 북부의 살라드와 연합, 세를 모으고 나서 반군을 규합하는 것이지."

"……."

"너도 각하의 테이프를 들었는지 모르지만 미국의 이라크 침공은 음모였어. 강대국의 악랄한 모략이었지. 수천만 이라크 국민이 도탄에 빠져있다."

"……."

"이제는 사담 후세인이 정의야. 이라크 국민에게 평화와 안정을 회복시켜주는 것이 사담 후세인의 열망이다."

"갓댐."

마침내 브라운이 입을 열고 욕설을 뱉었다. 어깨를 부풀렸다가 내린 브라운이 잿빛 눈동자로 지노를 보았다.

"입 닥쳐, 지노. 네 입에서 그런 말을 들으니까 온몸에서 소름이 돋아나고 있다."

지노가 외면했을 때 브라운이 말을 이었다.

"차라리 돈을 많이 주니까 일 거들어달라고 해."

"할 거냐?"

지노가 묻자 브라운이 되물었다.

"얼마 줄 거냐?"

"네가 말해."

"내가 예상은 했지만 네가 이렇게까지 되어 있을 줄은 몰랐어."

"어떻게 예상했는데?"

"후세인의 경호 정도."

"얼마로 계약할 거야?"

"사병은 월 1만 불, 조장 급은 1만 5천 불."

브라운이 어깨를 부풀리면서 지노를 노려보았다. 지노의 시선을 받은 브라운이 말을 이었다.

"선금으로 한 달 월급을 주고 부상, 사망자는 5만 불."

"……."

"정예로 50명을 추려올 수 있어. 1백 명도 가능해."

"좋아."

지노가 고개를 끄덕였더니 브라운이 숨을 죽였다. 지노를 응시하는 눈이 흐려져 있다. 그러더니 물었다.

"내가 제시한 금액을 그대로 받아들이는 거야?"

"먼저 터키로 데려와야 해."

"그건 가능해."

브라운의 목소리가 높아졌다.

"나도 여기까지 오는 데 문제없었어. 여권만 준비하면 돼."

"무기도 구입해야겠군."

"그래야지, 하지만."

브라운의 눈동자가 번들거렸다.

"무기는 가져올 수는 없으니까 여기까지는 맨몸으로 와서 이라크 북부지역에서 구입하는 것이 낫다."

"나도 그럴 작정이야."

"돈은 언제 줄 건데? 애들 선금부터 주고 비행기 표도 사야 하는데."

"지금."

지노가 주머니에서 쪽지를 꺼내 브라운에게 내밀었다.

"여기 계좌번호, 코드번호, 비밀번호까지 3개가 적혀 있다."

브라운이 받아들었을 때 지노가 말을 이었다.

"네 차명계좌야. 뒤에 네 차명 '지브라운'이 적혀있어."

지노가 한마디씩 말을 잇는다.

"네 차명 밑에 적힌 것이 은행 전번이다. 그 번호로 전화를 한 다음에 네 차명을 대고 계좌번호, 코드번호, 비밀번호를 불러주면 된다."

"무슨 은행이야."

"버클리 은행."

"직접 가도 되나?"

"물론이지. 하지만 다른 은행의 네 계좌로 이체 받아도 돼. 전화로 말야."

"알겠어."

고개를 끄덕인 브라운이 조심스럽게 다시 물었다.

"여기에 얼마가 들어있는데?"

"1백만 불."

브라운의 눈이 다시 흐려졌을 때 지노가 자리에서 일어섰다.

"밥 먹고, 탈레반 놈들을 받아들일 터키 국경 쪽으로 가자."

호텔 2층의 터키 식당 안. 식당으로 올라온 지노가 자리에 앉으면서 안을 둘러보았다.

"여기 왔을 때가 10년쯤 전이냐?"

"그렇지. 10년 되었다. 너하고 내가 중사 시절에."

"첫 휴가였지."

지노의 얼굴에 웃음이 떠올랐다.

"식당은 그대로군. 거의 변하지 않았어."

"사람은 다 바뀌었는데."

종업원에게 음식을 시킨 브라운이 지노를 보았다.

"여기서 너하고 3일 묵었지?"

"그래. 돈 떨어져서."

"그러고 나서 넌 훈련받으려고 본국으로 귀국했고 난 베이루트로 돌아갔다가 제대했지."

브라운이 길게 숨을 뱉었다.

"그러고 나서 이렇게 다시 만났구나."

"전화 연락은 자주 했잖아, 인마."

"네가 이렇게 부자가 되어 있을 줄은 몰랐어."

"갓댐. 이게 내 돈이냐?"

"후세인이 너한테 맡긴 거야?"

"인마, 앞으로 모실 분이니까 각하라고 불러."

"갓댐."

브라운이 심호흡을 하고 나서 지노를 보았다.

"각하는 건강하시냐?"

"그래."

지노가 고개를 끄덕였다. 후세인이 다른 얼굴의 압둘 자말이 되어 있다는 것은 나중에 말해도 될 것이다.

점심을 마치고 공항으로 돌아간 둘은 국내선 여객기 티켓을 사서 동쪽의 반으로 날아갔다. 반에 도착했을 때는 오후 7시 반이다.

호숫가의 도시, 반의 오른쪽이 이란, 남쪽이 이라크다.

"이라크 쪽 마르딘까지는 70킬로 정도다."

호텔방에서 지도를 본 브라운이 말했다.

"마르딘에 본부를 세우기로 하지."

마르딘에서 이라크 국경까지는 30킬로 정도인 것이다.

내일 아침에 마르딘으로 출발하기로 하고 둘은 아래층으로 바로 내려갔다. 반은 휴양 도시여서 호텔 바에는 관광객이 많았는데 여자들도 많았다.

"파키스탄보다는 낫군."

브라운이 여자들을 보더니 감동했다.

"저 여자들이 내가 1백만 불을 가지고 있는 부자라는 것을 알까?"

아직도 후줄근한 양복 차림의 브라운이 분한 표정으로 물었다.

"어떻게 해야 그것을 알려주지?"

종업원이 다가왔기 때문에 지노가 위스키를 시키고는 말했다.

"백 불짜리 한 장 줄 테니까 네 이마에다 붙여."

그럴 필요도 없었다.

지노가 종업원에게 10불을 주었더니 5분도 안 되어서 여자 둘을 데려왔다. 둘 다 검은 머리에 검은 보석 같은 눈동자를 지닌 미녀. 둘이 옆자리에 앉은 순간 브라운의 눈에 생기가 펄펄 일어났다. 마구 떠든다.

"어디서 온 거야?"

"물론 우리가 좋아서 여기 왔겠지만 술은 마셔야겠지?"

"실례지만 둘 중 나한테 관심을 갖는 분이 누구신가?"

"나는 짐이라고 해. 내 옆의 거지 같은 놈은 벅이야."

그때 지노가 테이블 밑으로 브라운의 주머니에 1백 불짜리 지폐 3장을 쑤셔 넣어 주었다. 브라운이 주머니에 손을 넣어 확인하더니 고개를 끄덕였다. 지노가 자리에서 일어서면서 브라운에게 말했다.

"무리하지 마라."

"걱정 마."

브라운이 커다랗게 고개를 끄덕였다.

"기름칠을 하는 것뿐이니까."

지노는 여자들에게 고개만 끄덕여 보이고는 몸을 돌렸다.

다음 날 오후.

부동산 중개업자와 함께 지노와 브라운이 산기슭 앞에 서 있다. 셋의 앞에는 석조 저택이 서 있었는데 낡았다. 그러나 2층 건물로 창문이 20여 개나 되는 큰 건물이다. 마당에는 잡초가 무성한 빈집이어서 중개업자가 지노의 눈치를 보았다.

"수리는 좀 해야겠지만 지금 당장 사용할 수 있습니다."

중개업자가 말을 이었다.

"외딴집이어서 정신병자를 수용하기에는 딱 맞습니다. 본래 이곳은 수도원이었거든요."

그때 브라운이 지노를 보았다. 시선이 마주치자 브라운이 고개를 끄덕였다. 좋다는 표시다. 이 수도원 건물은 마르딘에서 15킬로쯤 떨어진 아래쪽 산맥 속에 박히듯 세워져 있다. 이곳에서 이라크 국경까지는 22킬로. 길은 있지만 산맥을 2개나 넘어야 된다.

지노가 중개업자를 보았다. 지노는 정신병자 수용소 건물을 찾으려고 온 병원 관계자다.

"그럼 가격을 상의합시다."

"1년 임대료로 미화 12만 불은 받아야 합니다."

"이 폐가를 금값으로 받는군."

지노가 쓴웃음을 지었다.

"우린 시간이 좀 많으니까 다른 곳을 알아볼 수 있어요."

"마르딘 시청이 관리하는 곳이라 흥정이 어렵습니다."

중개업자가 절절한 표정으로 지노를 보았다.

"잘 아시다시피 공무원들은 융통성이 없거든요. 하지만 일단 계약을 하시면 귀찮은 일이 없을 겁니다. 시 건물이니까요."

"1년에 11만 불로 합시다. 건물의 수리비가 꽤 나가야 할 테니까."

지노가 1만 불을 깎자 중개업자는 한숨을 쉬고 나서 손을 내밀었다.

"계약하십시다, 선생님."

마르딘의 여관방 안. 오후 7시.

이제는 이곳이 숙소다. 지노가 입을 열었다.

"여기서 물자 공급을 해야 되니까 익숙해져야 돼."

이제 계약을 끝낸 상태. 수도원 건물은 탈레반 숙소로 적당했다. 임시 숙소다. 방이 30개나 되는 건물이다. 이곳에서 팀워크를 짜고 익숙해지는 데 한 달은 걸릴 것이다.

그 한 달 동안 무기를 구입하고 이라크 북부 연맹과 접촉해야 한다. 그리고 후세인을 모셔와 전열을 정비해야 되는 것이다. 지노가 말을 이었다.

"난 여기서 이삼 일 더 있다가 갈 테니까 넌 내일 페샤와르로 돌아가."

"그래야지."

브라운이 고개를 끄덕였다.

"열흘 후부터 1진이 이곳에 도착하도록 할 거야."

"수도원 공사 인부로 가장하고 와."

건물 공사 인원으로 가장한 것이다. 그때 브라운이 말했다.

"내가 1진을 데리고 왔다가 다시 나갈 거다. 너도 열흘 후에 올 거야?"

"그래야지."

"각하는?"

"어느 정도 기반이 굳히면 내가 모시고 오는 거다."

이렇게 결정이 되었다.

후세인 일행이 모술 근처의 산악지대에 도착했을 때는 티크리트 동굴을 떠난 지 23일 만이다. 가다 숨다를 반복했기 때문인데 사냥꾼들이 깔려있어서 어쩔 수 없었다.

오후 8시 반.

동굴 안에는 후세인과 가민, 파라드와 두 사내가 둘러앉아 있다. 앞쪽 두 사내는 다후크에서 내려온 무하마드 살라드의 측근들이다. 두 사내는 가심과 바트라. 후세인과 여러 번 만난 사이다. 인사를 마친 가심이 먼저 후세인에게 말했다.

"각하, 얼마나 상심이 크십니까? 살라드 장군께서 위로의 말씀을 전하라고 하셨습니다."

"흐흐흐."

후세인이 특유의 목소리로 웃었다. 얼굴에 주름이 잡혔고 턱이 조금 들렸다.

"거짓말 하지 마, 가심. 내가 망하니까 살라드는 속으로 좋아했을 텐데."

"그, 그럴 리가요."

당황한 가심의 눈동자가 흔들렸다. 그때 바트라가 헛기침을 했다.

"각하, 지난번 각하께서 마지막으로 약속하신 것은 어떻게 되었느냐고 물으셨습니다."

"아, 그것 참."

후세인의 얼굴에 쓴웃음이 번졌다.

180

"내가 지금도 이라크의 금고를 안고 있는 줄 아나?"

입맛을 다신 후세인이 말을 이었다.

"그때 내가 2천만 불을 지원해주기로 했지만 지금은 불가능해. 나를 미군에다 넘기면 그 돈은 받겠지."

이제는 바트라가 시선을 내렸다.

"독촉하는 건 아닙니다, 각하."

"어쨌든 이번에 내가 살라드에게 신세를 좀 지려는데."

정색한 후세인이 둘을 번갈아 보았다.

"북부지역을 먼저 통일하고 남하하면 내가 남부의 반군을 규합해서 미군을 몰아낼 수 있을 거야. 아마 살라드도 그 계산을 하고 있겠지만 말야."

동굴 안은 숨소리도 나지 않았고 후세인의 말이 이어졌다.

"난 자식도 다 잃고 이번 전쟁으로 내 역량의 한계를 깨달았어. 내가 다시 이라크 대통령으로 오르려고 이렇게 구차한 삶을 이어가는 게 아냐."

"……."

"이라크를 재건시키는 거야. 이대로 놔두면 이라크는 서로 물고 뜯어서 중동의 '개밥'이 돼. 중동의 군주국(君主國), 아랍권의 종주국이던 이라크가 말야."

후세인의 얼굴이 상기되었고 두 눈이 번들거리고 있다.

"살라드에게 전해. 이라크를 통일시키고 나서 대권을 넘기겠다고. 그러려고 내가 북상했다고."

"예, 각하."

둘이 앉은 채로 머리를 숙이더니 가심이 조심스럽게 물었다.

"각하, 저희들은 각하께서 아흘라드를 처단하고 이라크에서 탈출하셨다는 소문을 듣고 있었습니다만."

"아흘라드는 내 눈앞에서 처형했네."

후세인이 똑바로 가심을 보았다. 엄격한 표정이다. 기가 질린 가심이 숨을 죽였고 후세인의 말이 이어졌다.

"아흘라드의 측근들을 몰살시키고 나서 내가 잠깐 몸을 피했던 것이 그런 소문이 난 것 같군."

"그렇군요."

"아흘라드가 나를 이용해서 권력을 쥐려고 했어. 그러고 나서 나를 미국 측에 넘길 작정이었지."

후세인의 얼굴에 허탈한 웃음이 떠올랐다.

"살라드에게 나한테 들은 이야기를 그대로 전해주게. 난 살라드와 이라크의 미래를 함께 건설하고 싶다고 말이네."

"예, 각하."

둘이 동시에 고개를 숙였다.

"그대로 전해드리겠습니다, 각하."

살라드의 사자가 동굴을 떠나고 안에는 셋이 남았다. 후세인과 가민, 파라드다. 그때 가민이 먼저 입을 열었다.

"잘했어. 처음에는 눈동자가 흔들렸는데 바로 안정이 되더군."

파라드가 고개를 끄덕였다.

"저는 목소리를 듣기만 했는데 각하로 착각할 정도였습니다. 훌륭합니다."

"무엇보다도 살라드에게 제의한 내용이 그럴듯해."

가민이 웃음 띤 얼굴로 1호를 보았다.

"각본에도 없는 말을 아주 잘했어."

"제가 각하의 사상을 모두 머릿속에 심어놓고 있기 때문입니다."

1호의 얼굴에도 웃음이 떠올랐다.

"이젠 각본을 주시지 않아도 됩니다."

"살라드가 마지막 약속을 꺼내는 것은 대역인지 각하인지를 확인하려는 의도 같습니다."

파라드가 말하자 가민이 정색했다.

"그렇다. 살라드는 교활한 놈이야. 그때 자금 지원을 해주겠다는 약속을 각하께서 직접 하신 것을 알고 있었거든."

고개를 돌린 가민이 1호를 보았다.

"1호, 내가 그 이야기를 너한테 안 했다면 꼬리를 잡힐 뻔했다."

"저도 이제 한숨 돌렸습니다."

1호가 길게 숨을 뱉었다.

동굴을 나온 가심과 바트라가 경호원의 안내를 받고 옆쪽 동굴로 들어가 앉는다. 후세인과의 면담은 끝냈지만 늦은 시간이어서 오늘은 쉬고 내일 돌아갈 예정이다. 가심이 바트라를 보았다.

"대역은 아냐."

바트라의 시선을 받은 가심이 목소리를 낮췄다.

"목의 점을 똑똑히 봤어."

"나두 봤어."

바트라가 고개를 끄덕였다.

오래전부터 후세인의 '대역'에 대한 소문이 퍼져 있었다. 그래서 살라드 같은 인물은 '대역'과 '실물'의 차이를 발견해내려고 기를 썼다. '살라드' 측이 찾아낸 '차이점'은 오른쪽 귀 아래쪽 부근의 직경 5밀리 정도의 '점'이다. 실물에 그 점이 있는 것이다.

그렇다고 '점'이 없는 대역을 보았다고? 본 적이 없다. 살라드는 지금까지 세

번 실물 후세인을 보았는데 모두 '점박이' 후세인이었다. 가심도 3번, 바트라는 2번이었고 모두 '점박이'였던 것이다. 따로 만난 건 아니다. 살라드, 가심, 바트라가 같이 만난 것이지. 바트라가 한 번 빠지고.

이윽고 가심이 정리했다.

"실물 맞아. 우리가 만난 놈이야."

둘만 있으니까 놈이라고 해도 된다.

마르딘이 주 보급기지가 될 것이었기 때문에 지노는 작은 도시를 하루 동안 조사했다. 브라운이 아침에 떠나서 혼자다. 부동산 중개업자를 시켜 반트럭 1대와 승용차 1대를 구입해 놓았다. 중고차였지만 움직일 만했다.

마르딘은 인구 2천 명 정도의 작은 도시다. 시청과 계약을 했기 때문에 오히려 간섭을 덜 받는다는 것을 알게 되었다. 수도원은 정신병원으로 임대된 것이다. 곧 수도원 건물을 보수하려고 건설 인부들이 올 것이다, 탈레반들이.

"경찰서장 유리프 씨를 만나보시지요."

중개업자 샤지크가 말했을 때는 오후 5시가 조금 넘었을 때다.

샤지크는 45세. 비대한 체격. 이번 수도원 건물 임대 계약에 대공(大功)을 세워 시장의 칭찬을 받은 데다 수수료 1천 불을 챙겼다. 그리고 지노한테서 수수료를 3천 불이나 받았기 때문에 심복이 되었다. 물론 비공식 수수료. 지노와 샤지크 둘만 아는 수수료다.

샤지크는 이번 거래 한 번으로 2년간의 수입을 올린 셈이다. 한 달에 겨우 2백 불 정도밖에 못 벌었기 때문이다. 둘은 시내의 커피숍에 앉아있다. 지노의 시선을 받은 샤지크가 말을 이었다.

"수도원을 임대한 소문은 이미 다 났을 겁니다. 그리고 선생님이 프랑스 국적의 사업가라는 것도 다 알고 있겠지요."

"그렇겠지."

"서장하고 친분을 맺으면 여러 가지로 편리합니다. 이런 곳은 서장이 어지간한 것은 다 덮을 수가 있으니까요."

지노가 지그시 샤지크를 보았다. 터키인, 이슬람이다.

"샤지크, 우리가 누구라는 거, 대충 알고 있는 거요?"

웃음 띤 얼굴로, 그것도 가벼운 말투로 물었더니 샤지크가 기다렸다는 듯이 금세 고개를 끄덕였다.

"이라크 북부 동맹 중 하나 아닙니까?"

"어떻게 안 거요?"

"이 근처에 북부 동맹의 보급소, 연락소, 용병 지원소가 여럿입니다."

"그렇군."

지노가 웃지도 않고 고개를 끄덕였다.

"그래서 내가 정신병동을 구하러 다닌다고 했을 때 정신병자를 보는 것처럼 날 쳐다보았군?"

"그건 아닙니다, 선생님."

"내가 어느 파인 것 같소?"

"그건 상관없습니다, 선생님."

"상관없다니?"

"우리는 돈 내고 건물을 임대하는 북부 동맹군은 처음 만납니다. 그래서 시청에서도 반기는 겁니다."

"그렇다면 시청도 알고 있다는 건가?"

"시청 관리들이 바보가 아닙니다."

"내가 바보가 된 느낌이 드네."

"이 근처에서 폐가를 무단 사용하는 단체들 때문에 당국이 골머리를 싸고 있는 상황입니다. 그래서 선생님이 특별한 대우를 받아야 되는 겁니다."

"서장을 만납시다."

마침내 지노가 결정했다.

"서장한테 뇌물을 줘야겠지?"

"준다면 선생님의 경비원이 될 겁니다."

샤지크가 자신 있게 말했다. 이렇게 마르딘의 거점 기반이 굳어졌다.

터키 남서부.

이라크와의 국경 지역이 이라크 북부군의 연락소, 보급소, 인력 대기소, 훈련장 역할까지 하고 있었다.

터키는 시리아, 이란과도 국경을 마주하고 있기 때문에 국경 경비에 신경을 쓴다. 그러나 시리아와의 국경 분쟁으로 이라크 쪽 관리는 조금 허술해진 상태다. 지노는 그사이에 끼어든 셈이다.

"반갑습니다."

경찰서장 유리프가 웃음 띤 얼굴로 지노에게 손을 내밀었다.

오후 7시 반.

마르딘 시의 고급식당 '파드라'의 밀실 안. 방 안에는 둘뿐이다. 지노가 잠자코 유리프의 손을 잡는다. 오마 유리프. 50세. 대머리에 배가 나왔고 허리에 권총을 찼다. 유리프가 말을 이었다.

"이번에 시청의 수도원 건물을 임대하셨다는 것을 듣고 감동했습니다."

"그렇습니까?"

"다른 사람들도 앙드레 씨처럼 법을 지켜준다면 얼마나 좋겠습니까?"

유리프의 시선을 받은 지노가 빙그레 웃었다. 중개업자 샤지크의 말을 들은 후여서 금방 이해가 된 것이다. 이쪽 터키 남부지역이 이라크 북부지역 부족의 '준비 공간'이 되어있는 것이다. 이제는 '정신병원' 운운할 필요도 없다.

양고기에 마른 빵으로 저녁을 먹은 후에 지노가 옆에 놓인 가방을 유리프에게 내밀었다.

"3만 불 들었습니다. 잘 부탁합니다."

"억!"

저도 모르게 유리프의 목에서 '억' 소리가 났다. 지금까지 수십 년간 뇌물을 받아왔지만 가장 많이 받았던 뇌물이 1,500불이다. 서장이지만 유리프의 한 달 월급은 300불이니 놀랄 수밖에. 거의 10년 월급 아닌가?

유리프는 가방만 쳐다본 채 손을 내밀지도 않았기 때문에 지노가 옆쪽 자리에 내려놓았다. 그러고는 지그시 시선을 주었다.

"열흘쯤 후부터 수도원 건물로 인부들이 올 겁니다."

"아, 인부들……."

그때 겨우 정신을 수습한 유리프가 어깨를 폈다.

"염려 마십시오. 마르딘에서는 얼마든지 활동하셔도 됩니다."

"감사합니다."

"제가 오히려……."

유리프가 그때까지 옆에 놓여있던 가방을 들어 의자 밑에 놓았다. 두 눈이 번들거리고 있다.

다음 날 아침.

지노는 다시 배낭을 멘 차림으로 마르딘을 떠났다. 유리프가 서장 지프를 내주었기 때문에 그 차로 반까지 간 후에 국내선 비행기를 타고 이스탄불에 도착했다.

이스탄불에서 바닷가 어항에 도착했을 때는 오후 5시경이다. 12월 17일이다. 이곳에서 불가리아 부르가스에서 온 어선을 만나기로 한 것이다.

6시가 되었을 때 어선이 바다에서 슬슬 다가왔다. 어두워지기도 전에 터키로 들어온 것이다. 선장 니콜라가 선창에 서 있는 지노를 보더니 활짝 웃었다. 선원은 손까지 흔들어 준다.

"선생, 약속 지키는군."

배를 선창에 붙이면서 니콜라가 떠들썩한 목소리로 말했다. 옆쪽의 어선에서 고기를 내리고 있었지만 개의치 않는다. 지노의 배낭을 받아 배에 던져놓은 니콜라가 말했다.

"기름만 싣고 떠나지."

어항에는 세관원, 경비병이 없다. 배를 타고 밀항하는 사람이 없기 때문이다. 뱃삯을 내지 않아도 얼마든지 걸어서 국경을 넘을 수가 있는 것이다. 물론 육지로 건너다가 경비병에게 단속되면 쫓겨난다고 한다. 추방당할 뿐이다.

부르가스. 밤 12시 반.

별장 2층 응접실에 후세인과 카밀라, 로간, 바질까지 둘러 앉아있다. 지노는 가방만 내려놓고 후세인에게 보고를 하는 것이다. 지노가 마르딘 지역의 상황을 설명하고 나서 후세인에게 말했다.

"마르딘 지역이 이곳보다 안전할 것 같습니다. 공주도 같이 가시지요."

카밀라의 얼굴이 금세 밝아졌다. 지금까지 설명을 들으면서도 카밀라의 얼굴에 그늘이 덮여 있었다.

"아, 그런가?"

후세인이 고개를 끄덕였다.

"그럼 나하고 같이 당장 떠나도 되겠구나."

188

"1진이 10일쯤 후에 도착할 테니까 며칠 여유는 있습니다."

"아니, 먼저 가서 기다리는 것이 낫겠다."

후세인이 정색하고 말했다.

"이곳 별장에서 일주일을 쉬었더니 사람이 사는 것 같지가 않았다. 먹고 자는 돼지처럼 느껴졌다."

후세인의 두 눈이 번들거리고 있다. 새로운 얼굴이었지만 다시 권위가 느껴지고 있다. 옛날 후세인이 풍기던 분위기다.

보고를 마치고 아래층으로 내려온 지노가 로간, 바질을 불러 다시 이야기를 한다. 마르딘 지역의 상황을 더 상세하게 일러주었고 브라운이 데려올 탈레반의 운용 방법, 무기 조달 방법까지 상의하는 것이다.

별장은 2달 임대를 했지만 그냥 나오기로 했고 하녀들도 한 달 월급을 주고 보내면 된다. 니콜라의 어선은 언제든지 탈 수 있으니 날짜만 잡으면 되는 것이다.

2층 방으로 들어선 지노의 얼굴에 웃음이 떠올랐다. 로간과의 회의가 1시간이 넘었기 때문에 오전 1시 반이 되어가고 있다. 방 안의 의자에 카밀라가 앉아서 기다리고 있었다.

지노가 다가가자 카밀라가 두 팔을 벌리고 달려왔다. 세차게 부딪쳐서 지노의 몸이 휘청거렸다.

이틀 후인 오후 5시.

지노의 일행 5명이 어선을 타고 흑해 연안을 따라 남진했다. 오늘은 바람이 불어서 풍랑이 일었지만, 어선은 기운차게 파도를 헤치고 나아갔다.

후세인은 조타실에 서서 바다를 바라본 채 입을 열지 않았다. 선장 니콜라는 '압둘 자말'의 분위기에 압도되어 말도 걸지 못한다. 카밀라는 뱃멀미를 해서 구석에 쪼그리고 앉아있다. 그러나 표정은 밝다. 지노와 시선이 마주칠 때마다 웃는다.

터키 쪽 어항에 도착했을 때는 밤 11시.

니콜라는 지노에게 전화번호를 적어주고 언제든지 필요하면 전화를 해달라고 했다. 후세인이 니콜라에게 처음으로 고맙다고 인사를 했더니 머리 위로 손을 올려 경례하는 시늉을 했다. 어떤 분위기를 느꼈기 때문일까?

지난번 이스탄불에 들어갈 때 숙박했던 조그만 여관에서 1박을 했다. 버스를 타고 이스탄불에 도착했을 때는 오전 11시 반이다. 이스탄불에서 여행사를 통해 전세 비행기로 반(VAN)으로 날아왔다.

오후 3시 반.

지노가 후세인에게 말했다.

"여기서 쉬시지요. 마르딘은 제대로 된 여관도 없는 곳입니다."

후세인이 웃음 띤 얼굴로 고개를 끄덕였다.

"그래. 점점 전장으로 다가가는구나."

그러나 후세인의 얼굴은 생기로 덮여 있다. 아니, 압둘 자말의 얼굴이.

반의 호텔에 후세인과 카밀라, 그리고 바질을 남겨두고 지노와 로간은 마르딘으로 내려왔다.

오후 7시 반.

마르딘 남쪽, 귀신이 나올 것 같은 수도원을 지노와 로간이 둘러보고 있다.

"이만하면 1백 명도 수용할 수 있겠다."

로간이 말을 이었다.

"여기서 국경까지 20킬로 정도라니 정찰해봐야겠어."

고개를 끄덕인 지노가 로간을 보았다.

"무기 구입도 알아봐야 해."

"이 근처에 북부군 기지가 많다니 그것도 알아봐야겠고."

"내일 경찰서장을 만나기로 했으니까 정보를 받을 수 있겠지."

"경찰서장을 매수했으니까 다행이야."

말을 하면서 어두운 수도원 복도를 걷던 둘의 앞으로 짐승 하나가 소리 없이 지나갔다. 흠칫 놀랐던 로간이 입맛을 다셨다.

"무기를 빨리 준비해야겠어."

로간의 목소리가 어두운 건물을 울렸다. 전기가 들어오지 않는 곳이어서 둘은 제각기 플래시를 비추고 있다. 위아래 층 건물 면적이 800평가량 되는 규모다.

계단을 내려가면서 지노가 앞쪽을 플래시로 비췄다. 계단 구석에 웅크리고 앉은 고양이 한 마리가 이쪽을 응시하고 있다.

경찰서장 유리프가 로간과도 인사를 마치더니 곧 가방에서 서류를 꺼내 내밀었다.

다음 날 오전 11시 반이다.

"참고하시라고 가져온 겁니다."

유리프가 서류를 꺼내 탁자 위에 펼쳤다.

"우리가 지금까지 확보한 국경 지대의 이라크 부족의 모집소, 창고, 연락사무실, 보충대입니다. 모두 산속 폐가를 이용하거나 협조자들의 주택을 사용하고 있지요."

지도다. 지도를 본 지노가 숨을 들이켰다. 붉은색으로 표시된 곳이 20여 개나 되었다. 그리고 그 지역에는 각각 부족 이름이 적혀있다. 고개를 끄덕인 지노가 웃음 띤 얼굴로 유리프를 보았다.

"고맙습니다, 서장."

"천만에요. 이건 국가기밀도 아닙니다."

유리프가 얼굴을 펴고 웃었다.

이곳은 마르딘의 터키식당 안. 방 안에는 셋이 둘러앉아 있다. 고개를 끄덕인 지노가 주머니에서 지폐 뭉치를 꺼내 유리프에게 내밀었다. 봉투에도 넣지 않은 돈뭉치다. 100불짜리인 것이다.

"정보비요. 5천 불입니다."

"아이구, 이런."

깜짝 놀란 유리프가 숨을 들이켰다가 곧 손을 내밀어 돈뭉치를 받았다. 얼굴에 일그러진 웃음이 떠올랐지만 두 눈이 번들거리고 있다.

"받겠습니다."

그때 로간이 물었다.

"서장, 무기를 구입할 곳 없습니까?"

"무기 말입니까?"

어깨를 편 유리프의 눈동자가 흔들렸다가 고정되었다.

"우리가 압류한 무기가 있는데."

유리프의 목소리가 낮아졌다.

"AK-47은 수백 정이오. 권총, 수류탄, 대전차포도 수십 정이 있어요."

"우리가 그 무기를 삽시다."

"좋지요."

유리프가 금세 고개를 끄덕였다.

"AK-47은 정당 2백 불로 드리지요."

"그럼 내일 차에 싣고 수도원으로 가져오시오."

지노가 말을 이었다.

"AK-47 1백 정, 대전차포 10정, 실탄, 탄창, 탄두까지 다 사지요."

"대전차포는 정당 5백 불은 받아야겠습니다."

"너무 비싼데."

로간이 나서자 유리프가 얼른 수정했다.

"그렇다면 400불."

"탄두는?"

"수백 개가 있는데, 개당 1백 불 주시오."

로간과 지노가 서로의 얼굴을 보았다. 그 정도면 싸다. 로간이 고개를 끄덕였고 지노가 말했다.

"좋습니다. 대전차발사관 10개, 탄두 100개를 삽시다."

"권총, 수류탄은?"

"권총은 뭐가 있습니까?"

"토가레프, 베레타, 리볼버……."

"베레타, 리볼버로 50정."

"권총은 정당 1백 불 주시오. 대신 수류탄 3박스를 그냥 드리지요."

"좋습니다. 내일 수도원으로 가져오시오."

지노가 말하자 유리프가 손을 내밀었다.

"무기 구입은 여기서 되었군."

유리프와 헤어졌을 때 로간이 웃음 띤 얼굴로 말했다. 오후에는 중개업자 샤지크를 만나 가구와 침구 등을 구입해야 한다. 지노가 로간을 보았다.

"네가 반에 가서 각하를 모시고 와."

이곳이 더 안전하기 때문이다.

10킬로쯤을 더 북상했다. 이곳은 반군의 출몰이 심해서 미군과 민병대의 수색이 더 철저했기 때문이다.

오후 6시 반.

이곳은 산기슭의 민가 안. 가민과 1호가 마주 앉아있다. 파라드는 정찰을 나가서 아직 돌아오지 않았다.

"1호, 마흘락 소장은 야전군 지휘관으로 각하하고는 개인적인 인연이 없어. 아마 독대한 적도 없을 거야."

가민이 말을 이었다.

"그러니까 마음 놓고 말해도 될 거다."

"나도 들은 적이 없습니다."

1호가 고개를 기울였다.

"중요한 인물이 아니었으니까 그렇겠죠."

하지만 마흘락은 반군을 이끌고 미군과 게릴라전을 치르고 있다. 점령군인 미군 입장에서 보면 가장 골치 아픈 반군 무리 중 하나다.

마흘락은 북부지방의 제33사단장이었는데 바그다드가 함락되자 부하들을 이끌고 산속으로 피신, 지금까지 미군을 상대로 게릴라 활동을 하는 것이다. 휘하 병력은 약 6백여 명. 지금 팔라드가 마흘락을 찾으러 나가 있다. 그때 가민이 혼잣소리처럼 말했다.

"마흘락의 반군을 흡수하면 우리 세력이 든든하게 될 텐데 말야."

"당연히 따라오지 않을까요?"

"이봐, 그렇게 간단한 일이 아냐."

194

가민이 쓴웃음을 짓고 1호를 보았다.

"미군과 게릴라전을 치르고는 있지만, 각하께 충성을 하고 있는지는 의문이야."

1호가 시선만 주었고 가민이 말을 이었다.

"마흘락도 소외된 장군 중의 하나야. 나보다 8년이나 선배인데도 소장밖에 안 되었거든."

"그렇습니까?"

"아마 지금 나이가 55살쯤 되었을 거야. 마흘락이 대령 때 난 대위였다구."

"장군의 진급이 빠르셨군요."

"아니, 마흘락이 남부 출신이어서 진급이 늦었지. 이란과의 전쟁 때 공을 세웠어도 이란과 가깝다는 의심을 받았어."

그런 내막까지는 모르는 1호가 고개만 끄덕였고 가민이 말을 이었다.

"제대로 진급을 했다면 대장이 되고도 남았지. 부하들의 존경도 받았으니까."

"내가 사과를 해야 되나요?"

"글쎄, 각하라면 그러시지 않았을 것 같은데, 상황이 이러니……."

이맛살을 찌푸렸던 가민이 1호를 보았다.

"사과를 하는 것이 낫겠다."

"그러지요."

"마흘락을 따르는 병사들이 많아. 그러니까 마흘락이 각하와 합류한다면 살라드와의 연합도 수월해질 거야."

가민이 말을 이었다.

"반군들의 규합도 시너지를 받을 것이고."

1호가 고개를 끄덕였다.

"해보십시다."

1호는 이제 후세인이다. 대역이 아니다.

마흘락 소장이 민가의 방으로 들어섰을 때는 오후 9시가 되어갈 무렵이다. 1호가 자리에서 일어나 마흘락을 맞는다. 뒤에 가민이 서 있다.

"오, 마흘락."

"각하."

부동자세로 선 마흘락이 경례를 했다. 그러나 남루한 작업복 차림이라 어울리지 않는다. 다가간 1호가 마흘락의 어깨를 안더니 마흘락의 볼에 입술을 붙였다. 한 번, 두 번, 그리고 세 번. 포옹을 푼 둘이 마주 앉는다. 마흘락은 가민에게 눈인사만 했다.

동굴 안에는 넷이 앉았다. 마흘락의 뒤에 파라드가, 후세인 뒤쪽에 가민이 앉았다. 그때 1호가 말했다.

"장군, 네가 애국자다."

"아닙니다, 각하."

마흘락이 번들거리는 눈으로 1호를 보았다.

"저는 제 할 일을 할 뿐입니다."

"내가 미안하다."

1호가 떨리는 목소리로 말을 이었다.

"내가 네 충성심을 과소평가했다."

"아닙니다, 각하."

"부끄럽게 생각한다."

"각하."

어깨를 부풀렸다가 내린 마흘락이 1호를 보았다.

"제 휘하 병사가 650명입니다. 이라크의 재건을 위해서 모두 목숨을 바칠 것입니다."

"고맙다."

고개를 끄덕인 1호가 말을 이었다.

"내가 살라드와 연합할 계획이야. 네가 그동안 반군을 모아주겠는가?"

"예, 각하. 하지만……."

어깨를 부풀렸다가 내린 마흘락이 말을 이었다.

"군자금이 없습니다. 그래서 병사들이 농가에서 양을 훔쳐 오고 시체에서 탄띠를 풀어오는 실정입니다."

"……."

"각하, 군자금이 절실합니다."

그때 1호가 고개를 돌려 가민을 보았다. 가민이 외면했기 때문에 1호가 헛기침을 했다.

"은행이 다 막혀서 곤란하다."

마흘락은 시선만 주었고 1호가 길게 숨을 뱉었다.

"CIA가 다 막아버렸어."

그때 마흘락의 시선이 가민에게 옮겨졌다.

"가민."

"예, 마흘락 장군."

가민이 대답하자 마흘락의 시선이 1호에게 옮겨졌다. 그리고 묻는다.

"이놈이 1호야? 아니면 2호인가?"

그때 가민이 숨을 들이켰다. 파라드는 아예 돌덩이처럼 굳어졌으며 1호는 눈만 껌뻑이며 마흘락을 응시했다. 1호의 입이 절반쯤 벌어졌다가 닫혔다. 그때 가민이 물었다.

"무슨 말입니까?"

겨우 그렇게 물었지만 눈동자가 흔들렸다. 그때 마흘락이 입술을 비틀고 웃었다.

"내가 각하를 3번 만났어."

모두 숨을 죽였고 마흘락의 말이 이어졌다.

"각하는 날 의심했고 진급도 누락시켰지만 이렇게 비굴한 성품은 아니었어."

그때 마흘락이 똑바로 1호를 보았다.

"너 1호야? 아니면 2호야?"

"아니……."

기가 질린 1호가 더듬거렸을 때 마흘락이 잇새로 말했다.

"쏴 죽이기 전에 말해! 감히 대역 주제에 날 속이는 거냐!"

그때 1호가 말했다.

"1호입니다."

1호를 동굴에 놔두고 마흘락과 가민, 파라드 셋이 밖으로 나왔다. 가민이 먼저 마흘락에게 말했다.

"장군, 죄송합니다. 1호는 각하에 대한 충성심으로 대역 역할을 한 것입니다. 절대 사심이 없었습니다."

그때 파라드가 고개를 숙였다.

"제가 보증합니다. 각하께서 도피하신 상황이어서 1호가 미군 당국을 끌어들여 보호해드리려는 의도였습니다."

"기가 막히는군."

마흘락이 주름진 눈으로 가민을 보았다.

"가민 소장, 저놈으로 살라드를 속일 수 있다고 생각했나?"

"살라드의 측근 가심과 바트라를 만났지만 그들은 속았습니다."

파라드가 말했을 때 마흘락이 어깨를 들썩였다. 두 눈을 치켜뜨고 있다.

"살라드는 각하를 여러 번 만난 사이야. 그러다가 만일 1호가 발각된다면?"

둘은 숨을 죽였고 마흘락이 말을 이었다.

"당장 1호는 포로가 되어서 살라드의 이용물이 될 거야."

고개를 든 마흘락이 가민을 노려보았다.

"가민, 지금도 각하를 등에 업고 호가호위하겠다는 건가?"

"아닙니다, 장군."

가민이 마흘락을 마주 보았다.

"이 상황에서 호가호위가 어디 있습니까? 우리 목표는 살라드를 끌어들이고 나서 북부 연합을 성사시켜 미군과 대항하는 것입니다."

"……."

"목숨을 건 연극이었습니다, 장군."

가민의 두 눈이 물기에 젖어 번들거렸다.

"각하께서는 티크리트를 빠져나가시면서 저한테 미군에 투항하라고 하셨습니다. 그때 1호가 각하로서 죽겠다면서 나섰던 것입니다."

"그렇다면 나도 연극에 합류하라는 말인가?"

마흘락이 묻자 가민이 고개를 숙였다. 어둠 속에 선 셋의 주위로 찬바람이 스치고 지나갔다. 그때 마흘락이 입을 열었다.

"각하께서 돌아오실 가능성은 없나?"

가민과 파라드는 숨만 쉬었고 마흘락이 다시 물었다.

"지금 살아계시기는 한가?"

가민이 고개를 저었다.

"아직 확인이 안 됩니다."

그러더니 덧붙였다.

"연락할 방법도 없습니다."

브라운이 1진과 함께 마르딘에 도착했을 때는 지노가 도착한 지 일주일이 지났을 때다. 1진은 10명. 수도원 건물로 입소했다.

후세인과 카밀라는 마르딘 교외의 주택에서 거주했는데 마을 사람들은 가끔 거리를 산책하는 압둘 자말에게 인사를 할 정도가 되었다.

"무기까지 갖춰놓았군."

수도원 지하실에 쌓아놓은 무기를 본 브라운이 만족한 얼굴로 말했다.

"내가 다시 페샤와르로 가서 나머지 인원을 모두 데려와야겠어. 앞으로 열흘 후면 다 끝날 것 같아."

"이제는 내가 이라크 상황을 알아봐야겠다, 브라운."

지노가 말을 이었다.

"우선 국경 지역의 상황부터 확인해봐야겠어."

수도원은 입주한 탈레반 전사들로 생기에 덮여 있다.

그날 저녁.

수도원의 식당에서 지노와 브라운이 탈레반 전사들과 함께 저녁을 먹는다. 지노와의 첫 식사인 셈이다.

오후 7시 반.

지노가 양고기를 뜯어 먹으면서 전사들을 둘러보았다.

탈레반 특징은 콧수염, 턱수염이 무성해서 얼굴이 수염으로 덮인 용모였다. 그런데 식탁에 모인 탈레반은 모두 말끔한 얼굴이다. 거기에다 작업복 차림에 맨머리여서 터키인으로 보인다. 브라운이 그렇게 시킨 것이다.

지노가 웃음 띤 얼굴로 탈레반을 둘러보았다. 모두 20대의 건장한 사내들이다.

"너희들 대부분이 전투 경험이 있는 것으로 알고 있다. 모두 미군과의 전투였지?"

시선이 마주친 사내들이 고개를 끄덕였을 때 지노가 말을 이었다.

"브라운한테서 들었겠지만, 이번에도 미군과의 전투다. 그리고 미군에 고용된 민병대 또는 북부군이 될 수도 있다."

물그릇에 손을 씻은 지노가 탈레반을 둘러보았다.

"너희들은 후세인 각하의 용병이야. 후세인 각하에게 고용된 용병이라는 것을 명심하도록."

그리고 덧붙였다.

"그렇게 고용되었으니까 후세인 각하를 위해 목숨을 바치는 것이지. 여기에 조국이나 인연, 다른 것이 개입할 여지가 없는 거야. 알겠나?"

"알고 있습니다."

사내 하나가 대답했다. 부드러운 눈빛을 가진 사내다. 약간 나이가 들어 보이는 사내 이름은 할라드. 그중 선임이다. 할라드가 말을 이었다.

"고용인에게 목숨을 바칩니다. 배신하면 죽음입니다. 지휘관에게 절대복종할 것을 이미 브라운 씨에게 맹세하고 계약을 한 것입니다."

"좋아."

지노가 고개를 끄덕였다.

"믿겠다, 할라드."

지노가 웃음 띤 얼굴로 탈레반을 둘러보았다.

"용병이지만 이젠 전우다. 생사를 함께하는 운명체다. 나도 목숨을 걸고 너희들을 보호하겠다."

지노가 탈레반을 하나씩 둘러보았다. 그러나 서로 신뢰하려면 시간이 필요하다. 말만으로는 안 된다.

할라드는 29세. 9년 동안의 전투 경험이 있다. 아프간에서 소련군에 이어 미군과 싸운 경험이다. 조장(組長) 급으로 고용되어서 선발대 9명을 인솔하고 온 셈이다.

다음 날 지노가 할라드를 데리고 남쪽 국경 부근의 산속을 걷고 있다. 오전 11시 10분. 앞장서 걷던 할라드가 걸음을 멈췄다.

"저기."

할라드의 손가락이 앞쪽 골짜기를 가리키고 있다.

바위 사이에 세워진 통나무집이 3채. 지붕은 나무껍질로 덮었기 때문에 어두운 골짜기에 묻혀 표시가 나지 않는다. 거리는 2백 미터가량. 통나무집이 큼직큼직했기 때문에 집 안을 오가는 사내들이 수십 명이다.

나무 사이에 선 지노가 그쪽을 응시했다. 저곳이 유리프가 알려준 이라크 북부지역의 군벌 야합의 보급소다. 야합은 북부지역 5개 군벌 중 4위의 세력으로 휘하 병력이 5천여 명. 터키 정권과 밀착되어서 후세인의 속을 썩이던 군벌이다.

"저곳이 야합의 보급소야. 저기서 터키산 군수품을 조달해서 이라크로 가져간다는 거야."

지노가 아래쪽을 내려다보면서 말했다.

"지도상으로 보면 아래쪽에 길이 있고 창고가 3동 있어."

"여기서 기습하기가 좋습니다."

할라드가 말을 이었다.

"이쪽은 터키 영내여서 그런지 무방비 상태인데요."

"저 통나무집이 숙소인 것 같다."

"약 30명 정도가 숙박할 규모입니다."

"공격하려면 몇 명이면 되겠나?"

"최소 5명이면 기습할 수 있겠습니다."

"방법을 말해 봐라."

"좌우에 한 명씩, 정면으로 셋. 먼저 경비를 해치우고 통나무집 안에 수류탄을 던져 넣은 다음 밖에서 사살하는 것입니다."

"좌측 진입이 어려울 것 같은데."

"좌측은 먼저 확보해야 됩니다. 저 바위 위에 저격수가 자리 잡으면 되겠군요."

"누가 먼저 공격하는 것이 낫겠나?"

"역시 좌측입니다. 지금은 경비가 없지만 좌측 바위 위나 밑에 경비는 세울 것 같습니다."

지노가 고개를 끄덕였다. 할라드의 실력을 인정했기 때문이다. 전투는 경험으로 배우는 것이다. 이런 것은 교본에 없다. 지노가 몸을 돌리면서 말했다.

"나중에 이곳이 타깃이 되었을 때 네가 맡아라."

"알겠습니다, 대장."

뒤를 따르면서 할라드가 등에 대고 말했다.

"대장을 모시게 되어서 영광입니다."

"무슨 소리야?"

"대장의 명성을 들었습니다."

"브라운은 원체 10배쯤 부풀리는 놈이다."

"아닙니다. 대장 이름을 듣고 놀랐습니다. 대장은 이미 용병의 전설입니다."

"누가 그래?"

"후세인 각하의 테이프를 터뜨리고 이어서 후세인 각하를 탈출시킨 용병의 전설입니다."

"갓댐."

지노가 쓴웃음을 지었다. 그렇다면 탈레반 용병들이 자신에 대해서 다 알고 있다는 말이었다. 통솔하는 데 해롭지 않은 상황이다.

다음 날 오후 2시쯤이 되었을 때 마흘락이 다시 찾아왔다. 10여 명의 부하들과 함께 온 마흘락이 1호의 동굴로 들어서자 가민과 파라드가 맞았다. 이제는 1호가 먼저 마흘락에게 인사를 한다.

동굴 안에는 넷뿐이다. 마흘락이 부하들을 데리고 들어오지 않았기 때문이다. 넷이 자리 잡고 앉았을 때 마흘락이 1호와 가민, 파라드를 차례로 보았다.

"좋아."

마흘락이 어깨를 부풀렸다가 내리면서 말을 이었다.

"그렇게 진행을 하지."

"어떻게 말씀입니까?"

가민이 묻자 마흘락의 시선이 1호에게 옮겨졌다.

"1호를 각하로 모시겠어."

모두 숨을 죽였고 마흘락의 목소리가 동굴을 울렸다.

"이라크의 재건을 위해서는 어쩔 수 없어."

"잘 생각하셨습니다."

가민이 고개를 끄덕였다.

"우리는 사심이 없습니다, 장군."

그때 1호가 입을 열었다.

"저는 제 얼굴을 만들어주신 각하께 은혜를 갚으려는 것뿐입니다."

그러더니 덧붙였다.

"그러다가 죽어도 여한이 없습니다."

"그럼 일단 반군을 모으도록 하지."

204

마흘락의 시선이 부드러워졌다.

"이라크 재건이 문제야."

"알겠습니다."

가민이 대답했고 마흘락이 말을 이었다.

"이제 하나씩 반군을 수습하자고."

고개를 든 마흘락의 두 눈이 번들거렸다.

"각하하고 연락이 안 되나? 우리가 이러고 있는 것을 알려드렸으면 좋겠는데."

"샤이라 골짜기에 무스타파의 무기고가 있어."

다음 날 아침, 지노가 말했다. 수도원 2층의 회의실 안. 안에는 지노를 중심으로 로간, 바질, 할라드까지 넷이 둘러앉아 있다. 브라운은 어제 오후에 다시 페샤와르로 돌아간 것이다. 지노가 말을 이었다.

"지금까지 5곳을 다녔지만 무기고는 처음이야. 오늘 내 눈으로 봐야겠다."

"오늘도 제가 수행하지요."

할라드가 말했을 때 로간이 나섰다.

"이봐, 할라드, 오늘은 내가 가야겠다."

"좋아. 그럼 셋이 가지."

지노의 시선이 바질에게 옮겨졌다.

"바질, 마르딘에 누가 가 있나?"

"아탑과 무스람이야."

바질이 말을 이었다.

"이제는 익숙해졌어."

후세인의 경호병이다. 지금까지 바질과 로간이 번갈아서 후세인의 경호를 맡왔다가 탈레반을 붙인 것이다.

탈레반들은 압둘 자말과 그의 딸인 미녀를 경호하는 셈이다. 압둘 자말이 후세인인 줄은 꿈에도 생각 못 하고 있다. 지노는 아직 압둘 자말의 정체를 탈레반들에게 밝히지 않았다.

아탑한테서 전화가 왔을 때는 지노가 정찰 나갈 준비를 할 때였다.

"대장님, 자말 님이 수도원에 가신다고 합니다."

아탑은 지금 마르딘에서 후세인을 경호하는 중이다. 지노가 잠깐 망설였다.

"자말 님이 여기 오신다고?"

"예, 따님하고 같이. 차를 보내라고 하셨습니다."

지노는 때가 되었다고 생각했다. 미룰 이유도 없다.

"지금 차를 보낼 테니까 기다려."

후세인의 탈레반 시찰이다.

압둘 자말, 구(舊) 이라크의 거물이 수도원에 도착했다. 경호원 아탑, 무스람이 모시고 왔기 때문에 탈레반은 모두 자말을 보았다. 자말의 딸 카밀라도 함께 보았다.

수도원 마당에 일렬로 선 탈레반 8명. 모두 작업복 차림에 어깨에 AK-47을 메었고 허리에는 권총을 찼다. 새 군화에다 요즘 잘 먹어서 피부에는 생기가 돌았다.

후세인이 8명 앞을 지나면서 하나씩 얼굴을 살핀다. 그 뒤를 지노가 따르면서 후세인의 심중을 측량한다. 한때 이라크의 60만 대군을 통솔했던 사담 후세인이 압둘 자말이 되어서 탈레반 8명을 사열하고 있다.

시찰을 마친 후세인의 두 눈이 번들거리고 있다. 발을 멈춘 후세인이 탈레반들을 향해 고개만 끄덕여 보였다. 목이 메었기 때문일 것이다. 뒤쪽에 서서 지켜보던 카밀라는 그 심중을 읽었겠지.

수도원 2층 회의실에 후세인이 앉아있다. 옆에 카밀라가 앉았고 앞쪽에 지노와 바질, 로간, 할라드까지 넷이다. 이윽고 후세인이 입을 열었다.

"나, 압둘 자말은 이라크로 돌아가 새 이라크를 건설한다."

압둘 자말의 목소리는 굵고 선명했다. 바로 사담 후세인의 목소리다. 지노, 로간, 바질이야 자말의 얼굴과 후세인의 목소리에 익숙해져 있지만 할라드는 처음 겪는 중이다. 자말이 말을 이었다.

"나는 이라크에서 죽을 것이다."

자말의 선언이다. 지노가 숨을 들이켰다. 후세인은 당분간 자말로 나설 것 같다.

무스타파의 무기고는 골짜기 안쪽에 박혀 있었는데 뒤쪽은 절벽이다. 뒤가 꽉 막혀있지만 앞쪽 시야는 탁 트였다. 그래서 5백 미터쯤 거리의 바위틈에서 더 이상 접근하기가 어려웠다.

"갓댐. 낮에는 힘들겠다."

망원경을 눈에 붙인 로간이 투덜거렸다. 무기고는 바위 밑의 통나무집 3채, 그리고 숙사로 옆쪽에 2동의 부속채가 있다. 30~40명을 수용할 수 있는 숙사다.

"경비는 잘 되어 있습니다."

옆에 엎드린 할라드가 말했다. 지노가 고개를 끄덕였다.

경비초소가 4개나 있다. 좌우와 전방에 2곳, 무기고 앞쪽 2백 미터 지점까지 초소가 숨겨져 있다. 통나무 창고는 면적이 길이 10미터 규모였기 때문에 규모가 컸다. 이곳에서 국경까지는 8킬로. 안전한 무기고가 될 것이다.

"좌측에 샛길이 있어."

지노가 먼저 샛길을 발견했다. 아래쪽으로 내려가는 샛길이다. 이윽고 망원경을 눈에서 뗀 지노가 몸을 일으켰다.

"이 정도면 됐다."

지금 당장 무기가 필요하지는 않다. 저곳이 무스타파의 약점인 것이다.

밤. 정찰에서 돌아온 지노에게 후세인이 말했다.

"내가 오늘부터 이곳에 머물겠다."

예상하고 있었던 지노가 고개만 숙였고 후세인이 말을 이었다.

"카밀라도 함께 지낼 거야. 어차피 카밀라하고는 이곳에서 헤어질 테니까."

옆에 앉은 카밀라는 입을 열지 않는다. 이라크까지 같이 갈 수는 없는 것이다. 고개를 든 지노가 후세인을 보았다. 수도원의 방은 많다.

"짐을 옮기겠습니다."

다시 5킬로 북상해서 이틀간 동굴에 머물렀다. 반군 대장 수르토를 기다렸기 때문이다. 수르토는 공수부대 대령 출신으로 반군 3백여 명을 이끌고 있다. 북부지역의 반군은 수십 명에서 수백 명 단위로 20여 개 조직이 흩어져 있는 것이다.

오후 7시.

수르토가 간부 2명과 함께 동굴로 들어섰다. 동굴 안에는 후세인과 가민, 파라드, 그리고 마흘락까지 넷이 기다리는 중이다.

"각하."

후세인 앞에 선 수르토가 짧게 흐느끼더니 경례를 했다. 수르토는 허름한 작업복 차림이다. 40대 중반쯤으로 장신. 얼굴은 수염으로 뒤덮여 있다.

"오, 대령."

후세인이 두 팔을 벌려 수르토를 안았다. 뺨을 비비고 나서 몸을 떼었을 때 수르토가 참지 못하고 다시 흐느꼈다. 후세인의 눈에서도 눈물이 흘러내렸다. 뒤에 선 가민, 마흘락까지 입을 다물고 있다.

이윽고 모두 자리에 앉았을 때는 5분쯤 후다. 동굴 안에 촛불을 켜놓아서 얼굴 윤곽이 선명하게 드러났다. 그때 먼저 후세인이 입을 열었다.

"대령, 고맙다. 넌 애국자다."

"아닙니다, 각하. 당연한 일입니다."

어깨를 부풀린 수르토가 후세인을 보았다.

"제 할 일을 했을 뿐입니다."

"모두 내 책임이다."

그때 마흘락이 입을 열었다.

"대령, 이제 반군 연합을 결성하기로 하지. 각하께서 오신 이상 뭉쳐야 할 때야."

"예, 그렇습니다."

수르토가 고개를 끄덕였다. 지금까지는 강도단이나 마찬가지 신세였다. 이곳까지 온 것은 그 때문이다. 강도질을 계속할 생각이면 아예 오지도 않았다.

"서서히 북상하기로 하지."

이제는 후세인 반군의 주장(主將)이 된 마흘락이 말했다.

오후 9시.

수르토를 보내고 동굴에는 후세인까지 넷이 모였다. 마흘락이 말을 이었다.

"우리 세력을 더 모아서 북부 연합과 동맹을 맺는 것이 유리해."

"그렇습니다."

가민이 동의했다. 이쪽 세력이 클수록 주도권을 잡는 데 유리하다. 만일 연합과의 동맹이 결렬되더라도 독자 행동이 가능해진다. 그때 파라드가 말했다.

"미군이 이미 우리 동향을 파악했을 것입니다. 보안에 신경을 써야 됩니다."

"당연하지."

마흘락의 시선이 1호에게 옮겨졌다.

"미군이 기를 쓰고 각하를 잡으려고 할 테니까."

"아직 긴가민가할 것 같습니다."

가민도 1호를 쳐다보면서 말했다.

"각하가 이미 중동을 빠져나갔다고 믿었다가 북부지방에 출몰했으니까요. 지금은 헷갈리는 상황이겠지요."

파라드가 입을 열었다.

"그래서 지금 여유를 부릴 때가 아닙니다. 곧 미군 용병들이 이곳으로 몰려들 테니까요."

"그렇군."

마흘락이 고개를 끄덕였다.

"여유를 부릴 때가 아니야. 미군이 이곳에 집중할 거야. 내가 잠깐 착각했어."

고개를 든 마흘락이 다시 후세인을 보았다.

"이번에 1호까지 빼앗기면 우리는 사분오열되어서 끝나는 거야."

1호가 어깨를 늘어뜨렸다. 지금까지 1호는 한마디도 하지 못했다.

"각하, 제가 이라크로 들어갔다 오겠습니다."

밤. 저녁 식사를 마친 후세인이 카밀라와 함께 소파에 앉아있을 때 지노가 말했다.

"응? 네가?"

놀란 듯 후세인이 정색하고 지노를 보았다. 카밀라는 몸을 굳힌 채 시선만 준다. 수도원 2층 끝 쪽의 응접실. 이곳은 후세인의 개인 공간이다. 지노가 말을 이었다.

"북부지역 상황을 알아봐야 합니다. 모르는 상황에서 들어갈 수는 없습니다."

"그건 맞다."

고개를 끄덕인 후세인이 지노를 보았다.

"너보다는 내가 잘 아니까 메모를 해서 주마. 도움이 될 거다."

"예, 각하."

"다후크 위쪽의 무하마드 살라드가 지금은 미국의 타깃이 되어서 전전긍긍하고 있을 거다. 내가 없어지니까 이제는 미국의 총구가 직접 살라드를 겨누게 된 것이지."

후세인의 얼굴에 쓴웃음이 번졌다.

"북부 부족의 2인자인 자이툰족의 하람 카리트는 살라드와 원수지간이야. 카리트와 살라드를 함께 끌어들이기는 힘들 것 같다."

"각하께선 둘 중 하나를 선택하신다면 누구를 고르시겠습니까?"

"살라드야."

후세인이 주저하지 않고 대답했다.

"첫째, 군사력이 강한 데다 미국에 대한 압박감이 클 것이다. 반대로 카리트는 이란과 긴밀한 관계여서 이번 전쟁에 개입할 의욕이 없을 거야."

"3위 무스타파, 4위 야합도 알아보고 오겠습니다."

후세인이 고개를 끄덕였다.

"내가 새 얼굴로 나타난다는 이야기는 너한테 일임하겠다."

"알겠습니다."

자리에서 일어선 지노가 고개를 숙였다.

"내일 일찍 떠날 테니까 미리 인사를 드립니다."

"며칠 예정이냐?"

"예, 일주일쯤 걸릴 것 같습니다."

이곳에서 이라크는 20여 킬로다.

밤. 침대에 누운 카밀라가 지노에게 물었다.

"지노, 혼자 가는 건가요?"

"아니, 할라드와 둘이서 갑니다."

"둘이?"

몸을 붙인 카밀라가 지노를 보았다. 방의 불은 꺼졌지만 카밀라의 눈동자가 반짝이고 있다. 지노가 카밀라의 허리를 당겨 안았다.

"여긴 로간, 바질이 남아있으니까 잘될 거요. 브라운이 며칠 후에 40명을 데리고 올 것이고."

"……"

"이젠 내가 없어도 잘 굴러가게 되어 있어요."

"어떻게 될까요?"

불쑥 카밀라가 묻자 지노가 고개를 들었다. 카밀라의 시선을 받은 지노가 입을 열었다.

"갈 길이 멀어요, 카밀라."

"……"

"잘 알면서 그렇게 묻지 말아요."

"……"

"난 용병이오, 카밀라."

"……"

"그냥 시킨 일을 할 뿐이오."

"미안해요. 그렇게 물어서."

"내가 미안하지. 이렇게 만들어서."

그때 카밀라가 지노의 목을 감싸 안았다. 몸을 빈틈없이 붙인 카밀라가 말을 이었다.

"내가 원했어요, 지노."

"……."

"아침에 눈을 뜨면 당신을 본다는 것이 내 기쁨이었거든요."

"내가 그랬어요, 카밀라."

"내일 어떻게 되더라도 당신은 내 남자예요, 지노."

"나는 그 이상이오, 카밀라."

지노가 카밀라의 이마에 입을 맞췄다. 문득 이 감정이 인생에서 두 번 다시 일어나지 않을 것이라는 생각이 들었고 카밀라를 안은 팔에 힘이 실렸다.

오전 5시.

지노가 잠이 든 카밀라 몰래 일어나 방을 나온다. 아래층으로 내려가자 할라드, 로간, 바질까지 기다리고 있다.

"잘 부탁한다."

배낭을 멘 지노가 로간, 바질을 둘러보며 말했다.

"브라운이 며칠 후에 올 거야. 너희들이 조장을 임명하고 훈련시켜."

"그건 걱정 말고."

로간이 지노의 AK-47을 건네주면서 말을 이었다.

"몸조심해."

현관 밖에는 시동을 건 지프가 기다리고 있다. 대원이 국경 근처까지 지노와 할라드를 태워줄 것이다.

"각하를 잘 부탁한다."

지노가 둘에게 말하면서 이층을 슬쩍 보았다. 후세인의 침실이다. 그때 지노는 창가에 서 있는 후세인을 보았다. 아직 골짜기는 어두워서 불을 끈 유리창은 검은 벽처럼 보였지만 희끗한 물체, 후세인이다.

지노가 저도 모르게 손을 올려 경례를 했다. 후세인이 답례를 했는지는 알 수가 없다. 그것을 본 모두가 그쪽으로 고개를 들었지만, 어느덧 후세인은 보이지 않았다.

몸을 돌린 지노가 지프에 오르면서 후세인은 '환영'이라고 느껴졌다. 저렇게 사담 후세인은 사라지고 압둘 자말이 남았다.

산을 넘어 골짜기로 내려왔을 때는 오전 8시 반. 이제 이곳은 이라크 영토다. 할라드가 고개를 돌려 지노를 보았다.

"대장, 앞쪽 3킬로 지점부터 파툰의 지역입니다."

지노가 고개를 끄덕였다.

파툰은 북부지역 군벌의 서열 5위. 수하 병력이 2천이다. 영리하지만 변덕이 심해서 믿을 수 없다는 소문이다. 38세. 아버지로부터 부족장을 이어받은 지 5년이 되었다.

할라드가 앞장을 섰고 5미터쯤 뒤로 지노가 따른다. 둘 다 터번을 썼고 군용 점퍼 차림에 AK-47을 쥐었다. 등에 배낭을 메었는데 식량과 탄약, 옷가지가 들어 있다. 반군 행색이다.

이곳은 산악지역으로 황무지다. 주변에 인가가 없는 무인지대를 둘이 남하하고 있다.

깁슨이 티크리트에 도착한 지 5일이 되었다.

그동안 깁슨은 정보원을 동원해서 후세인의 흔적을 추적했다. 그리고 나서 후세인이 북상한다는 결론을 내렸다. 후세인이 물이 흘러내리는 것처럼 '쓰레기'를 휩쓸고 나간다. 그 쓰레기는 반군이다.

"갓댐."

깁슨이 쓴웃음을 짓고 말했다.

"이건 대역일 가능성이 많아. 하지만 잡아야겠다."

티크리트의 상황실 안. 주위에는 조장 급 10여 명이 둘러앉았는데 모두 긴장하고 있다.

"후세인이 반군을 만나 흡수한다는 정보는 확실해. 이미 마흘락하고 수르토가 합세했어."

마흘락, 수르토는 현상금이 각각 5백만 불, 2백만 불이 걸린 거물이다. 깁슨이 말을 이었다.

"미군 사령부의 적극적인 협조도 약속받았으니까 오늘 오후에 출동이다."

몸을 돌린 깁슨이 벽에 붙은 지도를 보았다. 북부지역의 지도다.

후세인, 가민의 부대는 처음에 18명으로 출발했다. 사방에 민병대와 미군, 정보원으로 덮인 상황이어서 적을수록 이로웠기 때문이다. 모으면 수백 명도 되겠지만 나머지는 티크리트 주변에 남겨 두었다.

그리고 지금, 마흘락과 수르토가 합세한 상황에서 본대는 50여 명으로 늘어났다. 마흘락이 본부 요원을 이끌고 본대에 합류한 것이다. 마흘락이나 수르토도 제 병력을 한곳에 모을 수는 없다. 모두 20~30명씩 분산시켜 사방에 흩어놓았다.

오후 6시 반.

이곳은 모술 서북방 20킬로 지점의 산악지역이다. 동굴 안으로 부하 하나가 뛰어들었을 때는 후세인과 가민, 마흘락이 막 저녁을 먹으려는 참이었다.

"아래쪽에서 민병대가 올라옵니다."

부하가 가쁜 숨을 고르면서 말을 이었다.

"1개 중대 규모입니다."

1개 중대면 150명 규모다. 마흘락이 자리를 차고 일어섰다. 가민과 파라드도 따라서 동굴을 나온다.

주위는 어느새 어두워져 있다. 마흘락과 가민, 파라드가 바위 위에 엎드려서 아래쪽을 내려다보고 있다. 그때 옆쪽에 엎드린 사내가 무전기를 귀에서 떼고 보고했다.

"1킬로 거리로 다가왔습니다. 목표가 이쪽입니다."

"정찰인가?"

가민이 묻자 야전 경험이 많은 마흘락이 고개를 저었다.

"밤에 중대 규모로 정찰 나가는 민병대는 없어."

"그렇다면 수색이군."

몸을 세운 가민이 마흘락을 보았다.

"피합시다."

그런데 동굴로 돌아왔을 때 다시 부하 하나가 뛰어 올라왔다.

"대장님, 뒤쪽에서도 민병대가 올라옵니다!"

놀란 마흘락이 다가가 무전기를 받아들었다. 그때 무전기에서 부하의 목소리가 울렸다.

"1킬로 거리에서 2개 소대 병력이 다가오고 있습니다."

"포위된 건가?"

무전기를 귀에서 뗀 마흘락이 옆에 선 가민을 보았다. 이곳은 산 중턱으로 산악지대다. 2개 소대 병력이라면 80명 가까운 병력이다.

"좌측으로 빠져나간다!"

마흘락이 결정했다. 지금 좌우가 빈 상태다. 그런데 좌측은 평탄한 골짜기고 우측은 바위투성이의 계곡인 데다 개울까지 흐르고 있다. 그때 가민이 말했다.

"장군, 갈라져서 빠져나갑시다. 나는 각하를 모시고 우측으로 나가겠습니다."

"좋아. 그렇게 하지."

선선히 대답한 마흘락이 몸을 돌렸다.

어둠 속으로 마흘락이 사라지자 파라드가 가민에게 말했다.

"장군, 놈들이 함정을 만든 것 같습니다."

"내 생각도 그래. 찜찜한데."

가민의 두 눈이 어둠 속에서 번들거렸다.

"우리가 반군들을 끌어들이면서 정보가 가까운 민병대에 샌 것 같다."

"그렇습니다."

주위를 둘러본 파라드가 말을 이었다.

"좌우 양쪽이 다 함정이라면 우리가 다 망합니다."

"그렇다."

가민이 금방 동의했다.

"장군을 불러. 차라리 뒤로 치고 내려가는 것이 낫겠다."

급박한 상황이다. 주위를 부하들이 소리를 내지 않았지만 서둘러 오가고 있다.

막 좌측으로 내려가려던 마흘락이 달려온 파라드의 말을 듣더니 잠깐 망설였다. 이제 민병대는 확실하게 이쪽으로 올라오는 중이다. 거리는 7백 미터로 가까워졌다.

"그렇다면 차라리 정면으로 공격하는 것이 어떨까?"

마흘락의 두 눈이 번들거렸다.

"저 오합지졸 놈들을 정면에서 박살을 내버리는 거야."

"알겠습니다. 가민 장군께 전하지요."

"아니. 내가 결정했다고 말해. 내가 선봉에 설 테니까."

마흘락의 목소리가 어둠 속에 울렸다. 이것이 야전으로만 돌아다닌 마흘락의 성품이다.

정면을 오르는 민병대 중대장 바르샤는 이라크군 대위 출신이다. 미군에 투항한 후에 정보원으로 활약하다가 미군이 민병대를 조직하자 재빠르게 민병대 간부에 지원, 중대장이 되었다. 물론 안면이 있는 미군 장교에게 부탁했다.

36세. 야전사단 출신. 남부 아그파 부족으로 돈 없고 배경 없이 세상을 살다가 이번에 기회를 잡은 부류다. 후세인은 물론 이라크에 대한 충성심이 손톱만큼도 없는 인물.

산을 오르면서 바르샤가 부관 요크에게 말했다.

"놈들이 앞뒤에서 밀고 올라오면 틀림없이 좌우로 빠져나가겠지."

"30~40명 정도라니까 식겁을 했겠지요."

부관이 이마의 땀을 손등으로 닦으며 대답했다.

"함정에 빠질 겁니다."

좌우에 각각 2개 소대씩의 병사를 매복시켜 놓은 것이다. 다른 중대.

"그런데 저놈들은 어떤 놈들이야?"

바르샤가 가쁜 숨을 몰아쉬며 투덜거렸다. 바르샤는 산 중턱에 있다는 반군 일당에 대해서 누군지를 모르는 것이다. 그저 반군이 있다는 정보를 받은 인근의 미 제3사단 사령부가 2개 중대를 토벌작전으로 보냈을 뿐이다.

"도망친 것 같습니다."

산 중턱으로 다가갔을 때 1소대장이 무전으로 보고했다.

"조용합니다."

그럴 수밖에. 산 밑 1킬로 지점에서부터 중대는 소란스럽게 진군했으니까. 마치 짐승몰이를 하는 방식이다.

군의 기습 전술도 다를 것 없다. 정면에서 치고 올라가는 부대는 좌우에 숨겨 놓은 함정부대 쪽으로 몰아내는 것이 목적이니까. 그래서 바르샤도 무전기에 대고 떠들썩하게 대답했다.

"좌우로 빠져나갔을 거다."

그 순간이다.

"타타타타타타."

"꽝, 꽝, 꽝, 꽝."

총성과 대전차포, 수류탄이 터졌다. 순식간에 산을 폭음으로 뒤덮었고 첫 번째 일제 사격 때 바르샤는 온몸에 벌집 같은 구멍이 뚫리더니 고깃덩이가 되었다. 기습을 받은 본대는 그대로 타깃이 되었다.

5장 북부의 군벌

"저기."

오전 6시 반.

산에서 하룻밤을 새운 지노와 할라드가 골짜기를 나와 평지에 섰다. 할라드가 가리키는 앞쪽은 민가가 3채 세워진 능선이다. 그 아래쪽에 도로가 뚫려 있다. 한동안 좌우를 둘러본 지노가 발을 떼었다.

"가자."

이제 이쪽은 파툰의 영역이다. 그 아래쪽은 4위인 야합의 구역. 오른쪽이 2위의 카리트가 버티고 있다.

12월 중순이다.

마당에서 염소젖을 짜던 여자가 들어서는 지노를 보더니 화들짝 놀라 일어섰다. 젊은 여자. 검은색 차도르를 얼굴에 덮어 썼지만 검은 두 눈이 반짝이고 있다. 그때 집에서 사내 하나가 나왔다. 50대쯤. 얼굴에 덮인 수염이 반백이다.

"누구야?"

"난 터키에서 넘어왔어."

지노가 유창한 아랍어로 말했다.

"마후크 쪽으로 내려가는 중이야."

"용병이야?"

사내가 눈을 가늘게 뜨고 지노를 보았다. 의심쩍은 표정이다. 그때 집 안에서 사내 하나가 또 나왔는데 손에 AK-47을 쥐었다. 그러나 지노를 겨누지는 않는다. 30대쯤. 장신에 짙은 수염. 반백 사내의 아들. 여자의 남편 같다.

30대는 잠자코 시선만 주었고 지노가 대답했다.

"뭐, 그런 셈이지. 사단 소속 정보원이니까."

"여긴 왜 왔어?"

"좀 쉬려고. 어젠 산에서 잤어."

지노가 젊은 사내를 보았다.

"이봐, 총 내려놔. 잘못하면 쏘겠다."

"쏠 수도 있지."

젊은 사내가 말했을 때 반백이 소리쳤다.

"얀마, 총 내려놔!"

"왜요?"

젊은 사내가 불퉁거렸을 때 반백이 다가가 거칠게 총을 빼앗아 땅바닥에 던졌다. AK-47은 거름통에 던져놓아도 발사가 된다. 반백이 다시 소리쳤다.

"너 죽고 싶어, 이 미련한 놈아?"

"아버지, 왜 그러는 거요?"

그때 집 뒤쪽에서 할라드가 나타났다. AK-47이 사내를 겨누고 있다. 숨을 들이켠 사내가 몸을 굳혔을 때 반백이 고개를 흔들었다.

"병신 같은 놈."

그때 지노가 쓴웃음을 지었다.

"아버지가 자식을 살렸군. 총을 조금만 더 쥐고 있었다면 저 친구가 쏘았을 테니까."

할라드가 사내의 AK-47을 집어 벽에 기대 세워 놓았다. 지노가 반백 사내에게 말했다.

"아침 좀 차려주시오. 내가 밥값은 후하게 드릴 테니까."

주머니에서 1백 불 지폐를 꺼낸 지노가 내밀었다.

"이 정도면 되겠소?"

민병대 2달 월급이다.

"며칠 전에 전투가 있었지요."

지노가 양고기를 삼켰을 때 반백 사내가 말했다.

"반군하고 파툰 휘하의 병사들이 농가에서 약탈물을 놓고 전투를 벌인 거요. 쌍방이 대여섯 명씩 죽었는데 미군 헬기가 날아와 양쪽을 다 쏘는 바람에 도망쳐버렸지."

"이곳이 파툰 영역 아니오?"

지노가 묻자 사내가 쓴웃음을 지었다.

"미군과 민병대에 쫓긴 반군이 북상해 와서 뒤범벅되었어. 20~30명씩 몰려다니는 반군한테 파툰이건 야합이건 쩔쩔매는 상황이야."

"그러다가 다 망하겠군."

"미군한테는 좋은 현상이지."

사내가 지노를 보았다.

"그렇지 않소?"

"그건 그렇지."

지노의 시선이 아들에게 옮겨졌다.

"아들은 파툰 부하였소?"

시선은 아들에게 주고 아버지한테 물은 것이다. 그러자 아들은 외면했고 아버지가 대답했다.

"이라크가 망하자 집으로 돌아온 거요."

"이라크 정부에서 일한 것 같군."

지노의 시선이 뒤쪽을 보았으나 여자는 보이지 않았다.

남루한 차도르를 걸치고 양젖을 짜고 있었지만 손이 고왔다. 맑고 검은 눈. 이런 움막 같은 양치기 집에서 살아온 여자 같지 않다. 그때 잠자코 양고기를 씹던 할라드가 자리에서 일어섰다.

"밖에 나가 있겠습니다."

할라드가 AK-47을 들고 밖으로 나갔을 때 반백의 사내가 지노를 보았다.

"당신이 미군 일을 한다니까 말인데, 저놈을 민병대에 넣어줄 수 있겠소?"

사내가 아들을 눈으로 가리켰다.

"저놈이 바그다드에서 소방관이었어."

"아버지."

젊은 사내가 버럭 소리쳤지만 반백이 말을 이었다.

"여기서 이렇게 지내다가 어느 놈의 총에 죽을지 모르겠어. 그러니 차라리 민병대에라도 가는 것이 낫겠어."

"왜 하필 민병대야?"

지노가 물그릇에 손을 씻으면서 젊은 사내를 보았다.

"반군에라도 가든지 하지."

"반군이라지만 놈들은 강도단이야."

반백이 먼저 대답했다.

"민가를 약탈하고 여자를 겁탈해. 이라크를 위한 반군이 아니라고."

"당신 이름이 뭐야?"

지노가 젊은 사내에게 묻자 이번에도 반백이 대답했다.

"저놈은 카심, 난 마크다라네."

그때 지노가 버럭 소리쳤다.

"야, 넌 입이 없어?"

어깨를 부풀린 지노가 사내를 노려보았다.

"병신 같은 놈. 네놈 꼬라지를 보니까 끝까지 아버지만 의지하고 있는 것 같구나. 네 입장을 말 못 하는 거냐?"

그때 사내가 입을 열었다.

"당신이 상관할 일이 아냐. 그러니까 놔둬."

"소방관을 했다니, 후세인에게 충성하고 있겠군."

지노가 말했을 때 마크다가 바로 나섰다.

"그건 아냐. 공무원이었다고 다 후세인에게 충성하는 건 아냐."

그러나 카심은 외면한 채 입을 다물고 있다. 고개를 끄덕인 지노가 말머리를 돌렸다.

"내가 이 근처 지리를 잘 몰라서 안내원이 필요해. 파툰, 야합의 구역을 훑어보려는 거야."

지노가 부자를 번갈아 보았다.

"닷새간이야. 일당으로 1백 불을 주지."

그러면 5백 불이다. 민병대원의 10달 월급인 것이다. 그때 부자가 동시에 숨을 죽였고 지노가 주머니에서 1백 불 뭉치를 꺼내 5장을 세어 쥐었다.

"자, 갈 거야? 간다면 지금 5일분 일당을 주겠어."

그때 아버지인 마크다가 손을 내밀었다.

"내가 가지. 내가 여기서 58년을 살았어. 파툰은 물론 야합, 아래쪽의 무스타파까지 잘 안다구."

"아니, 내가."

갑자기 카심이 손을 뻗어 지노의 손에서 돈을 가로채었다.

"내가 가지요. 나도 그쯤은 압니다."

"아니, 이놈이."

마크다가 화를 냈다.

"넌 집에 있어, 이놈아."

"아버지는 집에 있어요. 나도 이 근방은 훤합니다."

카심이 손에 쥔 돈을 마크다에게 내밀었다.

"아버지가 이 돈을 갖고 있어요."

마크다가 돈을 노려보더니 받아 쥐었다. 지노가 웃음 띤 얼굴로 카심을 보았다.

"카심, 그럼 넌 나한테 5일간 계약한 거다. 알고 있지?"

"알아."

"난 파툰과 야합, 그리고 이 근처의 반군과 민병대 조직을 둘러보고 싶다."

"그자들의 위치를 알고 있어. 짐을 날라준 적도 있기 때문에."

"좋아. 그럼 출발하지."

지노가 벽에 기대 세워 놓은 AK-47을 쥐었다.

"너도 총을 갖고 가는 게 나아."

셋이 초원을 걸어 내려간다. 이번에는 동쪽으로. 앞장선 사내는 카심. 등에 배낭을 메었고 어깨에는 AK-47을 걸쳤다.

오후 1시쯤 되었다. 뒤를 지노와 할라드의 순서로 걷는다. 날씨는 맑고 서늘하다. 그때 지노가 카심의 등에 대고 말했다.

"카심, 파툰은 어디에 있는 거냐?"

"도란 마을에 있다는 소문이 났는데 자주 옮기는 모양이오."

카심이 고분고분 말했다.

"지난번 반군과의 전투 후에 민병대가 투입되었기 때문에."

고개를 돌린 카심이 힐끗 지노를 보았다.

"이 총도 그 현장에서 주운 거요."

카심이 어깨에 멘 AK-47을 보였다.

"이곳에서 5킬로쯤 떨어진 곳이죠."

"반군들 위치는 아나?"

"서너 개가 있는데 대충은 압니다."

"반군 위치가 가까우면 그곳부터 가자."

그러더니 덧붙였다.

"은밀하게 접근해."

아르카디의 북부지역 본부는 모술 북방 7킬로 지점의 미 제8사단 17연대 본부에 설치되었다. 미군의 지원을 받기 위해서다.

깁슨은 아르카디 용병단 15개 조를 이끌고 북상했는데 이미 12개 조는 사방으로 출동시킨 상태다.

"B6 지역에서 민병대 1개 중대가 전멸했습니다."

조금 전 연대본부 상황실에서 현황 보고를 함께 들은 톰슨이 깁슨에게 말했다. 톰슨은 카터 대신으로 기용된 보좌관이다.

"반군 1개 중대 병력에 당했다고 합니다."

깁슨의 상황실은 연대본부 상황실 옆 막사다. 깁슨이 옆쪽 벽에 붙은 상황판을 보았다. B6 지역은 이곳에서 15킬로 서남방이다. 깁슨이 쓴웃음을 지었다.

"당한 후에는 적 숫자를 불리는 법이지."

"정면을 공격하던 중대가 거의 전멸했습니다."

"반군이 민병대보다 전투력이 강해. 민병대 놈들은 오합지졸이야."

깁슨의 시선이 다시 상황판으로 옮겨졌다.

"그쪽으로 2개 조를 더 보내."

"알겠습니다."

"후세인이 북상하고 있는 것은 북부 부족과 연대하려는 거야."

그래서 이곳에 도착하자마자 7개 조를 부족들과의 경계선에 배치해 놓은 것이다. 나머지는 수색조다.

하룻밤에 6킬로를 더 북상했다. 민병대와의 전투에서 이쪽도 20여 명의 전상자가 생겼기 때문에 병력은 30여 명으로 줄어들었다.

오후 4시 반.

이곳은 모술 동쪽 12킬로 지점. 마흘락이 가민에게 말했다.

"내가 기지에 가서 병사를 추려오겠어."

마흘락의 부하가 7, 8명밖에 남지 않은 것이다. 그래서 사방에 흩어진 마흘락군(軍)을 순시하고 본부 병사를 추려올 예정이다. 마흘락이 동굴을 떠났을 때 가민이 1호를 보았다.

"이젠 소문이 다 났다고 봐야 돼."

"내가 1호라는 소문도 났을 것 같습니다."

가민의 시선을 받은 1호가 쓴웃음을 지었다.

"조금 전에 마흘락 장군이 동굴을 나가면서 나한테 인사도 하지 않았지요. 그것을 함께 있던 부하들이 다 보았습니다."

가민은 물론이고 옆에 앉아있던 파라드도 숨을 들이켰다. 마흘락은 1호가 옆에 서 있었는데도 시선도 주지 않고 떠난 것이다. 그것을 부하들이 다 보았다.

"그렇군."

입맛을 다신 가민이 고개를 끄덕였다.

"마흘락 장군은 성격이 곧아서 그래. 악의는 없어."

"내가 사적으로도 후세인 각하 대접을 받고 싶다는 것이 아닙니다. 이렇게 나간다면 우리들의 계획이 허사가 되지 않겠습니까?"

"그건 맞는 말이야."

파라드가 시인했다.

"마흘락 장군이 오면 말씀드리지."

"저는 각하를 10년 가깝게 모시면서 각하가 되기 위해서 노력해왔습니다."

1호가 후세인의 목소리로 말을 이었다.

"제 꿈은 다시 이라크를 재건하는 것입니다. 그리고 그 이라크를 각하께 드리고 물러나는 것이지요."

"알아, 1호, 네 충성심을."

가민이 고개를 끄덕였다.

"우리가 더 노력하겠다."

"저곳이 반군의 기지입니다."

카심이 가리킨 산맥은 험한 바위산이다. 2킬로쯤 앞에 펼쳐진 산맥을 보면서 카심이 말을 이었다.

"2개 반군 조직이 있는데 50~60명 규모입니다."

"민병대는?"

"근처에 3개 중대가 있지만 소탕하는 시늉만 하고 맙니다."

셋은 골짜기의 바위 밑에 앉아있었는데 이곳은 파툰 구역의 중심부다. 그런데 파툰의 부대는 보이지 않고 반군과 민병대의 기지만 드러나고 있다. 파툰은 끊임없이 부대를 이동시키기 때문이다.

수첩을 꺼내 메모한 지노가 고개를 들었을 때다. 할라드가 낮게 말했다.

"대장, 저기서 셋이 내려옵니다."

할라드가 가리킨 곳에 셋이 내려오고 있다. 모두 AK-47을 쥐었고 터번에 작업복 차림. 2백 미터쯤 거리다. 반군이다. 할라드의 시선을 받은 지노가 바로 결심했다.

"저놈들을 잡자."

할라드가 한숨을 쉬었다. 생포하는 것은 사살하는 것보다 10배는 어려운 것이다.

종대로 선 셋이 골짜기에 내려왔을 때다. 모두 총을 어깨에 걸쳤고 배낭을 멘 차림. 바위투성이의 골짜기였지만 셋은 거침없이 발을 뗀다. 나무가 듬성듬성 나 있을 뿐 바위로 그늘이 만들어진 골짜기다.

오후 5시 무렵이다.

앞장선 사내가 10미터 거리로 다가왔을 때다. 바위틈에 엎드려있던 지노가 불쑥 몸을 일으켰다.

"움직이지 마!"

AK-47을 겨눈 지노의 목소리가 골짜기를 울렸다. 놀란 셋이 우뚝 걸음을 멈춘 순간이다. 옆쪽에서 할라드가 AK-47을 겨누고 나타났다. 여기도 10미터 거리다.

"손들어!"

주춤거렸던 셋이 일제히 손을 들었다. 전투 경험이 많은 사내들이다. 어설픈 사내들이었다면 망설이다가 총을 맞았다. 셋은 빠져나갈 구멍이 없다는 것을 안 것이다. 그때 할라드가 다가가 사내들의 어깨에서 AK-47을 벗겨 내었다. 뒤쪽에 선 카심은 총을 겨누고만 있다.

셋을 한곳에 모아 앉혀놓고 셋이 둘러쌌다. 할라드가 총을 겨눈 채 옆에 섰을 때 지노가 물었다.

"어디 반군이냐?"

"당신은 누군데?"

조금 안정을 찾은 사내 하나가 되물었다. 지노의 차림새가 민병대는 아니었기 때문이다. 민병대는 군복을 입는다. 미군 군복이다. 계급장은 장교들만 부착하고 대위가 최고위직이다. 그때 지노가 쓴웃음을 지었다.

"이 자식이 군기가 빠진 이라크군 버릇을 그대로 이어받고 있구만. 이번 질문에 대답하지 않으면 총살이야."

지노가 허리춤에서 베레타를 빼어들더니 주머니에 든 소음기를 꺼내 부착했다. 사내들의 시선이 베레타로 모였다. 지노가 권총으로 사내를 겨누면서 물었다.

"너희들 대장이 누구야?"

"하문 소령이오."

사내가 바로 대답했다.

"친위대 소령이었다고 합니다."

"병력은 얼마나 돼?"

"65명."

"지금 저 위에 있나?"

"그렇소."

"너는 어디 가는 길이야?"

"근처 반군 부대에 가는 길이오."

"거긴 왜?"

"심부름."

사내가 숨을 고르더니 다시 묻는다.

"당신, 정보원이오?"

"그렇게 보이나?"

"민병대는 아닌 것 같고, 반군은 더욱 아니고. 그렇다면 미군 정보원이나 용병이지."

"파툰 부족이나 야합 부족일 수도 있지 않겠어? 우리가 말야."

"그놈들이라면 당장 우리를 쏴 죽였겠지. 그놈들은 민병대하고 연합해서 우리를 없애려고 하니까."

지노가 지그시 사내를 보았다.

북부 부족의 진면목이다. 반군이 강도질을 하기 때문이기도 하지만 북부 부족들은 미군 용병인 민병대와 연합하는 것이다. 그때 지노가 말했다.

"난 너희들을 풀어줄 거다. 그러니까 묻는 말에나 대답해."

"살려줄 거요?"

지금까지 가만있었던 옆쪽 사내가 고개를 들고 물었다.

"약속할 거요?"

"내가 너희들을 죽일 이유가 없지. 난 미군 정보원도 아냐. 티크리트에서 이쪽 동향을 알아보려고 온 거야."

"티크리트에서?"

처음 사내가 눈을 치켜떴다.

"그럼 각하 측근이라는 말이오?"

"압둘 가민 장군의 측근이지."

"정말이오?"

"내가 왜 거짓말을 해? 너희들을 잡고 있는 마당에."

"그럼 지금 각하와 같이 오신 거요?"

"무슨 말이야?"

"내가 그 일로 반군 부대로 가는 중이오."

"왜?"

"수르토 대령의 전갈이 와 있다고 해서."

"무슨 연락인데?"

"수르토 대령이 각하를 만났다는 거요. 그래서 반군들을 규합한다는 건데."

"수르토 대령이?"

"당신이 각하하고 같이 오시지 않았소?"

사내가 지노를 똑바로 보았다.

"가민 장군이 각하를 모시고 있지 않습니까?"

"맞아."

고개를 끄덕인 지노가 숨을 들이켰다. 옆에 서 있던 할라드의 눈동자도 흐려져 있다.

"좋아."

지노가 고개를 끄덕이더니 사내에게 물었다.

"네 이름이 뭐지?"

"사크란. 하문 소령 휘하 부대. 계급은 상사."

"사크란, 그럼 가라."

"풀어준다는 말이오?"

사내가 물었기 때문에 지노가 쓴웃음을 지었다.

"그래. 우리가 다시 만나게 될 거다."

"각하가 아니, 1호가 북상하고 있는 모양이다."

셋과 헤어졌을 때 지노가 말했다.

"예상 밖이야. 1호가 움직이다니."

내막을 잘 모르는 할라드는 잠자코 뒤만 따랐고 지노가 말을 이었다.

"수르토를 만나야겠다."

"대장, 그놈들을 따라가서 반군 부대로 가면 확인이 쉽게 될 것 아닙니까?"

할라드가 묻자 지노는 고개를 저었다.

"위험해."

"……."

"나를 증명시키기도 어렵고 반군도 믿을 수가 없어."

주위가 어두워졌기 때문에 앞장서 가던 카심이 지노에게 물었다.

"야숙을 하실 겁니까? 아니면 민가를 찾아갈까요?"

"민가에서 쉬자."

"2킬로쯤 앞에 제 친구 집이 있습니다."

발을 떼면서 카심이 말을 이었다.

"그놈 아버지는 파툰 부족에 양을 납품합니다. 하지만 그놈은 아나에서 경찰을 지내다가 이라크가 망하자 집에 돌아왔지요. 나하고 같은 신세가 되었습니다."

카심의 목소리가 쓸쓸하게 들렸다.

어둠 속에서 두 사내가 나타났다. 카심과 또 한 사내. 지노 앞으로 다가선 카심이 옆쪽 사내를 소개했다.

"내 친구입니다."

그때 사내가 한 걸음 다가와 섰다.

"부르딘입니다."

"난 지노요."

지노가 사내와 악수를 했다.

"가시지요."

부르딘이 주택을 가리키며 말했다. 통나무 기둥에 흙벽돌을 붙인 주택이다. 집 안으로 들어선 지노와 할라드가 마룻바닥에 앉았다.

오후 9시 반.

벽에는 촛불이 세워져서 불꽃이 흔들리고 있다. 불빛에 드러난 부르딘은 짙은 수염에 덮인 장신이다. 역시 남루한 쑵에 해진 저고리를 걸쳤다. 마루방은 컸다. 그때 앞쪽에 앉은 부르딘이 말했다.

"내 부모하고 식구는 뒤쪽 안채에 계십니다."

"갑자기 와서 폐를 끼칩니다."

"카심한테서 이야기 들었습니다. 압둘 가민 장군의 측근이십니까?"

"그런 셈이지요."

"잘 오셨습니다."

부르딘의 두 눈이 번들거렸다.

"저는 아나에서 경찰이었지요. 이라크가 미군에 점령당하고 나서 고향으로 돌아왔습니다."

지노가 고개를 끄덕였다. 그때 사내 하나가 삶은 양고기를 담은 쟁반을 들고 들어왔다.

"마침 삶은 양고기가 있어서 데워왔습니다. 드시지요."

고기 냄새가 풍겨왔고 지노의 얼굴에 웃음이 떠올랐다. 귀빈 대접이다.

"고맙소."

"천만에요. 선생을 뵙고 나서 저도 진로를 결심했습니다."

쟁반 가에 앉은 부르딘이 말을 이었다.

"저도 합류하겠습니다. 일을 돕게 해주시지요."

"그렇다면 정보가 필요한데."

지노가 양고기를 씹고 나서 말을 이었다.

"파툰과 야합 등 북부 부족과 근처의 반군 상황에 대한 자료가 필요해."

"제가 파툰 부족은 잘 압니다. 아버지가 양을 납품하고 있기 때문에요."

"그렇다면 파툰 조직 내부의 상황을 파악해주게. 파툰이 각하와 연합할 수 있는지."

정색한 지노가 부르딘을 보았다.

"자네는 지금부터 각하의 직속 정보원이야."

"저도 각하를 뵐 수 있습니까?"

부르딘이 묻자 지노가 고개를 끄덕였다.

"물론이지. 내가 보고하겠네."

지노가 말을 이었다.

"난 지노라고 하네."

"알겠습니다."

"각하가 왔다는 소문이 들리면 찾아오도록 하게."

물그릇에 손을 씻은 지노가 부르딘을 보았다. 확실한 정보원이다.

그날 밤.

잠이 들었던 지노가 소음에 눈을 떴다. 양들의 울음소리와 사내들의 기척이 들린 것이다. 그때 방으로 할라드가 들어섰다.

"축사에서 파툰의 부하들이 양을 끌어내고 있습니다."

아래쪽 축사에 양이 수백 마리 갇혀있는 것이다. 이곳은 부속채여서 축사와 100미터쯤 떨어져 있다. 자리에서 일어선 지노가 할라드에게 물었다.

"카심은?"

"밖에 있습니다."

오전 2시 반이다.

지노가 밖으로 나갔을 때 이쪽으로 다가오는 부르딘과 카심을 보았다. 다가온 부르딘이 말했다.

"파툰의 부하들이 양 20마리를 가지러 왔습니다."

부르딘이 말을 잇는다.

"요즘은 민병대나 반군이 출몰하기 때문에 깊은 밤에 양을 가지러 옵니다. 양을 끌고 갈 수는 없으니까 죽여서 피를 뺀 후에 메고 가요."

"몇 명이 왔나?"

"30명이 넘습니다."

"이곳이 파툰의 식량보급소인 줄 알 텐데 반군이나 민병대 타깃이 되지 않나?"

"깊숙한 위치여서 아직 강탈은 당한 적 없습니다."

고개를 끄덕인 지노가 말을 이었다.

"우리는 지금 떠나겠네."

"아직 이른 시간인데 지금 가십니까?"

놀란 부르딘이 물었지만 지노가 AK-47을 손에 쥐었다. 양을 잡아서 죽이고 운반 준비를 하려면 시간이 걸릴 것이었다. 30명이나 되는 인원이 저택을 쏘다닐 테니 발각될지도 모른다. 귀찮은 일은 피하는 것이 낫다.

어둠 속을 행군. 이제는 동쪽으로.

산악지역이다. 국경선에서 50킬로 남쪽까지가 북부지역 군벌들의 영역이다. 서쪽은 황무지와 평지가 드문드문 있지만, 동쪽은 험준한 산악지역이다. 이쪽 광대한 지역이 제1의 군벌 살라드와 2위인 카리트의 세력권이다.

지노가 앞장서 가는 카심에게 물었다.

"카심, 넌 이쪽 지역도 잘 아는 거야?"

"예, 대장."

이제는 카심도 지노를 대장으로 부른다.

"이곳도 제 고향이나 같습니다. 살라드 부족에도 친척이 있어요."

"그렇군."

"만난 지 좀 되었지만 찾을 수 있겠지요."

"넌 쓸모가 많은 놈이다."

"이제 아셨습니까?"

카심의 목소리에 웃음기가 띠어졌다.

"내가 아버지만 의지하는 병신 같은 놈이 아닙니다."

"사내자식이 그런 말을 머릿속에 박아놓고 있었구나."

그때 카심이 우뚝 발을 멈췄기 때문에 지노가 긴장했다.

오전 4시.

아직 주위는 먹물 속처럼 어둡다. 이곳은 산골짜기 위쪽. 좌우는 바위산이다. 카심에게 다가간 지노가 낮게 물었다.

"뭐냐?"

"앞쪽에 민가가 있습니다."

과연 앞쪽에서 소음이 울리고 있다. 더구나 여자의 목소리까지 섞여 있다. 1백 미터쯤의 거리. 바위 밑에 파묻히듯이 세워진 민가다. 그곳에서 소음이 울리는 것이다. 그런데 여자는 비명을 지른다.

민가로 다가간 지노는 마당에 있는 두 사내를 보았다.

둘은 쪼그리고 앉아 잡담을 나누고 있었는데 낄낄거리고 있다. 마당 뒤쪽 민가는 통나무 기둥에 돌을 쌓아 만든 고택이다. 지붕은 나무판자를 붙였고 창은 2개. 불을 켜 놓았지만 창에 막을 쳐서 끝부분에서만 빛이 흘러나온다.

10미터쯤 앞으로 다가갔지만 마당의 둘은 이제 담배를 꺼내 불을 붙인다. 불빛에 드러난 사내들의 행색은 민병대. 계급장 없는 미군 군복을 입고 정글화를 신었다. 무기는 AK-47. 이라크군에서 압수한 무기를 쓴다.

지노가 고개를 돌려 할라드를 보았다.

"뒤로 돌아가서 나오는 놈을 맡아라."

할라드가 소리 없이 어둠 속으로 사라졌을 때 지노가 카심에게 말했다.

"넌 여기서 기다려."

그러더니 덧붙였다.

"총은 쏘지 말고."

다음 순간 지노가 소음기를 낀 AK-47을 겨누더니 발사했다.

"퍽, 퍽, 퍽, 퍽."

4발을 쏘았다. 두 명에게 각각 2발씩. 쪼그리고 앉아있던 사내들이 그대로 쓰러졌을 때 지노가 세 발짝으로 마당을 건너 민가의 문을 밀치고 뛰어들었다.

안으로 뛰어든 지노의 시야에 방 안이 사진 영상처럼 펼쳐졌다.

방 안에는 여섯 명이 꿈틀거리고 있다. 사내 둘이 여자를 붙잡고 실랑이를 하는 중이다. 벽에 기대앉은 사내의 얼굴은 피투성이다. 여자의 남편 같다. 여자 앞에 사내 하나, 그리고 뒤쪽 주방에 앉아있는 사내. 그 순간 지노가 겨눈 AK-47이 발사되었다.

"퍽, 퍽."

먼저 주방에 앉아있던 사내가 벽에 세워 놓은 AK-47을 쥐려다가 사지를 비틀면서 쓰러졌다. 가슴에 2발을 맞았다.

"퍽, 퍽, 퍽."

여자 앞에 선 사내가 이쪽으로 몸을 돌렸는데 얼굴이 부서졌다. 세 발이 다 맞았다.

"퍽, 퍽, 퍽, 퍽, 퍽."

다섯 발을 쏘았다. 여자를 잡고 있던 사내 둘이 떨어져 나갔지만, 각각 등과 가슴에 두 발씩 맞았다. 한 발만 옆구리를 스치고 지나갔다. 여자는 그때까지 비명을 지르는 중이었다. 눈이 뒤집혔고 옷은 찢겨서 다 드러났다. 격렬하게 저항을 했기 때문이다.

"퍽!"

그때 사내 하나가 꿈틀거렸기 때문에 지노가 다시 한 발을 쏘았다. 집 안이 조용해졌다. 지노가 집 안에 뛰어든 지 5초밖에 되지 않았다. 지노가 세었다.

소음에 이은 정적은 사람을 긴장시킨다. 벽에 기대앉은 사내는 지노가 뛰어든 순간부터 5초 동안을 다 보았다. 그러나 기가 질려서 아직 움직이지 않는다. 그 순간 여자가 몸을 일으켜 세웠다. 피투성이가 된 얼굴. 머리가 산발이 되었지만 곧 눈에 초점이 잡혔다.

여자의 시선이 지노의 총에 옮겨지더니 다시 쓰러진 사내들에게로 내려갔다. 그러더니 어깨를 늘어뜨리면서 그대로 뒤로 넘겨졌다. 기절한 것이다.

"산 너머에서 주둔하고 있는 민병대원입니다."

주인의 말을 들은 카심이 말했다.

"정찰 나왔다가 이 짓을 한 겁니다."

지노가 쓴웃음을 지었다.

"민병대가 민심을 잃을 만하다."

"그놈들은 민심 따위는 신경 안 씁니다. 모두 미군한테 미루면 되니까요."

그럴 것이다. 민병대는 미군이나 같다. 고개를 끄덕인 지노가 여자를 보았다.

여자는 이제 옷을 갈아입고 남편과 함께 구석 쪽에 쪼그리고 앉아있다. 30대 쯤. 이제는 차도르로 머리를 감쌌지만 둥근 얼굴이 드러났다. 입술은 맞아서 부었고 코에 핏자국이 남았어도 반반한 용모다.

이제 주인도 얼굴의 피를 다 닦았고 눈의 초점도 돌아왔다. 그때 주인이 비틀거리며 지노에게 다가왔다.

"감사합니다."

사내가 더듬거리면서 말했다.

"알라신의 축복을 받으시기를."

"알라 아크바르."

지노가 고개를 끄덕이며 답례했다. 그러자 주인이 두 손으로 하늘을 받드는 시늉을 하더니 대답했다.

"알라 아크바르."

잠시 후. 집 밖으로 나온 지노가 앞에 선 할라드와 카심을 보았다.

"사건에 말려들었다."

쓴웃음을 지은 지노가 말을 이었다.

"할라드, 저 시체들을 집 안에 넣고 태워버려라."

"그래야겠지요."

지노가 고개를 돌려 카심을 보았다.

"카심, 저 부부는 도망쳐야겠지?"

"예, 대장."

카심이 고개를 끄덕였다.

"여기서 못 삽니다."

"그럼 도시로 가서 살아야 되겠지?"

"그 방법밖에 없습니다."

"둘이 사는 데 얼마쯤 있으면 되겠나?"

240

"예?"

놀란 듯 눈을 크게 떴던 카심이 입 안에 모인 침을 삼켰다. 그러더니 겨우 말했다.

"500불이면 살 것 같습니다."

고개를 끄덕인 지노가 배낭에서 100불짜리 지폐 10장을 꺼내 카심에게 내밀었다.

"네가 주고 떠나라고 해라."

카심이 잠자코 지폐를 받는다.

맥퍼슨이 앞에 선 게라드를 보았다. 게라드는 정보원이다.

"수르토가 후세인하고 합류했다는 거야?"

"예, 대장님."

게라드가 한 걸음 다가섰다.

"수르토 대령의 부하한테 들은 정보입니다. 확실합니다."

오후 12시 반.

이곳은 모술 서북방 15킬로 지점의 민병대 기지 안이다. 맥퍼슨은 아르카디 7조장으로 기지를 이용하고 있다. 맥퍼슨이 다시 물었다.

"그렇다면 후세인의 위치는?"

"그건 아직 모릅니다. 하지만."

게라드의 두 눈이 번들거렸다.

"북부지역 군벌들 쪽으로 북상하고 있다는 겁니다."

"그건 들었어."

"북상하면서 반군들을 규합하는 것입니다. 서두르지 않는 것 같습니다."

이제는 맥퍼슨이 고개만 끄덕였다. 깁슨의 지휘부도 그렇게 추측하고 있다.

"네가 제법이다, 게라드."

맥퍼슨이 티크리트에서부터 따라온 게라드를 칭찬했다. 게라드는 모술 출신이다. 그래서 북부지역 사정에 밝다. 고개를 든 맥퍼슨이 게라드를 보았다.

"수르토의 병력은 지금 어디에 있지?"

"여기, C-42 지점입니다."

게라드가 손으로 지도를 짚었다.

"주력 1백 명 정도가 이곳에 있고 나머지 병력 2백 명 정도는 5, 6개 지점에 분산시켜 놓았어요."

"수르토는 후세인하고 같이 있단 말이지?"

"예, 어제도 반군 대장 한 놈을 만났다는데요."

"네 정보원은 수르토를 따라다니지 않나?"

"예, 본부에 있는 놈입니다."

"갓댐."

맥퍼슨의 눈에 생기가 띠어져 있다. 점점 후세인에게 다가가고 있는 것이다. 맥퍼슨이 주머니에서 1백 불 지폐를 꺼내더니 5장을 세어 게라드에게 내밀었다.

"후세인 은신처를 알아내면 넌 팔자를 고치는 거다."

"10만 불입니까?"

"그 정도는 되겠지."

"그건 분명히 해주셔야 합니다."

"거짓 정보는 총살이야."

"그럴 리가 있습니까?"

지폐를 받아 쥔 게라드가 서둘러 막사를 나갔을 때 맥퍼슨이 무전기를 쥐었다. 그때 옆에서 듣고 있던 톰슨이 말했다.

"조장, 이것들이 우리가 쫓고 있다는 것도 알고 있는 거요. 이쪽저쪽에다 미끼를 내놓고 있는 것 같아."

"압둘 가민하고 마흘락, 수르토까지 합류했다는 것은 분명하니까."

맥퍼슨이 무전기의 버튼을 누르면서 말을 이었다.

"이젠 시간문제다."

수르토 대령도 아직 후세인이 1호인지 모른다. 가민과 파라드, 그리고 마흘락이 말해주지 않았기 때문이다. 그런데 수르토가 본대 병력 50명을 이끌고 후세인에게 합류한 날, 저녁이다.

산 중턱에 위치한 후세인의 동굴 안. 후세인을 중심으로 넷이 둘러앉았다. 이곳은 북부지역 군벌의 영역과 경계선 근방이다.

수르토가 고개를 들고 후세인과 가민, 마흘락까지 차례로 돌아보았다.

"한 가지 물어봅시다."

모두의 시선을 받은 수르토가 후세인에게 물었다.

"각하, 부하들 사이에서 각하가 대역이라는 소문이 났습니다. 그것이 사실입니까?"

순간 모두 숨을 죽였고 수르토가 말을 이었다.

"각하, 말씀해주십시오."

그때 마흘락이 나섰다.

"대령, 그게 무슨 말인가?"

마흘락의 시선을 받은 수르토가 정색했다.

"그건 장군 측근에서 나온 소문입니다."

"내 주변에서?"

"예, 내가 조사를 해봤더니 장군 측근에서 각하가 대역이라는 소문이 났습니다."

"도대체 누가?"

마흘락이 언성을 높였다.

"어떤 놈이야?"

"장군께서 각하께 인사도 하지 않는다고 합니다."

수르토가 똑바로 마흘락을 보았다.

"그래서 내가 조금 전에도 유심히 보았더니 각하에 대한 장군의 태도가 무례했습니다."

"……"

"동굴에 들어섰을 때 각하를 거들떠보지도 않으시더군요."

"……"

"그리고 각하보다 먼저 자리에 앉았습니다. 있을 수가 없는 일이지요."

수르토의 시선이 가민에게로 옮겨졌다.

"가민 장군도 인사는 했지만 건성이었습니다. 그리고."

고개를 든 수르토가 후세인을 보았다.

"각하께서 장군들을 두려워하는 눈치였습니다. 자꾸 눈치를 보시더군요."

그때 가민이 헛기침을 했다.

"대령, 내가 말하겠네."

어깨를 편 가민이 똑바로 수르토를 보았다.

"여기 이분은 대역 1호시네."

수르토는 가민을 응시한 채 움직이지 않는다. 옆에 앉은 1호를 보지도 않는다. 가민이 말을 이었다.

"1호가 자진해서 각하 대신으로 이라크를 재건하자고 나서준 것이네."

"알겠습니다."

수르토가 낮게 대답했지만 여전히 1호에게로 고개를 돌리지 않는다. 그때 1

호가 입을 열었다.

"대령, 모두 각하와 이라크 재건을 위한 일입니다. 이것이 최선이 아니라면 내가 미군에 항복해서 정체를 밝히지요."

1호의 얼굴이 비장해졌다.

"그럼 미군은 이라크가 완전히 평정되었다고 선언하겠지요."

"……"

"그렇게 되면 반군은 희망을 잃게 되지 않겠습니까?"

그때 수르토가 외면한 채 자리에서 일어섰다. 그러고는 마흘락, 가민을 차례로 보고 나서 말했다.

"나는 내 부대로 돌아가겠습니다."

"대령."

마흘락이 불렀지만 수르토가 말을 이었다.

"1호의 충정도 이해합니다. 그리고 나는 계속해서 민병대와 미군과 싸울 겁니다."

"대령."

다시 마흘락이 불렀을 때 수르토가 어깨를 부풀리면서 노려보았다.

"장군, 똑바로 하시오."

"뭐라고?"

"1호에게 각하 대접을 했으면 이런 소동이 일어나지 않았습니다."

"뭐라고?"

마흘락이 자리를 차고 일어섰지만 기세가 떨어졌다. 수르토에게 압도당한 것이다. 어깨를 편 수르토가 말을 이었다.

"난 떨어지겠지만 각하가 이곳에 계신다고 내 부하들에게 주지시키겠소."

그러더니 몸을 돌려 1호를 보았다. 어느덧 눈에 물기가 번져 있다.

"1호, 이해해주시오."

1호가 자리에서 일어서서 수르토를 보았다. 얼굴이 일그러져 있다.

"대령, 각하에 대한 충성심을 이해합니다."

"그렇소. 하지만 대역은 견딜 수가 없소. 멀리서 충성하겠소."

그러고는 수르토가 1호에게 힘차게 경례를 올려붙였다. 1호도 따라서 경례로 답례를 한다. 수르토가 몸을 돌려 동굴을 나갔어도 마흘락은 물론 가민도 따라 나서지 못했다. 파라드만 서둘러 뒤를 따라 나간다.

"대령."

뒤에서 파라드가 부르자 수르토가 걸음을 멈췄다. 파라드를 보는 수르토의 눈은 젖어있었다.

"대령, 부대로 돌아가실 거요?"

"그렇소, 대령."

수르토가 손등으로 눈물을 닦았다. 둘은 어둠에 덮인 동굴 옆에서 마주 보고 섰다. 파라드가 입을 열었다.

"수시로 연락드리지요."

"떨어져 있지만 적극 협력하겠습니다."

수르토가 말을 이었다.

"1호께 미안하다고 전해주십시오. 1호를 보호하기 위해서 최선을 다하겠다고도 말해주시지요."

"알겠습니다."

"마흘락 장군에게 유감이 있는 것도 아닙니다."

"마흘락 장군도 이해하실 겁니다."

그때 수르토가 길게 숨을 뱉고 나서 파라드를 보았다.

"지금 각하는 어디 계실까요?"

파라드가 대답하지 않았고 바람소리만 들렸다. 고개를 들어 어두운 하늘을 올려다 본 수르토가 몸을 돌렸다.

오전 8시 반.

산을 내려가는 세 사내. 카심과 지노, 할라드다. 바위산이었지만 드문드문 숲이 우거져서 은폐하기에 적당한 조건을 갖췄다. 그래서 지리를 아는 카심이 앞장섰지만 지노와 할라드는 긴장하고 있다.

어젯밤 민가에서 민병대를 몰살하고 밤을 새워 산을 넘은 참이다. 그때 앞장서 가던 카심이 발을 멈추더니 손을 들었다. 지노가 다가가자 카심이 앞쪽을 가리켰다.

초소다. 바위틈에 만들어놓은 초소. 서성대는 두 사내가 보인다. 바위 사이로 나뭇가지를 세워 위장했지만 이쪽에서는 다 드러났다. 나무 사이로 그쪽을 보면서 카심이 말했다. 초소와의 거리는 1백 미터 정도.

"살라드의 초소요."

"네 명입니다."

옆에 엎드린 할라드가 말했다.

"피해가도록 하자."

지노가 바로 결정했다. 몸을 돌린 지노가 발을 떼었을 때.

"따당!"

요란한 총성이 울렸기 때문에 지노도 깜짝 놀랐다. 옆쪽의 할라드가 납작 엎드렸고 지노도 무의식중에 바위 뒤로 몸을 붙였다. 그 순간 지노가 총성 원인을 알았다.

오발이다. 카심이 방아쇠에 손을 걸었던 것이다. 안전장치 레버를 아래쪽까지 내려놓은 상태였기 때문에 발사되었다. 그때 총성을 듣고 초소가 부산해졌다. 모두 이쪽을 본다.

순식간에 은폐하더니 이쪽으로 총구가 돌려졌다. 지노가 바위 뒤에 몸을 붙이고는 카심의 팔을 잡아 옆으로 쓰러뜨렸다.

"저런 빌어먹을 자식."

할라드가 카심에게 욕을 했다.

"저놈한테 총을 쥐어주는 게 아닌데."

"닥쳐, 할라드."

지노가 낮게 꾸짖고는 바위틈으로 앞쪽을 보았다. 그때 초소에서 사내 하나가 재빠르게 뛰어나와 좌측 바위 뒤로 몸을 숨겼다. 이쪽으로 오려는 것이다. 다시 또 하나가 뛰어 나오더니 오른쪽 나무 사이로 숨는다.

"갓댐."

낮게 투덜거린 지노가 웃음 띤 얼굴로 카심을 보았다.

"카심, 넌 여기 있어."

"예, 대장님."

"놈들이 저기, 둥근 바위까지 올 동안 움직이지 마."

"예, 대장님. 미안합니다."

그러자 지노가 할라드에게 말했다.

"할라드, 넌 우측으로 돌아가라."

"예, 대장."

전투 경험이 많은 할라드다. 지노의 말이 끝나자마자 몸을 숙이더니 우측 숲속으로 사라졌다.

좌측 바위 뒤를 돌아 옆쪽으로 초소를 향해 다가가면서 지노가 AK-47을 고쳐 쥐었다. 지노도 AK-47에 익숙했지만 '험'한 총이라 조심하는 편이다.

248

오늘, 카심이 오발 사고를 낸 것도 안전장치 레버를 미리 끝까지 내려놓았기 때문이다.

맨 끝까지 내려놓으면 반자동으로 한 발씩 발사된다. 카심은 AK-47의 조정간을 내릴 때 소리가 난다는 것을 안다. 그래서 미리 안전장치를 풀었던 것이다. 그 소리 때문에 위치가 발각되어 수많은 병사가 목숨을 잃었으니까.

지노와 할라드는 안전장치인 조정간을 내린 상태로 다녔어도 이런 사고는 내지 않는다.

30미터쯤 전진했을 때 앞쪽에서 인기척이 났다. 초소에서 나온 병사다.

지노는 바위틈에 몸을 붙이고 엎드렸다. 사내가 10미터쯤 옆으로 지나가고 있다. 앞에 총 자세로 몸놀림이 날렵하다.

이곳에서 카심이 숨은 곳하고는 직선거리가 50미터가량. 비탈진 산의 아래쪽에 지노가 엎드려 있다. 곧 사내가 아래쪽으로 내려갔을 때 지노가 몸을 일으켜 앞으로 뛰었다.

사내를 카심에게 보낸 것이다.

"타타탕."

총성이 울렸을 때는 5분쯤 후다.

오른쪽, 할라드가 있는 쪽이다. 지노가 총성을 들으면서 계속해서 앞으로 전진했다. 이제 초소와는 20여 미터.

옆으로 보이는 초소에는 세 명이 있다. 모두 다섯이다. 넷인 줄 알았다.

거리가 10여 미터로 좁혀졌을 때 초소가 다 드러났다. 앞쪽은 나뭇가지, 돌로 은폐시켰지만 옆쪽은 비었다. 그때 사내 하나가 고개를 돌려 지노를 보았다.

"타타탕."

자동으로 조정간을 올린 총구에서 총탄이 발사되었다.

"타타타타탕."

30발들이 탄창이다. 두 번의 사격으로 셋이 사지를 흔들면서 쓰러졌다.

"타타탕."

그때 아래쪽에서 총성이 울렸다.

"타타타타타."

또 총성. 이어서 겹치는 발사음.

"타타탕, 탕탕."

양쪽에서 쏘는 것이다. 지노가 몸을 돌려 아래쪽으로 뛰었다. 카심 쪽으로.

"타타탕."

다시 총성이 울렸을 때 뛰던 지노가 숨을 들이켰다. 지노가 걸음을 늦췄을 때 아래쪽에서 외침 소리가 들렸다.

"대장!"

할라드의 목소리다.

"여기 끝냈습니다!"

"초소도 끝냈다!"

지노도 맞받아 소리쳤다.

중간 지점에서 셋이 모였다. 예상했던 대로다. 오른쪽에서 먼저 초소원을 처치한 할라드가 카심을 도왔다. 지노가 카심에게 물었다.

"괜찮나?"

"예, 대장."

카심이 총구를 옆으로 돌리면서 말했다.

"할라드가 쐈습니다."

지노가 고개를 끄덕였다. 카심은 적의 위치를 알려주는 역할이었다.

초소를 돌아본 지노가 둘을 둘러보면서 말했다.

"무전기가 있으니까 곧 연락이 올 것이고 사고를 알게 될 거다."

"아래쪽 2킬로 지점에 30호가량의 마을이 있습니다. 그곳이 살라드의 전초기지인데요."

"피해 가기로 하지."

"돌아서 10킬로쯤 가면 골짜기에 큰 마을이 있습니다. 그곳도 살라드 영역이죠."

"그럼 그쪽으로 가지."

발을 뗀 지노가 말을 이었다.

"살라드 부족의 분위기만 알면 돼. 마을에 들어갈 필요는 없어."

오후 4시 반.

토부만 마을의 대장장이 자스쿠가 마당으로 나왔을 때 문 앞에서 서성대는 사내를 보았다.

"아니, 너, 누구야?"

"아저씨."

자스쿠를 본 사내가 두 손을 벌리며 다가왔다. 카심이다. 카심을 안은 자스쿠가 뺨에 입을 맞추고 나서 몸을 떼었다. 자스쿠는 카심의 외삼촌이다. 카심의 어머니가 살라드 부족인 것이다.

"너, 여기 웬일이냐?"

"일자리가 있나 알아보려고 왔어요."

"이런."

자스쿠가 카심의 팔을 끌고 대장간으로 들어와 마주 보고 앉았다. 대장간 뒤쪽이 안채다. 카심이 엉거주춤 일어나 안채를 보았다.

"외숙모께 인사를 드려야지요."

"놔둬라. 안에 다른 여자들도 와 있다."

"그럼 어떻습니까?"

"미군 용병대가 와 있어. 우리 마을에 1개 조(組)가 와 있는데 네가 왔다는 걸 안다면 그놈들이 꼬치꼬치 물어볼 거다."

"미군 용병대가 말입니까?"

"그래. 며칠 되었어."

"……."

"그리고 도란 마을 위쪽 초소가 반군의 습격을 받아서 5명이 죽었어. 그래서 지금 비상이다."

"이런, 그렇습니까?"

"부족장이 용병단과 합의를 했어. 후세인이 북상하는 모양인데 오면 같이 잡기로 했단다."

"……."

"상금이 2천만 불이야. 잡으면 우리가 절반인 1천만 불을 먹게 된다는군."

자스쿠가 주위를 둘러보며 말했다.

"너, 저 위쪽 창고로 가자. 거기서 쉬는 게 낫겠다."

"수르토의 위치를 찾아냈습니다!"

맥퍼슨이 상기된 얼굴로 보고했다.

오후 7시 반.

모술 북방 7킬로 지점의 8사단 17연대 사령부 안. '아르카디 모술 본부'의 상황실이다.

"수르토가 돌아왔다고 합니다."

"갓댐."

깁슨이 눈썹을 찌푸렸다.

"덤벙대지 마라, 대위."

맥퍼슨은 대위로 제대했다. 깁슨은 부하들을 군 시절의 계급으로 부르는 것을 좋아한다. 물론 자신을 장군으로 부르는 것을 당연하게 여긴다. 깁슨이 벽에 걸린 지도를 보면서 물었다.

"C-42 지점 맞아?"

"예, 장군."

"현재 병력은?"

"주력군 1백 명 정도입니다. 수르토가 정예 부하들을 데리고 후세인한테 갔다가 돌아왔다네요."

"그 빌어먹을 후세인 놈의 위치는 모른단 말이지?"

"수르토를 잡으면 알 수 있지 않을까요?"

"네 정보원은 정확하지?"

"게라드를 알고 계시지 않습니까? 그놈은 사기 친 적이 없습니다."

"갓댐."

자리에서 일어선 깁슨이 상황판 앞으로 다가와 섰다. 모술 서북방의 민병대 기지에서 달려온 맥퍼슨도 옆에 붙어 섰다. 보좌관 톰슨도 다가와 섰다. 그때 깁슨이 말했다.

"민병대 4개 중대가 필요해."

"연대본부에서 도와줄 것입니다."

톰슨이 바로 말을 받았다.

"연대 헬기를 이용하면 됩니다."

"17연대에서도 1개 중대 병력을 지원받아야겠다."

"그건 장군께서 부탁하셔야겠지요."

"우리도 각 중대별로 1개 조를 보내."

"예, 장군."

"장군, 마무리는 저한테 맡겨주시지요."

맥퍼슨이 말하자 깁슨이 쓴웃음을 지었다.

"좋아. 내가 17연대 소속의 중대장한테 말해 놓지, 총지휘는 그 중대장이 할 테니까."

그러고는 깁슨이 자리에서 일어섰다. 17연대장과 작전 협의다.

무하마드는 55세. 부족장이 된 지 20년이 되었지만, 지금까지 한 번도 패한 적이 없다는 것이 자랑이다. 하지만 그것은 저 혼자만의 자랑이다. 1개 중대 규모 이상의 전투를 치른 적이 없었기 때문이다. 산악지대여서 휘하 병력이 마을, 구역마다 흩어져 있는 상황인 것이다.

살라드가 서부지역 초소 병력이 몰살당했다는 보고를 받았을 때는 오전 10시경이다.

지역 사령관은 그것이 반군의 소행이라고 보고했지만 꺼림칙했다. 그 지역의 반군 출몰은 드물었기 때문이다. 그러나 증거가 없다. 그런데 오후 6시경에 그곳에서 20킬로쯤 떨어진 지역에서 민병대 수색대가 몰살당했다는 정보를 받은 것이다.

반군이 이쪽까지 북상했는가?

그 정보를 전해준 것이 아르카디 조장 조단이다.

"이봐요, 조단, 이거 분위기가 수상한데, 위아래에서 술렁거려."

살라드가 눈썹을 모으고 조단을 보았다.

"후세인의 영향인가?"

"그런 것 같기도 합니다."

조단은 살라드에게 파견된 아르카디의 조장이다. 휘하에 9명을 지휘하고 이곳으로 날아왔다. 살라드의 측근에서 미군과의 연락, 조정관 역할을 한다. 조단이 말을 이었다.

"후세인이 북상하는 첫째 목표가 아마도 장군일 겁니다."

조단도 살라드를 장군이라고 부른다. 살라드가 쓴웃음을 지었다.

"글쎄, 조단, 당신이 이렇게 내 옆에 있는 것쯤은 알고 있지 않을까?"

"알겠지요. 주위에 참모들이 있으니까."

"후세인이 대역이라는 소문도 났더군."

살라드는 붉은 얼굴에 비만 체격이다. 벽에 기대앉은 살라드가 조단을 보았다.

"내가 후세인과 대역의 차이를 아는 사람이지."

"그렇습니까? 직접 보시면 알아볼 수 있겠군요."

"나는 진품만 만났으니까."

"측근들은 확인을 못 했습니까?"

불쑥 조단이 묻자 살라드가 빙그레 웃었다. 가심과 바트라가 후세인을 만나고 왔다는 이야기를 조단에게 하지 않은 것이다. 묻지도 않았지만 보고하는 것처럼 말할 필요가 없는 것이다. 그때 조단이 말을 이었다.

"소문이 났습니다. 장군의 측근들이 후세인을 만나고 갔다는 소문이죠."

"예상하고 있었어."

그때 차를 가져온 사내를 손짓으로 부른 살라드가 말했다.

"가심을 데려와."

사내가 소리 없이 나가더니 곧 가심이 방으로 들어섰다. 가심이 옆쪽에 앉았을 때 살라드가 물었다.

"네가 보기에는 후세인이 진품이더냐? 여기서 조단 대위한테 말해 봐라."

"진품이었습니다."

가심이 고개를 들고 대답했다.

"저도 후세인을 만난 적이 있었기 때문에 압니다. 대역이 아닙니다."

"가심은 진품이라는군."

살라드가 웃음 띤 얼굴로 조단을 보았다.

"대위, 잘하면 대위가 진품을 만날 수도 있겠어."

"장군께서 협조해 주셔야겠지요."

"지금 협조해주는 것 아닌가?"

이번에는 정색한 살라드가 조단을 보았다.

"대위, 깁슨 씨한테 약속은 지켜야 한다고 말해주게."

살라드의 거처에서 나온 조단이 부조장 제프에게 말했다.

"저 빌어먹을 놈이 양다리 걸치고 있어. 후세인한테서 연락이 오면 우리를 빼돌릴지 모른다."

"그럴 리가요. 현상금도 반 나누기로 했지 않습니까?"

"진품 후세인이라면 살라드한테 1억 불도 내줄 수 있어."

본채 옆쪽 부속채로 다가가면서 조단이 말을 잇는다.

"저놈은 후세인 통치 시절에도 우리하고 양다리를 걸쳤던 놈이야. 지금도 달라졌을 리가 없어."

대세에 밀려 조단을 받아들일 수밖에 없었던 살라드다. 전과는 상황이 달라졌기는 했다.

조단이 방을 나갔을 때 살라드가 가심에게 말했다.

"저 개 같은 용병 놈이 날 의심하는 모양이군. 어쨌든 후세인이 여기 오기는 힘들 것 같다."

"아마 이곳에 아르카디 놈들이 와 있다는 것도 알 겁니다."

가심이 말을 이었다.

"여기에 1개 조, 그리고 아래쪽 남쪽 경계선 근처에 2개 조가 또 있습니다."

"그런데 16초소를 습격한 놈들은 누구야?"

가심이 시선을 내리자 살라드가 길게 숨을 뱉었다.

"후세인 시절이 좋았는데 지금은 완전 개판이군."

카심이 돌아왔을 때는 오후 11시 반이었다. 마을 뒤쪽 산등성이에서 기다리고 있던 지노와 할라드가 카심을 맞았다.

"여기 삶은 양고기와 빵을 가져왔습니다. 드시지요."

바위 위에 보자기를 펼치면서 카심이 말했다.

"집에 돌아간다니까 두 끼 먹을 음식을 싸주는군요."

그동안 빵 한 조각씩으로 저녁을 때운 지노와 할라드가 잠자코 고기를 씹는다. 카심이 고개를 들고 지노를 보았다.

"마을에 미군 용병대 1개 조가 와 있습니다. 그리고 살라드가 용병단과 합의를 했다는군요."

"……"

"살라드 옆에도 용병대 1개 조가 붙어있다는 것입니다."

지노가 고개만 끄덕였고 카심의 말이 이어졌다.

"살라드의 측근 둘이 남쪽으로 내려가서 후세인 각하를 만나고 왔다는군요. 살라드가 양다리 걸친 겁니다."

"……."

"지금 더 안으로 들어가는 건 위험할 것 같습니다."

"수고했어, 카심."

양고기를 삼킨 지노가 얼굴을 펴고 웃었다.

"이만하면 살라드는 파악했어, 카심."

지노가 말을 이었다.

"네가 오발 사고를 일으킨 실수를 10배로 갚은 셈이다."

헬기 소음이 울렸을 때는 밤 11시 45분.

수르토가 거처의 거실에서 간부들과 회의를 막 마쳤을 때다. 거실에서도 헬기 로우터 소음이 울렸기 때문에 수르토가 번쩍 고개를 들었다.

"습격이다!"

소리친 수르토가 벌떡 일어섰다.

"비상구로!"

수르토는 공수부대 연대장 출신이다. 본부를 정하고 나서 가장 먼저 구축해 놓은 것이 비상구다. 비상 탈출구인 것이다.

간부들이 일제히 밖으로 뛰어나갔다. 제각기 맡은 임무가 정해졌기 때문이다.

"완료했습니다!"

부관 버크 중위가 보고했다.

"1중대는 지금 진격합니다!"

"오케이."

메디슨이 두 손을 허리에 짚고 앞쪽을 보았다. 이제 헬기 소음이 멀어지고 있다. 방금 지휘부 격인 미 17연대 소속 메디슨 중대가 C-42 지역의 정면에 배치된 것이다. 그리고 민병대 1중대가 그 앞에서 정면 공격을 시작했다.

이제 총소리가 울리기 시작했다. 이어서 박격포 폭음, 기관포 발사음이 시작되었다.

순식간에 사방이 총성과 폭음으로 뒤덮였다.

수르토의 본부는 해발 3백 미터 정도의 분지 위였다. 왼쪽은 계곡, 오른쪽은 바위산이었고 뒤쪽은 가파른 절벽이다.

그래서 1중대가 완만한 경사면을 이루고 있는 정면을 공격했고 2, 3중대는 좌우를 맡았다. 그리고 예비 중대인 4중대가 뒤쪽 절벽을 맡았으니 완벽한 포위 공격이다.

민병대 4개 중대에 미군 1개 중대, 그리고 아르카디 용병의 5개 조다. 제1중대의 뒤를 받치고 있는 미군 메디슨 중대는 천천히 뒤를 따른다.

비상구는 왼쪽의 계곡이다. 분지에서 계곡으로 내려가는 길이 있지만, 위쪽에 바위 사이로 뚫린 비밀 통로가 있다.

수르토는 본부를 설치하자마자 비밀 탈출로를 개척해놓고 간부들한테만 알려주었다. 본부를 수시로 옮기면서 그때마다 탈출로부터 만들어 놓았다. 그래서 지금까지 살아남은 것이다.

"자, 각 조별로 하나씩 나와라!"

총성 속에서 수르토가 소리쳤다. 이미 2진이 비상구로 달려나갔다. 이제는 3진이다. 3개 방면에서 방어하던 부하들이 다시 2, 3명씩 빠져나와 비상구로 뛴다. 잘 훈련된 병사들이다.

"대장! 가시지요!"

부관 아말이 소리쳤을 때는 옆쪽에서 대폭발이 일어났을 때다. 몸을 일으킨

259

수르토가 계곡을 향해 뛰었다. 이제 절반쯤 비상구로 뛰어들었다.

아르카디 용병단의 조장 맥퍼슨은 조원 8명과 함께 바위 위에 엎드려 있다. 이곳은 계곡 위쪽의 경사면. 요란한 총성이 계속해서 울리고 있다.

"좋아. 놓치지 마!"

맥퍼슨이 다시 소리쳤다. 야간용 스코프를 눈에 붙인 맥퍼슨의 좌우로 저격총을 겨눈 조원들이 엎드려 있는 것이다. 모두 스코프에 눈을 붙이고 방아쇠를 당기고 있다. 맥퍼슨의 조가 비상구를 맡은 것이다.

"오른쪽에서 둘이 나왔다!"

맥퍼슨이 소리쳤을 때 총탄에 맞은 둘이 사지를 흔들며 계곡 밑으로 떨어졌다. 거리는 180미터. 거의 실수가 없다. 다시 총성이 울리면서 바위 사이에서 나타난 병사 셋이 총에 맞았다.

맥퍼슨이 숨을 들이켰다. 함정 속으로 들어오는 짐승을 잡는 것과 같다. 이곳은 비상구의 출구다. 수르토의 부하가 정보원 게라드에게 알려준 통로인 것이다.

"탕, 탕, 탕."

옆에서 다시 총성이 울렸다. 뛰쳐나오던 세 명 중 하나가 넘어졌다가 바위틈으로 사라졌다.

한 시간 후.

C-42 지점에서 3킬로쯤 떨어진 산속에서 수르토가 앞에 선 파하드에게 물었다.

"몇 명 나왔나?"

"17명입니다."

파하드가 보고했다. 멀리서 들리던 총성과 포성은 어느덧 그쳤다. 파하드가 충혈된 눈으로 수르토를 보았다.

"비상구 위치가 탄로 났습니다."

"내부에 배신자가 있어."

목소리를 낮춘 수르토가 어둠에 싸인 주위를 둘러보았다. 부관 아말도 죽었다.

"아마 살아남은 이 중에 껴있을 거다."

숲속에 둘씩 셋씩 모여 앉은 부하들은 조용하다. 수르토가 잇새로 말을 이었다.

"당했다."

본부에는 110명의 반군이 모여 있었다. 그중에서 자신을 포함한 17명이 살아나왔다. 나머지는 전사했거나 부상당해서 포로로 잡혔을 것이다.

미군과 민병대는 반군 부상자를 살려두지 않는다. 그러니까 모두 전사로 봐야 한다.

"후세인의 위치를 찾았습니다."

톰슨이 깁슨에게 보고했다.

"수르토의 부하 하나가 자백했습니다."

오전 2시 반.

깁슨은 상황실에서 보고를 받는다. 수르토의 반군 본부를 기습했던 미군은 오랜만에 대 전과를 세웠다. 1백 명 가까운 반군을 사살, 포로로 잡은 것이다. 물론 민병대 4개 중대와 미군 1개 중대, 아르카디 용병 5개 조를 투입한 결과다.

"지금 17연대 본부에서 미군 2개 중대, 민병대 5개 중대를 투입해 후세인의 은신처를 포위하고 있습니다."

톰슨이 벽에 걸린 지도의 한 곳을 짚었지만 깁슨은 쳐다보지도 않았다. 수르

261

토 본부를 기습했지만 수르토도 잡지 못했다. 수르토를 잡아야 제대로 된 상황을 알게 된다. 깁슨이 외면한 채 말했다.

"북쪽을 막아야 돼."

"자네가 지노 장 친구라고?"

깁슨이 묻자 사내가 '씩' 웃었다.

검은 머리, 콧수염이 짙어서 아랍인과 비슷하지만, 햇볕에 탄 피부가 붉다. 백인, 곧고 큰 콧날, 두툼한 입술, 각진 턱, 185쯤의 신장에 날씬한 체격, 후줄근한 작업복 차림으로 허리에는 베레타를 찼다. 용병.

이곳은 17연대 사령부 옆 깁슨의 아르카디 용병단 상황실 안이다.

"같은 부대에서 근무했던 사이죠. 그래서 잘 압니다."

굵지만 거친 목소리. 사내가 말을 이었다.

"아프간에서 1년 반을 같이 지냈으니까요."

"같이 작전 나간 적도 있겠군."

"그렇습니다."

사내가 똑바로 깁슨을 보았다.

"여러 번."

깁슨이 앞에 놓인 서류를 보았다.

무스 함버크. 32세. 웨스트포인트 졸. 대위 예편. 그린베레 출신. 아프간 복무 2년 반. 쿠웨이트전 참전. 훈장 3개. 작전 참가 72회. 자이툰 용병단에서 6개월 근무한 경력도 있다. 용병단 팀장급이다. 고개를 든 깁슨이 앞에 앉은 무스를 보았다.

"월급은 팀장급으로 1만 5천 불로 하지."

"그건 알고 있습니다."

262

"내가 왜 자네를 채용하는지 아나?"

"압니다."

"지노 장 전담을 맡기려는 거야."

"그것도 짐작하고 있었습니다."

깁슨이 옆에 앉은 톰슨을 보았다.

"이봐, 톰슨. 설명해줘."

톰슨이 무스에게로 몸을 돌렸다.

"대위, 지금 지노가 후세인과 함께 프랑스에 가 있어."

"이곳에 있는 후세인은 대역입니까?"

무스가 묻자 톰슨이 고개를 저었다.

"그건 아직 알 수 없어."

톰슨이 말을 이었다.

"지금도 프랑스에서 CIA와 함께 수색 중이니까."

"저는 어느 쪽에 파견됩니까?"

"넌 별동대야."

불쑥 깁슨이 말했기 때문에 무스가 고개를 들었다. 깁슨이 말을 이었다.

"필요할 때 투입할 거다."

무스 함버크는 지노용이다. 후세인의 육성 테이프 전파에서부터 후세인의 탈출까지 모두 지노 장의 작품이기 때문이다. 깁슨은 '지노 전담 용병'까지 고용했다.

무스가 상황실을 나갔을 때 깁슨이 톰슨에게 말했다.

"저놈은 팀장 시절에 민가를 약탈한 것이 발각되어서 예편되었지만 다른 범죄도 저질렀어."

톰슨의 시선을 받은 깁슨이 쓴웃음을 지었다.

"집 안에 있던 여자를 강간한 거야."

"그렇습니까?"

놀란 톰슨이 정색했다.

"그건 기록에도 없던데요."

"군의 명예에도 관계가 있는 사건이라 특급기밀로 처리되었지."

"그렇군요."

깁슨은 특급기밀 사건도 열람할 수 있는 것이다. 깁슨이 말을 이었다.

"자이툰 용병단에서는 다른 팀장하고 시비가 붙은 데다 팀원들의 불신을 받았어. 팀원들이 작전 못 하겠다고 한 모양이야."

"저는 몰랐습니다."

"자이툰 용병단장한테서 들었어."

깁슨의 얼굴에 쓴웃음이 떠올랐다.

"나하고 커튼하고 사이가 나쁜 것으로 알려졌지만 그런 정보는 공유하고 있으니까."

"하지만 용병의 능력은 뛰어난 것 같습니다. 전투장, 훈장만 보면 팀장급 중 가장 낫습니다."

"내가 그 능력을 보고 채용한 거야."

깁슨이 앞에 놓인 서류를 덮었다.

"저놈은 딱 두 놈만 붙여서 지노용으로 사용해야 돼."

"이곳이 무스타파 영역입니다."

앞쪽 산맥을 보면서 카심이 말했다.

오후 2시 반.

5시간 동안 산길로 15킬로를 걸은 셈이다. 이쪽은 이라크의 서북쪽 국경 지대. 국경에서 20킬로쯤 떨어진 지역이다. 앞쪽 산맥은 바위산, 드문드문 숲이 우거진 것이 반점 같다.

"무스타파 영역을 거쳐서 돌아가자."

지노가 카심과 할라드에게 말했다. 이라크로 들어온 지 오늘이 닷새째다. 일주일 예정으로 온 것이다.

"수르토 대령의 전령입니다."

파라드가 동굴로 들어와 말했을 때는 오후 2시경이다. 파라드의 뒤를 따라 들어선 사내는 가민과 마흘락도 안면이 있다.

서둘러 들어선 사내가 마흘락의 뒤에 서 있는 1호와 시선을 맞추더니 고개를 숙여 인사를 했다. 그러고 나서 마흘락을 본다. 그것을 본 마흘락이 그 1호를 위해 옆으로 비켜섰다. 정신을 차린 것이다. 그때 사내가 입을 열었다.

"민병대 기습을 받아서 본대가 막대한 피해를 입었습니다."

사내가 1호에게 보고하고 있다.

"수르토 대령은 피신했습니다."

"그런가?"

1호가 물었다.

"지금 피신 중인가?"

"예, 각하. 대령은 각하께서 서둘러 피신하시라고 합니다."

사내가 말을 잇는다.

"본대 위치가 발각된 것은 내부에 밀고자가 있기 때문입니다. 그 밀고자가 이곳 위치도 알려주었을지도 모릅니다."

1호가 고개를 끄덕였다.

"고맙다. 수고했다."

이곳에 더 머물러 있을 필요가 없다.

수르토가 둘러앉은 부하들에게 말했다.

"너희들이 나를 따라서 각하가 계신 곳에 다녀온 간부들이야."

둘러앉은 간부들은 4명이다. 더 있지만 이번 기습을 받고 빠져나오지 못했다.

수르토가 자리에서 일어섰다.

"너희들 넷 중에 밀고자가 있을지도 모른다. 서로 조사를 해보도록."

이것이 수르토의 방식이다.

골짜기의 물을 손으로 떠 마신 지노가 카심에게 물었다.

"무스타파가 작년에 살라드하고 전쟁을 했지?"

"양쪽이 수백 명씩 사상자를 냈지요. 서로 이겼다고 했지만 무스타파가 밀렸다는 소문이 났습니다."

"무스타파의 소문은 어때?"

"주민들이 따릅니다."

카심이 말을 이었다.

"그래서 후세인이 북부지역의 관리자로 밀었습니다."

"미국하고 관계도 좋다고 하던데."

"살라드, 야합, 카리트도 마찬가지죠. 미국과 원수가 되면 살아남기가 힘드니까요."

지노가 고개를 끄덕였다.

북부지역 군벌들이 살아가는 방법을 확실하게 알았다. 살아남으려면 강자에게 붙어야 한다. 후세인의 집권 시절에는 후세인과, 그러나 미국과도 은밀하

266

게 관계를 맺고 있었다. 지금은 아무도 믿을 수가 없다. 후세인이 약자이기 때문이다.

신의(信義), 의리는 존재하지 않는다. 그때다.

"타당."

위쪽에서 총성이 울렸다. 할라드가 올라간 쪽이다.

지노와 카심이 서둘러 올라왔을 때 바위 옆에 엎드린 할라드가 앞쪽을 가리켰다. 20미터쯤 앞에 사내 하나가 쓰러져 있다. 손에 AK-47을 쥐고 있었는데 움직이지 않는다.

"갑자기 나타났습니다."

할라드가 주위를 둘러보며 말했다. 주위는 짙은 숲이다.

"혼자가 아닐 거야."

지노가 말했을 때다. 앞쪽에서 두 사내가 나타났다. 둘 다 AK-47을 쥐고 허름한 작업복 차림이다. 반군이나 무스타파의 병사 중 하나다. 그때 지노가 말했다.

"피하자."

사내들과의 거리는 60여 미터 정도. 그들은 아직 사건을 모르는 눈치다. 사내를 찾는 듯 소리쳐 부르고 있다. 지노가 앞장서서 계곡 옆쪽의 숲속으로 빠져나갔다. 카심이 이쪽 상황을 잘 모르는 터라 이번에는 할라드가 앞장을 선다. 지노가 할라드에게 말했다.

"계속해서 직진해."

직진하면 터키 쪽 국경이다. 국경까지는 20킬로 정도. 오늘 밤에는 돌파할 수 있다.

리옹 병원.

쟝 샹티에 박사가 회진을 마치고 집무실 문을 열었을 때다.

"박사님."

뒤에서 부르는 소리에 쟝이 고개를 돌렸다. 사내 둘이 서 있다. 말쑥한 양복 차림. 사내 하나가 주머니에서 신분증을 꺼내 내밀었다.

"인터폴입니다."

신분증을 힐끗 보고 난 쟝이 물었다.

"무슨 일이십니까?"

"잠깐 방에서 이야기할까요?"

사내가 차분한 시선으로 쟝을 보았다.

"여기서는 말씀드리기가 적당하지 않네요."

쟝이 고개를 끄덕였다.

방에 셋이 둘러앉았다.

오후 2시 반.

쟝이 의자에 등을 붙이고는 지그시 둘을 보았다. 심호흡을 두 번 하고 났더니 눈동자도 흔들리지 않는다. 쟝이 인터폴 신분증을 내민 사내를 지그시 보았다. 그러고는 기다린다. 그때 인터폴이 입을 열었다.

"유리 세르넨코를 아시지요?"

"압니다."

쟝의 눈빛이 강해졌다. 그러더니 또 기다린다. 그때 사내가 다시 말을 잇는다.

"유리 세르넨코가 지금 우크라이나에 있습니다."

"아, 고향으로 돌아갔군요."

"지금 수사를 받고 있어요."

"왜요?"

268

"외화를 5백만 불 가깝게 소지한 때문입니다."

"허!"

탄성을 뱉은 쟝이 물었다.

"그 돈, 훔쳤답니까?"

"그건 아닌 것 같습니다."

"우크라이나 경찰에 체포되었어요?"

"체포된 건 아닙니다."

"그런데 왜 나한테 오신 겁니까?"

"우리가 영장을 받아서 박사님 계좌를 수색했는데요."

"내 계좌를 말입니까?"

쟝이 빙글빙글 웃었다.

"그랬더니 뭐가 나옵니까?"

"없었습니다."

따라 웃은 인터폴이 말을 이었다.

"요즘은 차명계좌로 숨기기가 쉽거든요."

그때 지금까지 잠자코 있던 사내가 입을 열었다.

"하지만 유리 세르넨코가 그 돈을 그냥 소유하도록 해주겠다는 조건으로 자백을 했습니다."

"……."

"후세인의 성형 수술을 해주었다는군요."

"……."

"박사님하고 같이 말입니다."

"……."

"여기서 토요일에, 맞지요?"

"나, 참."

쟝이 고개를 저으면서 웃었다.

"이거 언론사 불러서 보도를 시키는 것이 낫겠는데."

둘을 번갈아 보면서 쟝이 말을 이었다.

"그렇게 합시다. 언론사까지 포함해서 공개수사를 하는 거요. 프랑스가 떠들 썩하겠지."

"박사."

인터폴이 말했을 때 쟝이 나가라는 손짓을 했다.

"다음에 나한테 올 때는 영장 가져와요. 그래야 만나줄 테니까."

"박사, 당신은 후세인의 얼굴 성형 수술을 해준 거요."

자리에서 일어서면서 사내가 말했다.

"유리 세르넨코가 다 자백했어."

"지금 미국 대통령이 바로 후세인이야. 내가 후세인 얼굴을 부시로 바꿨어."

쟝이 목소리를 높였다.

"유리 그 미친놈한테 증거를 대라고 해!"

"앗, 후세인이?"

버럭 소리친 깁슨이 전화기를 고쳐 쥐었다. 지금 깁슨은 국무부 중동 담당 부국장 존 매커비의 전화를 받고 있다.

"후세인이 리옹에서 성형 수술을 했단 말입니까?"

"그래요. 리옹병원 성형외과장 쟝 샹티에가 집도했어요."

"오 마이 갓."

"같이 수술한 유리 세르넨코라는 우크라이나 출신 의사가 우크라이나로 도망가서 돈을 쓰다가 들통이 난 겁니다."

"……."

"차명계좌로 입금되었지만 찾다가 발각된 거요."

"……."

"쟝 샹티에는 부인했지만 유리 세르넨코의 증언이 확실해요. 그놈 지노가 경호를 맡았고 다른 두 놈이 있었다는군. 그리고 카밀라까지 같이 있었다는 거요."

"으음."

"수술 후의 인상까지 묘사해줬습니다."

"갓댐."

깁슨이 잇새로 욕을 뱉는다. 상황은 전혀 예상을 넘어서 전개되고 있다. 후세인이 성형 수술을 끝냈다니.

"비었습니다."

1호의 은신처를 기습한 제17연대 소속의 미군 중대와 동행했던 조장이 보고했다.

오후 4시 반.

깁슨은 잠자코 듣기만 한다.

"빠져나간 지 대여섯 시간 된 것 같습니다."

"……."

"부대는 지금 기지로 복귀하고 있습니다."

"알았어."

건성으로 통화를 끝낸 깁슨이 앞에 선 톰슨을 보았다.

"카터에게 연락해."

"예, 바꿔드릴까요?"

"그럴 필요 없고 네가 직접 말해."

"뭐라고 말입니까?"

"쟝 샹티에를 잡아서 후세인의 성형한 얼굴을 받아내라고 해."

깁슨이 번들거리는 눈으로 톰슨을 보았다.

"아마 자료는 다 폐기했겠지만 그놈 머릿속을 파내서라도. 그렇지, 가족을 인질로 잡아도 되겠다."

6장 아르카디 용병단

"쫓아옵니다."

할라드가 말했을 때는 두 시간쯤 후다. 잠깐 쉬고 있을 때 경비를 서던 할라드가 아래쪽을 가리켰다.

나무 사이로 아래쪽 능선이 드러났다. 종대로 능선을 건너오고 있는 사내들. 7명이다. 거리는 4백 미터 정도. 능선이 탁 트여 있었기 때문에 더 가깝게 보인다.

"저놈들이 우리가 능선을 건널 때도 본 것 같습니다."

그럴 가능성이 많다. 능선이 1킬로 정도 펼쳐져 있었으니까. 잡초가 허리 부분까지 닿은 데다 높고 낮은 굴곡이 있었지만 저렇게 다 드러난다.

"어디서부터 쫓아온 거야?"

지노가 망원경으로 사내들을 내려다보았다. 허름한 작업복에 AK-47을 메었고 그중 하나는 대전차발사관을 메었다.

"그런데 총을 어깨에 메고 있어. 우리하고 같은 방향인 것 같다."

"이쪽이 무스타파의 본거지 방향이긴 합니다."

카심이 말했을 때다.

"탕탕탕, 타타타타타."

총소리가 능선을 울렸다. 지노까지 놀라 몸을 굽혔을 때 아래쪽 7명이 제각기 흩어졌다. 망원경을 눈에 붙인 지노는 그중 두 명이 총에 맞은 것을 보았다.

"기습이다!"

카심이 소리쳤을 때 할라드가 손으로 아래쪽을 가리켰다.

"뒤에서 쏩니다!"

망원경을 뒤쪽으로 돌린 지노가 번쩍이는 섬광을 보았다. 뒤쪽이다. 사내들 뒤쪽 3백 미터쯤 거리에서 7, 8명.

"저놈들을 뒤따라 온 것 같습니다!"

할라드가 다시 소리쳤다. 이제는 사내들도 응사하고 있었기 때문에 능선 위는 전장이 되었다. 그러나 사내들이 불리하다. 첫 기습발사로 셋이 쓰러졌고 넷이 남아서 뒤쪽에 대고 응사하는 중이다.

이곳에서 뒤쪽 습격자들과의 거리는 8백 미터 정도. 습격자들은 능선 끝자락의 바위틈에 은폐하고 있어서 위치가 좋다.

"넷은 꼼짝도 못 하는군요."

할라드가 말했다. 초원 복판에 엎드려 있었지만 그사이에 또 하나가 당했다. 셋이 남았다.

지노가 망원경으로 뒤쪽을 살폈다. 바위틈에 엎드린 사내들의 자세가 전문가 같다. 번쩍이는 섬광만 드러났다. 능선 복판에 박힌 사내들과의 거리는 3백 미터 정도. 그때 망원경 렌즈를 조절한 지노가 아래쪽을 훑어보았다.

이제 맨 끝의 사내 얼굴이 드러났다. 텁수룩한 잿빛 수염. 터번을 걸쳤지만 백인이다. 용병인 것이다. 그때 지노가 할라드에게 말했다.

"넌 여기 있어."

그러고는 AK-47만 쥐고 재빠르게 아래쪽으로 달렸다. 잡초 속으로 허리를 숙인 채 비스듬하게 달려 내려간다.

할라드와 카심은 숨을 죽였다. 이쪽에서는 지노의 모습까지 다 보이는 것이다.

274

3백 미터쯤 비스듬히 내려왔더니 뒤쪽 사내들과의 거리가 3백 미터쯤으로 가까워졌다. 기습을 당한 사내들은 왼쪽 150미터 지점이다. 지노가 엎드린 곳은 약간 높은 지점. 뒤쪽 사내들과 거의 비슷한 높이다.

잡초 사이에 엎드린 지노가 눈앞의 나뭇가지를 총 끝으로 치웠더니 기습자들이 나타났다. AK-47의 스코프에 표시된 거리는 285미터. 아직도 사내들은 사격하는 중이었는데 단발 사격이다.

모두 7명.

이제 스코프에 사내들의 모습이 다 드러났다. 작업복 차림의 백인. 모두 터번을 써서 멀리서는 반군 행색이지만 용병이다. 아르카디다. 오랜만에 아르카디를 만난 지노의 심장 박동이 빨라졌다.

"서둘 것 없어!"

조장 핸슨이 소리치면서 스코프로 앞쪽을 보았다.

"시간은 충분해. 여기서 다 잡고 가자!"

핸슨은 무스타파와 살라드의 영역 끝부분을 지키고 있다가 반군을 만난 것이다. 이제 7명 중에서 4명을 잡았다. 저쪽은 노출될까 봐 제대로 응사도 못 하는 실정이다.

나란히 엎드린 조원들이 여유 있게 단발 사격을 한다. 총성이 능선을 울렸고 바람결에 화약 냄새가 맡아졌다. 그때 핸슨이 소리쳤다.

"놈들이 머리도 들지 않고 있어. 자, 조금씩 앞으로 나가자!"

핸슨이 옆쪽을 보았다.

"마크! 캔트! 너희들 둘이 먼저 가!"

모두 전문가들이다. 엎드려 있던 둘이 벌떡 일어서더니 앞으로 달려갔다. 그 순간이다.

"탕, 탕."

두 발의 총성이 울리더니 마크와 캔트가 사지를 내뻗으며 쓰러졌다. 깜짝 놀란 핸슨이 몸을 돌렸을 때다.

"탕, 탕, 탕."

다시 세 발의 총성이 울리면서 핸슨 옆에 엎드려 있던 허버트가 총을 내동댕이치면서 뒹굴었다.

"갓댐."

핸슨이 몸을 뒹굴어 그 자리를 피했을 때다. 이제는 위쪽에서 총성이 일어났다.

"타타타타타."

이쪽이 노출된 것이다.

아말이 잡초 사이로 드러난 기습자들을 향해 다시 방아쇠를 당기면서 소리쳤다.

"쏴! 놈들이 드러났다!"

숨을 죽인 채 엎드려 있던 도르문, 차트룩이 일제히 앞쪽을 향해 사격했다.

"놈들이 기습을 받았어!"

아말이 다시 소리쳤다.

"아군이 온 것 같다!"

이쪽의 맹렬한 사격에 기습자들은 침묵하고 있다.

"옆쪽으로 이동!"

아말이 다그쳤다.

"차트룩! 너부터!"

20미터쯤 좌측이 지대가 낮아서 노출되지 않는 지형이다. 지금까지 그곳에 가

276

지도 못하고 있었다.

"탕, 탕!"

기습을 당했던 앞쪽 사내들이 때맞춰 반격을 해오는 바람에 용병들은 더 당황했다. 그래서 한 명이 몸을 일으켰다가 지노가 쏜 총에 맞았다. 이제 넷을 처리했고 셋이 남았다. 거리는 지노가 30미터쯤 전진했기 때문에 240미터로 좁혀졌다.

"타타타타타."

이쪽을 향해 사내 하나가 기관총을 난사했다. 귀에 익숙한 발사음. 그 와중에도 지노의 눈이 번쩍였다.

베레타 AR70이다. M16, AK, FAL의 장점만을 골라 제작된 명품. 지노가 좋아하는 총이니 발사음도 구별해 낸다.

숨을 고른 지노가 신중하게 사내를 겨눴다. 이제 셋 남았다. 저 AR70은 30발들이 탄창을 쓴다. 30발에다 한 발 더, 31발. 지금 자동발사를 하는 중이지만 탄알 숫자도 셀 수 있다.

"타타타타타타."

지노는 머리를 박고 엎드린 채 기다렸다.

"타타타."

총성이 뚝 그친 순간 지노가 머리를 들고 AK-47 스코프에 눈을 붙였다. 245미터. 머리만 보이는 사내의 옆얼굴. 지금 탄창을 교환하려고 시선이 아래쪽으로 내려가 있다. 지노가 방아쇠를 당겼다.

"탕."

옆머리가 뚫린 사내의 몸이 잡초 속으로 가라앉았다.

"철수!"

피터가 털썩 쓰러지자 핸슨이 소리쳤다. 이제 자신과 오웬 둘이 남았다.

"오웬! 뒤로!"

"갓댐!"

오웬이 악을 쓰듯 외쳤다.

"다 당했어!"

"닥쳐! 네가 먼저 빠져나가!"

핸슨이 소리치면서 AK-47을 내갈겼다.

"타타타타타타."

옆쪽을 향해 쏘았지만, 놈의 흔적은 보이지 않는다. 핸슨의 몸에 갑자기 소름이 돋아났다.

어떤 놈인가? 이런 저격수가 있다니.

"놈들이 도망친다!"

아말이 소리치면서 총을 난사했다.

"타타타타타."

그러나 곧 사내의 뒷모습이 바위 사이로 사라졌다. 아말의 시선이 오른쪽으로 옮겨졌다. 저쪽에 우군이 있다. 저쪽 우군 덕분에 우리가 살았다.

"아말!"

도르문의 외침이 구릉 위를 울렸다.

"놈들이 도망갔어!"

도르문이 지금에야 대가리를 올린 모양이다. 그때 오른쪽 잡초 사이에서 사내 하나가 일어서며 소리쳤다.

"거기, 누구야?"

그때 아말도 몸을 일으켰다.

"난 무스타파 부족의 아말이야! 당신은?"

10분쯤 후.

지노와 아말이 습격자들의 위치에서 현장을 수습하고 있다. 지노가 먼저 베레타 AR70을 주워들고 탄창까지 허리춤에 끼워넣었다.

현장에는 할라드와 카심까지 내려와 있었기 때문에 아말의 동료까지 여섯이 모였다.

"이놈들, 아르카디 용병이야."

지노가 시체에서 시선을 떼면서 말했다.

"당신들을 반군으로 안 것 같다."

베레타를 쥔 지노가 아말을 보았다.

"서둘러야 돼, 도망친 놈들이 부대에 연락했을 테니까."

"당신, 정말 후세인 각하의 용병이오?"

아말이 다시 묻자 지노가 쓴웃음을 지었다.

"못 믿으면 그만이지. 보는 것만 믿으라고."

"어쨌든 고맙습니다."

아말이 다시 인사를 했다.

"분명히 목숨을 빚졌습니다."

고개를 끄덕인 지노가 발을 떼었다.

"다시 만나게 될 거요, 아말."

아직 아말에게 이름도 밝히지 않았다.

"갓댐."

버럭 소리친 깁슨이 무전기를 귀에서 떼었다가 다시 붙였다.

"다섯이 당했어?"

보고자는 핸슨이다. 무스타파와 살라드의 영역 근처에 매복하고 있었던 아르카디 11조장.

"예, 저격병에게 당했습니다."

"저격병에게 다섯이나 당했단 말이냐?"

"저격병이 셋이었습니다."

적의 숫자가 많을수록 책임이 적어진다. 이것은 삼국시대부터 내려오는 원칙이다.

"반군이냐?"

깁슨이 겨우 물었을 때 핸슨이 자신 있게 대답했다.

"예, 맞습니다. 우리도 놈들 15명을 사살했습니다."

"위치는?"

"B-127 지역입니다."

"알았어. 현 위치에서 대기. 바로 헬기를 보낼 테니까."

무전기를 내려놓은 깁슨이 톰슨을 보았다.

"이 병신이 숫자를 불린 것 같다. 방심하고 있다가 당한 거야."

벽에 걸린 지도를 보고난 깁슨이 말을 이었다.

"헬기를 보내. 현장조사를 무스에게 시키고."

"예, 장군."

톰슨이 몸을 돌리면서 말했다.

"그쪽은 반군이 드물었는데 15명이나 사살하다니. 이상하네요."

무스 함버크가 현장에 도착했을 때는 그로부터 1시간쯤 후다. 핸슨한테서 상황 설명을 들은 무스가 아르카디 대원의 시신이 흩어진 현장을 둘러보았다.

오후 5시가 되어갈 무렵이다. 시신은 그대로였지만 무기는 다 빼앗겼다.

"저쪽에 매복병이 있었단 말이지?"

무스가 지노가 엎드렸던 곳을 가리키면서 물었다.

"맞아. 그쪽이야."

상사 출신인 핸슨이 외면한 채 대답했다. 핸슨은 무스하고 인사만 나누었을 뿐이다. 같은 팀장급이니 옛날 계급은 무시해도 된다. 더구나 핸슨은 아르카디 고참이다. 전입 고참인 것이다.

무스가 혼자 그쪽으로 다가가서 한참을 둘러보고 돌아오더니 말했다.

"저격병이 한 놈이야. 그리고 그놈은 위쪽에서 내려왔어."

핸슨의 시선을 받은 무스가 빙그레 웃었다.

"300미터 가까운 거리에서 AK-47로 쏜 거야. 명사수다."

"갓댐. 셋이었어."

핸슨이 소리치듯 말했을 때 무스가 고개를 끄덕였다.

"그렇다고 치자."

고개를 돌린 무스가 함께 온 골도바에게 말했다.

"골도바, 넌 나하고 같이 가자."

"어디 말입니까?"

"이놈들 뒤를 추적해봐야지. 이놈들이 누군지는 알아야 할 것 아닌가?"

그러고는 무스가 핸슨에게로 고개를 돌렸다.

"넌 시신 싣고 떠나도 돼. 난 내가 알아서 갈 테니까."

지노와 할라드가 터키 국경 앞에 섰을 때는 오후 6시 반이 되어있었다. 산비탈을 미끄러져 내려왔더니 터키 땅이다. 할라드가 어둠 속에서 발을 떼면서 말했다.

"고향에 온 것 같습니다."

기다리는 사람이 있기 때문일 것이다.

이번 정찰로 얻은 소득이 많다. 1호가 북상하고 있다는 것이 가장 큰 소득이다. 그리고 북부지역 군벌이 모두 미군과 비밀 동맹을 맺고 있다는 것. 아르카디가 북쪽으로 이동했다는 것도 알게 되었다.

카심은 도중에 돌려보냈기 때문에 둘은 서둘러 발을 떼었다.

"잠깐."

앞장서 가던 무스가 손을 들었기 때문에 골도바가 발을 멈췄다.

오후 6시 50분.

둘은 서북쪽을 향해 북상하는 중이었다. 이곳은 자갈투성이의 황무지. 국경에서 12킬로 떨어진 지점이다.

바위 옆에 몸을 웅크리고 서 있던 무스가 이제 다가오는 발자국 소리를 듣는다. 골도바가 그제야 기척을 듣고는 AK-47을 고쳐 쥐었다. 그때 무스가 골도바의 어깨를 가볍게 치고는 손가락을 입술에 세로로 붙여 보였다. 그러고는 앞쪽 어둠 속으로 소리 없이 사라졌다.

골도바는 무스가 날렵한 짐승처럼 느껴졌다. 골도바가 숨을 죽인 채 앞쪽을 응시하고 있을 때다.

"퍽!"

둔탁한 충격음이 울리더니 곧 풀숲이 쓸리는 소음이 났다.

다가선 무스가 사내를 내려다보았다.

카심이다. 어깨에 총을 맞은 카심은 바위에 기대앉아 있었는데 눈을 치켜뜨고 무스의 시선을 맞받는다. 어둠 속에서 카심의 두 눈이 번들거리고 있다. 무스가 총구로 카심의 이마를 밀면서 물었다.

"너 누구냐?"

"가잔 마을로 가는 중이오."

카심이 신음과 함께 말했다.

"왜 이러는 거요?"

"혼자서?"

"그렇소."

"어딜 갔다가 돌아가는 길인데?"

"카두산의 친척을 만나고 가는 길이오. 대장장이를 하고 있소."

그때 고개를 돌린 무스가 골도바에게 말했다.

"이놈 수색해."

바람결에 피 냄새가 맡아졌다.

잠시 후에 무스의 손에 100불짜리 지폐 5장이 쥐어져 있다. 무스가 눈썹을 모으고 카심을 보았다.

"너, 이건 누구한테 받았어?"

"내가 갖고 있던 거야."

준비하고 있었던 것처럼 카심이 바로 대답했다. 무스가 다시 묻는다.

"네 집으로 가자."

"집이 없어."

카심이 눈을 감고 대답했다. 지노가 헤어질 때 5백 불을 또 주었다. 그것이 치명타가 되었다. 무스가 총구를 어깨의 상처에 붙이더니 밀었다.

"누구한테 받았는지만 말해."

"내 돈이야."

"네 집을 찾을 수 있어."

무스가 말을 이었다.

"네 집안 식구를 싹 죽일 테니까."

"……."

"너한테는 두 가지 선택밖에 없어. 자백하고 너와 네 가족이 살거나 입 다물고 같이 죽는 것."

"……."

"네 집을 찾는 건 일도 아냐. 자, 여기서 말하고 끝낼래? 아니면 같이 미군 기지로 갈까?"

오후 8시 반.

깁슨이 무스의 보고를 받는다. 무스가 무전기로 연락을 한 것이다. 이곳은 사령부 안.

"지노가 이곳에 왔습니다."

무스가 대뜸 말했다. 와락 긴장한 깁슨이 입만 벌렸을 때 무스가 소리치듯 말을 이었다.

"지노가 부하 하나만 데리고 이곳 북부지역에 온 겁니다. 지노를 안내했던 현지인을 잡았습니다."

"확실해?"

"확실합니다. 핸슨 조를 기습한 것이 지노입니다."

"……."

"지노는 부하와 함께 터키 쪽으로 떠났습니다. 지금쯤 국경을 넘었을 것 같습니다."

"지노가 이곳에 왔단 말이냐?"

확인하듯 다시 깁슨이 물었을 때 무스가 대답했다.

"지노가 북부지역을 정찰하고 돌아간 것입니다."

그때 깁슨이 잇새로 말했다.

"후세인이 돌아왔다."

"쟝 박사 전화 바꿔드리지요."

수화기에서 사내의 목소리가 울렸다.

오후 8시 50분.

쟝은 집에서 전화를 받는다. 그때 수화기에서 미레느의 목소리가 울렸다.

"아빠, 아빠."

"아, 미레느."

숨이 막힌 쟝이 전화기를 고쳐 쥐었다. 옆에 선 와이프 안나가 짧게 흐느꼈다.

"미레느, 걱정 마라, 아빠가 곧 갈 테니까."

"아빠, 빨리 와."

미레느가 소리 내어 울었다. 그때 수화기에서 사내의 목소리가 울렸다.

"어때? 박사, 이제 알겠지?"

"조건을 말해."

그때 사내가 잠깐 침묵했다. 지금 사내는 쟝의 막내딸 미레느를 데리고 있는 것이다.

학원에서 나온 미레느가 실종된 것은 두 시간 전. 그때 경찰에 신고하려던 안나는 사내의 전화를 받았다. 신고하면 미레느를 죽인다는 것이다. 그래서 신고도 못 하고 기다리던 중이다. 사내가 입을 열었다.

"후세인의 성형 수술한 얼굴을 그려내라."

쟝이 숨만 들이켰고 사내의 말이 이어졌다.

"자료를 다 지웠다지만 근거는 있을 거다. 그대로 그려내지 않으면 미레느의 머리를 몸통에서 떼어낼 테니까."

사내가 말을 맺는다.

"오늘 밤 안에 끝내."

"지노가 후세인하고 같이 있는 거야."

깁슨이 충혈된 눈으로 주위를 둘러보았다.

"그리고 후세인이 이라크로 진입할 준비를 하고 있어."

그때 톰슨이 말했다.

"내일 아침까지는 후세인의 새 얼굴이 나올 것입니다."

"갓댐. 지금까지 후세인은 얼굴 성형을 했어. 다시 이라크로 돌아오려고 했던 거야."

깁슨이 소리치듯 말했다.

"지노가 그 준비를 하려고 북부지역을 정탐하고 돌아갔어."

"그럼 후세인은 국경 지대에 있다는 것입니다."

톰슨이 말했다.

"터키 남부지역은 북부지역 군벌들의 군수품 저장고, 지원병 훈련장소로 사용되는 곳입니다."

고개를 든 깁슨이 간부들을 보았다.

"본부를 북부지역으로 이동한다."

더 말할 것도 없다. 북상하고 있는 후세인은 1호일 가능성이 더 짙어졌다. 그리고 쟝 샹티에로부터 얼굴 성형 수술을 받은 후세인은 북쪽 국경 지역에 와 있는 것이다.

국경을 건너 수도원에 도착했을 때는 오후 6시 무렵이다. 그때는 브라운이 2차 용병 20명을 이끌고 와 있는 상황이어서 요원이 30명으로 늘어났다.

"고생했다."

가장 반긴 사람이 바로 압둘 자말, 곧 후세인이다. 지노의 볼에 입을 맞추고 나서도 후세인은 한동안 포옹을 풀지 않았다. 이윽고 팔을 푼 후세인이 지노를 보았다.

"그래, 어떻더냐?"

"준비가 되었습니다."

일단 이렇게 말한 지노가 후세인과 마주 앉았다.

수도원의 이층 응접실 안에는 간부들이 둘러앉았다. 브라운, 로간, 바질, 할라드 등과 후세인 옆에는 카밀라가 앉아있다. 차분한 표정이지만 시선이 지노를 향할 때는 반짝이는 것 같다.

지노가 1호의 북상 소식을 전할 때 후세인의 얼굴이 상기되었다. 그러나 보고가 끝날 때까지 입을 열지 않는다. 이윽고 북부지역 군벌들의 동향까지 보고를 마쳤을 때 후세인이 입을 열었다.

"가자. 1호가 고생하고 있구나."

브라운이 데려온 탈레반 20명까지 합쳐서 4개 팀이 형성되었다.

팀장은 지노, 로간, 바질, 브라운이다. 각각 7명 정도의 팀원을 지휘했는데 총지휘는 지노가 맡는다. 지노의 팀은 후세인을 경호하면서 본부 역할을 맡는다.

본부 팀의 보좌역은 할라드, 그리고 카밀라는 터키에 남기로 했기 때문에 아탑과 무스람이 경호역으로 선발되었다.

시간이 촉박했기 때문에 탈레반 30명으로 남하하려는 것이다.

그날 밤.

지노의 품에 안겨있던 카밀라가 입을 열었다.

"아버지는 이라크에서 돌아가실 생각이에요."

지노는 천장만 보았고 카밀라의 말이 이어졌다.

"새 얼굴로 새 이라크를 세우다가 돌아가신다는 거죠."

"……"

"도와주세요, 지노."

"난 용병이오. 경호역일 뿐입니다."

지노가 카밀라의 어깨를 당겨 안았다.

"각하께서 가신다면 가고 돌아오신다면 따라올 겁니다."

"이라크가 수복되겠어요?"

고개를 든 카밀라가 묻자 지노가 잠깐 천장을 보다가 대답했다.

"운이 따르면."

"가능성은 있어요?"

"있습니다."

지노가 고개를 숙여 카밀라와 시선을 맞췄다.

"반군이 규합되고 북부 연합이 뭉치고 이어서 민병대가 반란을 일으키면 미군도 어쩔 수가 없을 겁니다. 그때 민중들이 들고일어나면 이라크는 다시 원점으로 돌아가게 되겠지요."

"……"

"그런데 반군은 대부분이 강도단이 되었어요. 오히려 민병대보다 주민들에게 더 증오의 대상이 되었더군요."

"……"

"강도질, 강간, 약탈, 때로는 미군의 정보원 노릇도 해서 반군끼리 전쟁도 벌입니다."

"……."

"북부지역 군벌들은 모두 미군과 제휴하고 있어요. 서로 견제하고 있어서 연합이 불가능해 보입니다."

"……."

"민중들은 이제 그저 안정만 바라고 있는 것 같습니다. 누가 통치를 하건 말이지요."

"아버지도 알고 계세요."

카밀라가 길게 숨을 뱉었다.

"알고 계시면서도 가는 거라고요."

"……."

"그냥 바라보고만 있을 수는 없다고 하셨어요."

카밀라의 목소리가 가라앉아 있다.

"노력은 하겠다고."

"……."

"노력하다가 가시겠다는 거죠."

다음 날 오후.

후세인의 '수복군'이 수도원을 떠났다. 먼저 떠난 것은 카밀라다. 카밀라는 경호원 둘과 함께 후세인과 작별을 했다.

수도원을 싹 청소한 '수복군'은 터키 국경을 넘어 이라크로 진입했다. 이라크가 멸망한 지 7개월 만이다.

미국은 2001년 9.11사태 후에 이라크를 알 카에다 지원과 대량무기 보유국으로 지목, 2003년 3월 20일 전격적으로 이라크를 공격, 3주 만에 멸망시켰다.

당시 미, 영 군(軍)이 주축이 된 연합군은 30만, 이라크군은 37만 정도였다. 한때 1백만 대군을 보유했던 이라크는 1991년 쿠웨이트 침공 때의 '사막의 폭풍' 작전으로 대패, 전력이 극도로 약화된 상태였다.

현재 2003년 12월 말.

후세인이 터키 쪽 국경을 통해 탈레반으로 구성된 수복군 30명을 이끌고 이라크로 잠입했다.

새 얼굴로.

"아르카디가 모두 북쪽으로 이동했습니다."

파라드가 말했을 때는 오후 4시 무렵.

방금 파라드는 정보원을 만나고 온 것이다. 파라드가 가민과 1호를 번갈아 보았다.

"북부지역 군벌들과 반군과의 제휴를 막는다는 것입니다. 그리고……."

숨을 고른 파라드가 말을 이었다.

"각하께서 내려오신다는 소문이 났습니다."

"내려가?"

가민이 힐끗 1호를 보고 나서 다시 물었다.

"올라가는 것이 아니라 내려가다니? 무슨 말이야?"

"각하께서 터키 쪽에서 이라크로 잠입하신다는 소문입니다."

가민이 눈썹을 모았다.

"그래서 아르카디가 모두 북쪽으로 이동했다는 거야?"

"예, 그건 확실합니다."

그때 1호가 말했다.

"만일 그게 사실이라면 저도 더 활발하게 사용될 수 있겠지요. 반군을 직접 찾아다니면서 끌어들일 수 있을 겁니다."

"아니, 잠깐만."

1호의 말을 막은 가민이 파라드를 보았다.

"그렇다면 누구를 북쪽으로 보내 더 자세히 알아봐야겠어. 각하가 만일 맞다면 우리를 찾고 계실 테니까."

"무스, 네가 수색조를 이끌어라."

깁슨이 몽타주를 눈으로 가리키며 말했다.

"그걸 주머니에 넣고 다녀."

사진으로 만든 몽타주는 바로 압둘 자말의 얼굴이다. 깁슨이 말을 이었다.

"너한테 1개 팀을 줄 테니까, 네 임무는 그놈을 찾는 것뿐이야."

"알겠습니다."

몽타주를 집은 무스가 쓴웃음을 지었다.

"이놈이 후세인이라니, 믿기지가 않네요."

"변신하고 다시 이라크로 들어온 거야."

"지금 돌아다니는 놈은 1호가 분명합니까?"

"분명해졌어."

샹 샹티에가 압둘 자말의 얼굴을 복원시켜준 것이다. 깁슨이 말을 이었다.

"현재 14개 조가 배치되어 있어. 우리 임무는 변신한 후세인을 잡는 거야. 잡기만 하면 이 지긋지긋한 전쟁이 끝나."

이미 이라크는 지난 4월 9일 바그다드가 함락됐고 5월 1일 종전된 상태다. 그러고 나서 다시 7개월이 지난 것이다.

할라드를 본 아말이 눈을 크게 떴다.

"오, 당신, 또 보는군."

이곳은 무스타파의 본거지인 카라진 마을. 오후 5시 반이다. 할라드가 아말에게 찾아온 것이다. 다가선 아말이 물었다.

"무슨 일이야? 갑자기?"

"무스타파 님을 만나게 해줘."

"왜?"

"전할 말이 있어."

"네가?"

"아니, 우리 보스가."

"후세인 각하의 용병이라고 했지?"

"그래."

"그날 이름도 못 들었어. 누구라고 전하지?"

"지노."

"그 이름도 들은 것 같은데."

아말의 눈썹이 좁혀졌다.

"그 사람이 바로 지노였단 말인가?"

"그래."

"좋아. 부족장님께 말하지."

고개를 끄덕인 아말이 말을 이었다.

"우리 목숨을 구해준 은인이니까 그쯤은 해줘야지."

첫 숙소.

귀국한 후의 첫 거처는 산 밑의 폐가다. 양치기 집이었다가 주인이 떠난 폐가를 후세인이 차지했다. 후세인과 직속 경호대 9명이다. 4백 미터쯤 아래쪽 개울가에 브라운의 조(組)가, 그 좌우 각각 1킬로 지점에 로간과 바질의 조가 배치되어 있다.

폐가의 짚 위에 자리 잡고 앉은 후세인의 표정은 밝다. 압둘 자말의 표정이다.

이곳 위치는 국경에서 12킬로 지점. 무스타파 영역의 우측 변방이다.

오후 7시.

"다녀오겠습니다."

지노가 인사하자 후세인이 웃음 띤 얼굴로 말했다.

"무스타파한테 북부지역 관리를 맡기려고 했지. 그때 내가 약속한 것이 있다."

방 안에는 둘뿐이었지만 후세인이 목소리를 낮췄다.

"살라드를 축출하자는 것이었다. 그 첫 번째로 측근을 매수하고 두 번째는 살라드를 제거하는 것이야. 그것을 실행하지 못하고 살라드와 전쟁이 일어났고 이어서 미군이 침공한 거다."

후세인이 말을 이었다.

"무스타파에게 말해라. 그 약속을 실행하자고."

"예, 각하."

"그리고 내 새 얼굴을 말할 필요가 있으면 해."

"알겠습니다."

"새 얼굴로 새 시대를 열 테니까."

압둘 자말의 얼굴이다.

무스 함버크는 가장 북쪽으로 진출한 아르카디 조장이 될 것이다. 본래 깁슨이 조원을 둘만 붙였지만 지금은 '후세인 수색조'가 되어서 7명을 지휘하고 있다.

오후 7시 반.

무스가 무스타파 구역의 서쪽 변경에 중심을 잡고 부하들에게 말했다.

"이곳이 길목이야. 여기서 좌우로 훑어나가는 거다. 짐승의 눈으로 봐야 돼."

이곳에서 무스타파의 근거지 카라진 마을까지는 30킬로 정도. 그러나 산맥이 4개나 가로막혀 있어서 꼬박 하룻길이 된다.

무스는 이곳을 중심으로 좌우로 둘씩 정탐병을 내보낼 작정이다. 정탐 구역은 2킬로 반경. 요지를 골라 놓은 것은 무스의 경험에 따른 것이다.

지노가 할라드, 또 한 명 하칸을 데리고 산길을 걷는다.

오후 8시 20분.

무스타파의 본거지로 가는 중이다. 후세인의 직접 지시를 받고 무스타파와의 '제휴'를 타진하는 업무다. 산줄기를 타고 가는 셋은 일렬종대로 섰다. 할라드가 앞장을 섰고 지노, 하칸의 순서다. 모두 앞에 총 자세.

지노는 지난번에 탈취한 베레타 AR70을 쥐었다. 할라드는 이 길에 익숙했기 때문에 거침없이 발을 뗀다. 카라진 마을까지는 14킬로. 직선거리다. 지노가 5미터쯤 앞에 선 할라드의 등에 대고 말했다.

"지금쯤 아르카디가 사방에 깔려 있을 거다. 누가 먼저 발견하느냐로 승부가 갈리는 거야."

밤이다. 흐린 날씨여서 별도 보이지 않는 밤.

눈앞의 바위, 나뭇가지만 젖히고 나가는 터라 긴장감이 더 늘어났다. 가까운 곳에서 발각되기 때문이다.

수르토 대령이 숨을 죽이고는 앞에 선 카루바를 보았다. 카루바는 수르토의 측근으로 대위 출신. 군 시절에 수르토의 부관을 지냈다.

"카루바, 사실이냐?"

"예, 대령님. 사실입니다."

고개를 든 카루바가 순순히 대답했기 때문에 수르토가 쓴웃음을 지었다.

"정보원 이름이 누구라고 했지?"

"게라드입니다."

"아르카디의 정보원이란 말이지?"

"그렇습니다."

카루바는 간부들의 자체 조사에서 발각되었다. 서로 체크하다가 행적이 드러났다. 동굴 안이 조용해졌다. 둘러선 간부들은 숨소리도 내지 않는다. 그때 수르토가 고개를 들었다.

"게라드를 만나는 방법은?"

"제가 연락을 합니다."

"내 본부를 알려준 후에 각하의 거처도 말해주었지?"

"그렇습니다."

"이곳은?"

"아직 시간이 없어서 못 했습니다."

수르토가 천천히 고개를 끄덕였다.

"얼마 받았지?"

"내 가족이 사마라에서 게라드에게 인질로 잡혀 있습니다."

"그렇군."

수르토가 말을 이었다.

"게라드에게 연락해서 만나자고 해라."

"……"

"무슨 말인지 알지?"

"압니다, 대령님."

"그놈을 죽이면 네 가족은 해방되나?"

"아닙니다. 민병대 감시를 받고 있어서 탈출시켜야 합니다."

"내가 탈출시켜주면 어떻게 할 테냐?"

"제 목숨을 드리지요."

카루바의 두 눈이 어느덧 물기에 젖어서 번들거렸다.

"제 죄를 목숨으로 씻겠습니다."

"네 죄는 네 가족의 목숨까지 갖다 바쳐도 못 씻는다, 카루바."

"제가 아르카디 놈들의 머리도 몇 개 더 끌어오지요, 대령님."

이제 카루바의 눈에서 눈물이 흘러내렸다.

"제 가족만 살려주십시오."

또 옮겼다.

이번에도 더 북쪽으로. 하지만 감시가 심해서 겨우 2킬로 거리의 동굴이다. 이곳은 이미 북부 군벌들의 영지여서 민병대, 반군들도 진지 구축을 꺼리는 지역이다.

그동안 북상하면서 끊임없이 반군과 접촉했지만 적극적인 호응을 해오는 무리는 숫자와 전력이 미미했다. 어떤 무리는 전력이 강하게 보였지만 지휘관이 믿기지가 않아서 보류시켰다.

"아르카디가 접경선 부근에 쫙 깔렸습니다. 그래서 안으로는 들어가지 못했습니다."

북쪽으로 탐색을 보냈던 가민의 심복 만하비가 돌아와 보고했다. 만하비는 정보부 대위 출신으로 뛰어난 정보요원이다. 가민의 지시로 사흘 동안 북쪽에 다녀온 것이다. 만하비가 나란히 앉은 가민과 마흘락을 향해 말을 이었다.

"하지만 소문은 다 퍼졌습니다. 아르카디가 주둔하면서 퍼진 것 같습니다."

"어떻게 말이냐?"

가민이 묻자 만하비가 어깨를 폈다.

"각하께서 이라크에 계시다는 것입니다."

"어디서 난 소문인가?"

"아르카디가 각하께서 북상하시는 것을 알고 있다는 겁니다."

"……."

"검문을 할 때 여자의 차도르까지 벗겨본다고 합니다."

"……."

"미군과 민병대는 뒷전에 있고 아르카디가 전방에 나가 있습니다."

"……."

"지노 소령에 대한 소문도 났습니다."

"지노?"

놀란 가민이 물었다.

"어떤 소문?"

"소령이 아르카디 1개 조를 몰살시켰다는 것입니다. 아르카디가 무스타파 1개 조를 기습해서 거의 전멸 직전이 되었다는군요. 그런데 소령이 아르카디를 저격해서 5명을 죽였다는 것입니다."

"알라 아크바르."

가민이 두 손을 올리고 찬양했다.

"소령이 돌아왔구나."

"그래서 아르카디가 혈안이 되어 있습니다."

그때 마흘락이 말했다.

"더 이상 북상하면 안 되겠어."

"여기서 찾아야겠습니다."

가민이 동의했다.

"각하께서도 찾으실 테니까요."

"아마 우리가 북상하고 있다는 소문도 들으셨겠지."

마흘락도 고개를 끄덕이며 말했다.

"우리 소문은 더 많이 났을 테니까 말야."

"그럼 저는 1호에게 알려줘야겠습니다."

1호가 없을 때는 존댓말을 안 해도 된다.

밤 11시 반.

지노가 카라진 마을에 도착한 시간이다. 마을에 진입하기까지 초소 5곳을 거
쳤으니 삼엄한 경비다. 그러나 할라드가 안면이 있는 데다 통행 암호를 받아놓
았기 때문에 셋은 제지당하지 않았다.

깊은 밤이었지만 미리 통보를 받은 무스타파는 기다리고 있었다. 저택의 응
접실에서 인사를 마친 지노와 무스타파는 마주 보고 앉았다. 뒤쪽에 할라드와
하칸이 쪼그리고 앉았고 응접실 좌우에는 무스타파의 간부들이 둘러앉았다.

"각하의 말씀을 전하겠습니다."

지노의 시선을 받은 무스타파가 눈만 크게 떴다. 두툼한 눈시울, 검은 얼굴,
콧수염과 턱수염이 짙다. 40대 중반쯤으로 육중한 체격. 그때 지노가 주위를 둘
러보았다.

"둘만 있으면 합니다만."

고개를 끄덕인 무스타파가 입을 열었다.

"자이둔, 요하르만 남고 자리를 비켜라."

그러자 두 사내만 남고 모두 응접실을 나갔다. 할라드와 하칸도 나갔기 때문
에 방에는 넷이 남았다. 그때 지노가 무스타파를 보았다.

"각하께서 지난번에 약속하신 것을 실행하자고 하십니다."

무스타파가 시선만 주었고 지노가 말을 이었다.

"살라드를 축출하자는 것입니다."

"어떻게 말인가?"

무스타파가 억양 없는 목소리로 물었다.

"지금 각하는 그럴 만한 입장도 아니시지 않은가?"

"첫째로 측근을 매수하고 두 번째는 살라드를 제거하는 것을 말씀하셨지 않습니까?"

"그건 맞아."

"그것을 시행하는 것입니다."

지노가 말을 이었다.

"각하께선 달라지셨습니다."

"어떻게 말인가?"

"전의 각하가 아니십니다."

"각하께서 북상하고 계시다고 들었어."

불쑥 무스타파가 말했기 때문에 지노가 숨을 멈췄다. 지금 무스타파는 1호가 북상하고 있다는 것을 말하고 있다. 무스타파에게 먼저 2명의 각하를 말하지 않는 바람에 지노를 1호가 보낸 것으로 착각한 것이다. 그때 지노가 무스타파를 보았다.

어차피 무스타파가 2명의 각하를 만날 필요는 없다. '나'를 1호가 보낸 '용병'으로 생각하도록 하자. 각하의 새 얼굴은 무스타파를 만났을 때의 일이다.

눈 깜빡하는 사이에 결정한 일이다. 지노의 임기응변, 순발력이라고 해도 된다.

"예, 그렇습니다."

지노가 그렇게 대답하고 나서 물었다.

"부족장님, 그 약속이 아직도 유효하다고 생각하십니까?"

"그렇게 해주신다면."

무스타파가 지그시 지노를 보는 것이 떠보는 것처럼 느껴졌다.

"지금 각하 형편이 좋지 않으신 것 같지만 말이네."

"각하께서 그렇게 만들어 주신다면 부족장님은 살라드 부족까지 장악하게 되시겠지요. 그러면 북부지역의 60퍼센트를 장악하십니다."

"그렇게 되겠지."

"그리고 나서 각하께서 반군을 규합하시면 미군은 철수하게 될 것입니다. 각하의 육성 테이프가 미국에까지 퍼져서 반전 여론이 높아졌지 않습니까?"

"나도 들었어."

무스타파의 얼굴에 처음으로 희미하게 웃음기가 번졌다.

"그럴 가능성이 아주 조금 있지, 지노 소령."

"전 낙관적인 성격입니다, 부족장님."

"그대가 아르카디 용병조를 해치운 이야기를 들었어."

"운이 좋았습니다."

"우리 척후는 아르카디 조가 우리 영역 경계에 6개 조나 배치되었다고 하는군. 돌아갈 때 오마르에게 그 위치를 듣게."

"감사합니다, 부족장님."

"오마르를 자네와의 연락책으로 정해두겠네."

"부족장께 신의 가호가 있으시기를."

"알라 아크바르."

무스타파가 두 손을 들어 보이는 것으로 면담이 끝났다.

오전 1시.

이번에는 오마르가 앞장을 섰고 지노, 할라드, 하칸의 순서로 밤길을 걷는다. 산비탈을 걸으면서 오마르가 말했다.

"아르카디가 매복조를 곳곳에 심어 놓았지만, 우리한테는 숲속에 뛰어든 닭 꼴이요. 다 드러나지."

오마르가 말을 이었다.

"전투에는 뛰어날지 몰라도 이쪽 지형에서의 활동은 우리가 한 수 위야. 이곳에서 한평생을 살아온 우리요."

맞는 말이다. 그래서 아프간 산악지역에서 그 고생을 하지 않았던가? 소련이 10년, 미국이 그 뒤를 이어받아 5년째 고생 중이다. 그때 오마르가 걸음을 멈추더니 손으로 앞쪽 산을 가리켰다.

"소령, 잘 들어요. 저기 낙타 등처럼 보이는 산등성이 오른쪽 2백 미터 아래쪽에 아르카디 매복조가 1개 있소. 자, 갑시다. 내가 또 하나를 알려드릴 테니까."

지노가 다시 오마르의 뒤를 따르면서 물었다.

"오마르, 내 소문이 어떻게 났소?"

"후세인의 용병."

오마르가 바로 대답했다.

"당신은 불사신이라는 소문도 났어."

"처음 듣는 말인데?"

"총탄을 20발 맞았는데도 살았다는군."

"곧 물 위를 걷는다는 소문도 나겠다."

"당신이 후세인 각하를 탈출시켰다는 건 사실 아냐? 그러다가 이번에 각하하고 함께 나타났으니 당연하지."

지노가 입을 다물었다. 북상하는 1호와 시차는 좀 나지만 겹치기는 했다. 지금 오마르도 자신이 1호한테서 온 것처럼 생각하고 있다. 무스타파도 헷갈리기는 마찬가지.

후세인인 압둘 자말과 1호가 자석의 음과 양처럼 다가가고 있는 것을 모르는 것이다.

"오마르, 당신하고 내가 만나는 방법을 상의해보기로 하지."

지노가 말했다.

앞으로 오마르를 통해서 무스타파와 접촉해야 한다.

"카루바, 지금 수르토의 진지는 어디야?"

게라드가 묻자 카루바가 심호흡부터 했다.

오후 6시 반.

이곳은 모술 북방 8킬로 지점의 작은 마을이다. 그러나 교통 요지여서 유동인구는 많은 곳이다. 게라드가 말을 이었다.

"지난번 알려준 후세인의 거처는 비었어. 눈치를 채고 옮긴 거야. 이번에는 실수가 없어야 돼."

길가의 물담배 집 안. 손님은 그들 둘과 구석 자리에 또 한 사내가 앉아있을 뿐이다. 그때 카루바가 말했다.

"우리가 기습을 받았을 때부터 내부 반역자 색출 때문에 빠져나올 수가 없었어."

"그렇겠지."

게라드의 얼굴에 웃음이 떠올랐다.

"하지만 네 가족을 살리려면 그쯤은 해야지."

"이쯤 해두고 난 빠져나올 거다. 그럼 내 가족도 풀어주겠지?"

"글쎄, 후세인만 잡게 해주면 넌 상금도 나눠 갖고 네 가족까지 풀어준다니

302

까?"

"여기, 약도 있어. 수르토의 본부야."

카루바가 주머니에서 구겨진 쪽지를 꺼내 내밀었다. 게라드가 쪽지를 가로채더니 자리에서 일어섰다.

"이번에는 수르토를 잡게 되겠지?"

수르토는 현상금 1백만 불짜리인 것이다. 만일 수르토를 잡거나 사살하게 되면 게라드는 정보비로 5천 불을 받는다. 거금이다.

물담배 집에 있던 경호원 반투와 함께 게라드가 마을 끝 쪽의 식당 골목으로 들어섰을 때다.

"퍽."

둔탁한 발사음이 울렸기 때문에 게라드는 소스라쳤다. 소음기를 낀 총의 발사음이다. 다음 순간 반투가 앞으로 엎어졌다. 이제 어둠이 덮여서 반투의 몸은 땅바닥에 붙어버렸다. 놀란 게라드가 등에 멘 AK-47을 꺼내 쥘 사이도 없이 다시 발사음이 울렸다.

"퍽!"

이번에는 어깨에 격심한 충격을 받은 게라드가 옆쪽 벽에 등을 부딪쳤다가 주저앉았다. 그때 눈앞으로 세 사내가 나타났다. 골목 안을 메우는 것 같다.

"이놈을 끌고 가자."

사내 하나가 게라드를 총구로 가리키며 말했다. 권총에 낀 소음기가 길다.

오후 9시 반.

아르카디 7조장 맥퍼슨은 이 마을 끝 쪽의 민가의 대문으로 들어섰다. 대문이지만 양쪽 기둥만 세워져서 바로 마당으로 들어간다. 이 지역에는 문에 문짝이 없다. 안쪽 주택은 불이 꺼져 있었고 인적도 없다. 빈집인 것이다.

벽 앞에 붙은 통나무 위에 엉덩이를 걸치고 앉은 맥퍼슨이 함께 온 슈크에게 물었다. 게라드를 만나러 온 것이다.

"9시 반이라고 했지?"

"예, 여기서 만나자고 했습니다."

슈크가 주위를 둘러보며 대답했다.

"경호원 반투하고 같이 올 겁니다."

그때 대문 밖에서 제이슨이 머리만 이쪽으로 돌리며 말했다. 맥퍼슨의 말을 들은 것 같다.

"아직 보이지 않습니다."

맥퍼슨은 조원 둘을 데리고 온 것이다.

"이 자식, 먼저 와서 기다려야지."

투덜거린 맥퍼슨이 주머니에서 담배를 꺼내 입에 물었다. 라이터를 켠 맥퍼슨이 담배 끝에 불을 붙였을 때다.

"투루루룩, 투룩."

발사음이 들리면서 맥퍼슨이 통나무와 함께 땅바닥에 쓰러졌다. 옆에 서 있던 슈크도 사지를 흔들면서 뒹굴었다.

"투루루룩."

문밖에서도 발사음이 울리더니 곧 주위가 조용해졌다. 이윽고 건물 옆쪽에서 두 사내가 나타났고 대문 안으로 두 사내가 늘어진 제이슨을 끌고 들어왔다.

"아르카디 사냥을 했군."

어둠 속에서 얼굴이 드러난 사내는 수르토다. 수르토가 직접 나선 것이다. 수르토가 말을 이었다.

수르토는 42세. 공수부대 대령 출신으로 강직한 성품이다. 야전군으로만 돌아다녔기 때문에 후세인의 측근에 붙어서 권세를 부리지도 못했다. 진급도 빠른 편이 아니었다.

쿠웨이트 점령 때는 대위였는데 가장 먼저 쿠웨이트에 진입했고 철수할 때는 맨 마지막에 나왔다. 이번 미군의 이라크 침공 때 바그다드에 있던 가족이 폭사했다. 미군의 폭격으로 처자식 5명이 몰사한 것이다. 아내와 1남 3녀가 죽었기 때문에 혼자 남았다.

산으로 올라가면서 뒤를 돌아본 수르토가 화염에 싸인 민가를 보았다. 주민들이 둘러서 있었지만 불을 끄려는 시도는 하지 않는다.

"일단 내 부하들의 보복은 했다."

다시 산을 오르면서 수르토가 말했다.

"하지만 아직 멀었어."

수르토의 뒤를 부하들이 따른다. 네 명. 카루바의 자백을 받고 정보원, 아르카디 용병대원을 처치한 것이다. 이제 남은 일이 또 있다.

배신한 부하 카루바의 가족을 구출하는 일이다.

지노가 돌아왔을 때는 오후 8시 무렵이다. 곧장 폐가의 안방으로 들어선 지노가 후세인에게 보고를 했다.

"무스타파는 제가 북상하는 1호한테서 온 것으로 알고 있었습니다."

지노가 말하자 후세인이 이를 드러내고 웃었다.

"나도 그 생각을 했다."

"1호도 가까워져 있을 테니까요."

지노가 말을 이었다.

"무스타파는 각하께서 약속을 지키시면 협력한다고 했습니다."

"저한테는 손해가 될 일이 없으니까."

"각하께서 변신하신 이야기는 하지 않았습니다."

"잘했어. 미리 이야기할 필요는 없지."

"아르카디가 북부지역 영역에 깔렸습니다. 아르카디는 내막을 알고 있는 것 같습니다."

"알겠지만 확신은 못 하겠지."

후세인의 두 눈이 번들거렸다.

"두 명의 후세인이 북부지역에서 출몰하고 있으니까."

"1호와 접촉하는 것이 시급합니다."

지노가 말을 이었다.

"1호 측도 우리를 찾으려고 하겠지요."

고개를 끄덕인 후세인이 지노를 보았다.

"네가 왔으니까 다시 계획을 세우도록 하자."

다시 또 옮겼다.

가민과 마흘락이 이끄는 후세인의 본진(本陣)을 말한다. 구성원은 40여 명. 최대한 축소한 인원이다.

이곳은 산맥의 중심에 위치한 동굴 안. 1호와 마흘락, 가민이 둘러앉아 있다. 가민이 입을 열었다.

"수르토 대령이 내부의 밀고자를 색출하고 나서 아르카디 조장과 대원들을 처단했다는군요."

수르토는 본대가 기습을 받아 피해를 입은 후에 합류하지 못하고 있다. 그때 1호가 물었다.

"각하하고는 연락이 안 됩니까?"

"사람을 보냈지만 아직 찾지 못했어."

가민이 말을 이었다.

"각하 쪽에서도 찾고 있을 거야."

이곳은 북부지역 군벌들의 경계선에서 5킬로쯤 떨어진 산속이다. 그래서 민병대와 미군, 반란군까지 접근하기를 꺼리는 지역이다. 그때 1호가 길게 숨을 뱉었다.

"각하께서 오셨다는 말을 듣고 제대로 잠을 잔 날이 없습니다."

둘의 시선을 받은 1호가 말을 이었다.

"각하 앞에서 죽는 것이 내 소원입니다."

무스 함버크가 망원경으로 앞쪽을 내려다보았다.

오후 2시 반.

이곳에 감시초소를 만든 지 이틀째 되는 날이다. 옆에 엎드린 골도바가 말했다.

"두 놈 뒤에 한 놈이 있어요. 셋입니다."

"맞아, 셋이다."

눈을 손등으로 비비고 난 무스가 다시 망원경을 붙였다.

거리는 625미터. 사내 셋은 산등성이를 따라 이쪽으로 다가오는 중이다. 바위산이어서 셋의 몸이 가려졌다가 드러나기를 반복했는데 길도 없는 험산을 능숙하게 걷는다. 셋 다 작업복에 터번을 썼고 어깨에는 AK-47을 메었다.

반군은 아니다. 부족의 병사다. 그때 골도바가 말했다.

"무스타파의 병사 같습니다."

"정찰병인가?"

"오른쪽으로 들어가면 야합의 영역인데요."

골도바가 말을 이었다.

"그냥 보내지요."

"저놈들이 후세인의 정탐병일 수도 있어."

무스가 말하자 골도바는 입을 다물었다.

"무스타파의 정찰병이라고 해도 상관없어. 여기서 죽여 묻으면 찾기 힘들어."

"……."

"누가 죽였는지도 모를 것이고."

그러고는 무스가 옆에 내려놓은 드라구노프를 들었다.

현존하는 저격용 총 중에서 드라구노프만큼 싸고 튼튼한 총은 없다. 정밀도가 떨어진다는 평이 있지만, 무스 같은 전문가한테는 빈말이다. 무게 4.3킬로, 총신이 122.5센티이다. 무스는 7백 미터 거리 안에서는 10발 9중을 한다.

스코프에 눈을 붙인 무스가 상하좌우 편차 노브를 조절하면서 말했다.

"5백 미터 거리에서 앞에 놈 둘을 쏴 죽이고 세 번째 놈을 부상으로 쓰러뜨릴 테다. 그러고 나서 그놈을 잡아 심문하는 거야."

무스가 말을 이었다.

"뭐가 걸릴지 두고 봐야지."

"탕, 탕, 탕."

5초 간격으로 3발의 총성이 울렸을 때는 그로부터 10분쯤 후다. 510미터 거리. 종대로 서서 산등성이를 타던 세 사내가 차례로 쓰러졌다. 앞장선 두 사내는 머리가 부서져 즉사했고 세 번째 사내는 무릎뼈가 박살이 나서 뒹굴었다.

"탕."

또다시 한 발. 쓰러진 사내가 총을 쥐었기 때문에 어깨가 반쯤 떼어지면서 총이 떨어졌다.

무스가 발로 사내의 박살이 난 무릎을 밟았다.

"자, 말해라."

"으악!"

비명을 지른 사내가 무스를 올려다보았다. 어깨에서 피가 뿜어 나오고 있었기 때문에 상반신도 비틀려졌다.

"죽여라."

"그냥 죽을 수는 없어."

무스가 빙글빙글 웃었다. 고문을 많이 해본 무스다. 이런 경우에는 빨리 죽기 위해서 머릿속에 들어있는 건 다 뿜어 낸다. 무스가 질끈 무릎을 밟으면서 다시 묻는다.

"무스타파는 요즘 어떠냐?"

사내들은 무스타파의 용병들이다.

"으아악!"

눈을 부릅떴던 사내가 잇새로 말했다.

"후세인의 밀사가 다녀갔다."

"누구냐?"

발을 떼지 않은 채 무스가 다시 물었을 때 사내가 잇새로 말했다.

"용병."

"용병?"

무스의 눈빛이 강해졌다.

"용병 누구?"

"후세인을 탈출시킨 용병."

숨을 들이켠 무스가 다시 무릎을 밟았다.

"으아악!"

"이름은?"

"모른다."

"그 용병이 누구를 만났지?"

"부족장."

"만나서 무슨 이야기를 했지?"

"으악!"

비명을 지른 사내가 무스를 보았다.

"나는 모른다. 못 들었어."

그때 무스가 허리에 찬 권총을 꺼내더니 사내의 온전한 무릎에 대고 쏘았다.

"탕!"

총성이 산을 울렸고 사내의 처절한 비명이 이어졌다. 그때 사내가 갑자기 상체를 젖히더니 옆쪽 바위에 머리를 박았다.

"퍽!"

머리통이 깨졌고 그것을 본 골도바가 한 걸음 물러섰다. 끔찍했기 때문이다.

또 나섰다.

이번에는 1호와 가민을 찾으려는 것이다. 후세인은 다른 사람을 보내라고 했다. 그러나 이쪽 지리에 익숙한 데다 후세인의 의중을 가장 잘 아는 사람이 지노다.

오후 4시 반.

지노는 다시 할라드와 함께 남하했다. 후세인 옆에는 로간의 팀을 옮겨오게 한 후다. 산길을 가던 지노가 눈으로 아래쪽을 가리키며 말했다.

"할라드, 카심을 데려와라."

카심의 집 근처를 지나고 있었다. 카심을 다시 안내역으로 데려가려는 것이다.

바위 뒤에서 기다리던 지노는 혼자 돌아오는 할라드를 보았다.
"카심은 돌아오지 않았습니다."
할라드가 말했을 때 지노가 이맛살을 찌푸렸다. 그때 할라드가 말을 이었다.
"그날 우리하고 떠난 후에 연락도 없었다는 것입니다."
"……."
"오히려 저한테 어떻게 된 일인지를 묻는데요."
지노가 아래쪽에 시선을 주었다가 고개를 돌렸다. 잠자코 발을 뗀 지노의 뒤를 할라드가 따른다.

"그렇다면 후세인이 무스타파와 연합하려는 것이군."
무전기를 내려놓은 깁슨의 얼굴에 쓴웃음이 번졌다.
"지노가 후세인의 밀사로 간 거야."
방금 깁슨은 무스의 보고를 받은 것이다. 그때 옆에 선 톰슨이 말했다.
"무스타파 영역에 병력을 추가 배치하지요."
현재 무스의 수색조를 포함해서 3개 조가 배치된 상황이다. 깁슨이 고개를 끄덕였다.
"3개 조를 증원해."
그러면 6개 조가 된다. 깁슨이 말을 이었다.
"네가 살라드에게 연락해, 후세인이 밀사를 무스타파에게 보냈다고."
"예, 장군."
"비밀협상을 맺었다고 해."
"알겠습니다."

"조단한테도 연락해라, 살라드 주변을 감시하도록."

아르카디 용병단의 조단 조(組)가 살라드 옆에 붙어있기는 하다.

"잠깐."

개울에서 물을 마시던 지노에게 할라드가 말했다. 고개만 든 지노의 시선을 받은 할라드가 손으로 위쪽을 가리켰다.

"위쪽에서 물소리가 납니다."

할라드가 목소리를 죽였다.

오후 6시 반.

골짜기는 어둠에 덮여 있다. 이곳은 북부지역과 민병대 간의 경계선 지역. 바로 위쪽 산 중턱에 아르카디의 초소가 있다. 무스타파 구역을 감시하는 초소다. 다가선 할라드가 말을 이었다.

"사람이 있습니다."

지노가 바위 옆에 내려놓은 베레타 AR70을 움켜쥐었다. 할라드는 탈레반 전사다. 파키스탄에서 브라운이 선발해온 전사인데 며칠 겪어보았더니 정탐병으로 뛰어났다. 그래서 이번에도 동행시킨 것이다.

지노가 귀를 기울였지만 알 수가 없다. 그때 바위 옆에 쪼그리고 앉은 지노에게 할라드가 말했다.

"물 흐르는 소리가 바뀝니다. 그것은 누가 물을 건드리고 있다는 표시지요."

"갓댐."

지노의 얼굴이 일그러졌다. 자신은 느끼지 못했기 때문이다.

"그릇을 씻는 소리도 납니다."

할라드가 목소리를 낮추더니 지노를 보았다.

"제가 정찰하고 오겠습니다."

지노가 고개를 끄덕이자 AK-47을 고쳐 쥔 할라드가 소리 없이 사라졌다.

"지저스."

어깨를 늘어뜨린 지노가 낮게 감탄했다.

"저놈 나보다 낫군."

10분쯤 후에 할라드가 밤 짐승처럼 나타났다. 두 눈만 번들거리고 있는 것이 영락없는 짐승이다.

"셋입니다."

할라드가 입술만 달싹이고 말했다.

"거리는 60미터. 개울가에서 둘이 그릇을 씻고 하나는 목욕을 하고 있습니다."

"누구냐?"

"서양인."

미군이나 용병대. 용병대면 아르카디아. 지노가 잠깐 망설였다.

피해갈 것인가? 아니면 처치할 것인가?

처치하기에는 이보다 더 좋은 기회가 없다. 그러나 흔적이 발견될 것이다. 이 셋의 본대는 가까운 곳에 있다.

잠시 후에 둘은 계곡을 빠져나와 우회했다. 피한 것이다.

이곳은 황무지.

바위투성이의 황무지를 둘이 남하하고 있다. 북부 군벌들의 지역을 벗어난 것이다.

북부지역의 군벌은 10여 개가 넘는다. 투르크 부족은 이미 민병대의 주력을 이루고 있지만, 나머지 10여 개의 군벌 구역은 150킬로가 넘는 국경선을 이루고 있다.

오후 8시 40분.

지노와 할라드가 황무지 앞쪽의 민가를 바라보고 있다. 어둠 속에서 창문의 불빛만 반짝이고 있다. 거리는 2백 미터 정도.

이곳은 북부지역 군벌들의 영역에서 서남쪽으로 6킬로 지점이다. 그때 지노가 입을 열었다.

"아마 저 민가는 반군, 민병대, 용병대까지 수없이 거쳤을 거다. 저곳에 정보원이 살고 있을 가능성이 많지."

"페샤와르 북방에도 저런 민가가 많지요, 대장."

할라드가 번들거리는 눈으로 지노를 보았다.

"탈레반들은 저런 위치의 민가에 정보원을 심어놓습니다. 그리고 미군들도 그것을 알고 이용하지요."

"내가 나타난다면 바로 아르카다나 민병대, 미군에게 연락하겠지."

"탈레반은 그것을 역이용했습니다."

"미군도 역이용했어."

고개를 든 지노가 할라드를 보았다.

"할라드, 내가 1호를 찾는다는 소문을 1호 쪽에 알려야 된다. 방법이 있을까?"

아랍의 무슬림 여자들은 대개 천으로 몸을 가린다.

그것을 구분하면, 머리에서 발끝까지 검은 천으로 뒤덮고 눈 부분까지 망사로 가린 '부르카', 역시 눈만 내놓지만 망사는 치지 않은 '니캅', 그리고 온몸을 두르는 모자 달린 외투 형태의 '차도르'가 대표적이다.

314

'부르카'는 아프간이나 아라비아반도, 이집트와 베드윈족이 주로 사용하고 '니캅'은 파키스탄, 모로코 등이, '차도르'는 그 외의 지역이다. 그리고 개방적으로 '히잡'이 있는데 머리나 목 부분까지 가리는 천이다.

물론 이 부르카, 니캅, 차도르는 집 안에서 남편 앞에서는 벗는다.

"꺄악!"

비명과 함께 마하라가 '벗은' 몸으로 뛰어 들어왔을 때 자이단은 벌떡 일어섰다. 밤. 아내 마하라의 '벗은' 몸이라는 것은 집 안에서 '차도르'를 걸치지 않고 맨 얼굴을 드러냈기 때문이다. 그것은 외부인 앞에서를 말한다.

마하라의 뒤를 따라 들어온 사내는 둘. 둘 다 총을 겨누고 있다. 앞장선 사내의 표정을 본 자이단이 어깨를 늘어뜨렸다.

깊은 우물 속 같은 눈, 그저 굳게 닫힌 입술. 저 얼굴은 눈썹 하나 까닥하지 않고 살인을 할 것 같다.

"꺄악!"

눈치 없는 마하라가 다시 비명을 질렀을 때 자이단의 예상이 맞았다. 한 발짝 옆으로 다가간 사내가 발을 휘둘러 마하라의 머리를 찼다.

"퍽!"

정통으로 머리를 차인 마하라가 1미터쯤 날아가더니 벽에 어깨를 부딪치면서 기절했다. 늘어져 버린 것이다.

"죽지는 않았어."

발로 찬 사내가 가라앉은 목소리로 말했다. 두 눈이 번들거리고 있다.

"너한테 용건이 있기 때문에."

다음 날 오전 9시 반.

기르기크 마을의 대추야자 가게로 자이단이 들어섰다.

"아니, 자이단, 이 시간에 웬일이야?"

가게 주인 카무드가 놀라 물었다. 카무드는 자이단의 친척으로 62세. 아들이 8명이다. 아내가 3명이어서 딸까지 포함하면 자식이 17명이다. 잠자코 옆으로 다가선 자이단이 목소리를 낮추고 말했다.

"아저씨, 무바라크하고 연락되지요?"

"무바라크하고?"

가게 안에는 둘뿐이었지만 카무드가 주위를 둘러보았다. 무바라크는 그의 아들 중 하나로 지금은 반군이 되어있다. 자식 중에서 민병대로 들어간 아들은 둘, 전쟁에서 죽은 아들이 셋, 둘은 가게에서 아버지를 돕고 있다.

"연락이 끊긴 지 오래다."

"아저씨, 내가 무바라크를 만나야 해요."

"왜?"

"내가 꼭 할 말이 있습니다."

"내가 그러다가 민병대나 미군의 총에 맞아 죽는다."

"민병대 중대장인 샤무크가 있지 않습니까? 그럴 일은 없습니다."

자이단이 카무드의 소매를 잡았다.

"아저씨, 내가 무바라크를 만나게만 해주시면 사례를 할게요."

"연락 안 된다."

"아저씨가 손을 쓰면 돼요. 제가 알고 있어요."

"너, 날 끌고 들어가 죽일 생각이냐?"

"제가 그럴 인간입니까?"

눈을 치켜뜬 자이단이 카무드를 노려보았다.

"내가 내 아저씨와 사촌을 끌고 들어가는 놈입니까? 잘 알고 계시지 않습니까? 아저씨!"

"무슨 일 때문이냐?"

"후세인에게 연락을 해야 돼요."

카무드가 숨을 죽였고 자이단의 말이 이어졌다.

"이 근처에 와 있는 후세인의 부하들 아무나하고 연락을 하면 돼요."

"내가 알면 가만 놔두겠냐?"

"무바라크만 만나게 해주시면 내가 아저씨한테 3천 불 드릴게요."

"이놈이 정보원 노릇을 하더니……."

마침내 카무드가 어깨를 추켜올렸다가 내렸다. 지금까지 카무드는 자이단한
테서 정보비를 받아왔다. 그런데 3천 불이란 거금은 처음이다. 1건에 1백 불에서
3백 불 정도였던 것이다. 그런데 3천 불이라니. 팔자를 고칠 거금이다.

카무드가 주름진 눈을 한껏 치켜뜨고 물었다.

"정말이냐?"

산속 동굴 안.

세 사람이 들어가 있다. 지노와 할라드, 그리고 안쪽에 자이단의 처 마하라가
쪼그리고 앉아있다. 마하라는 납치해 온 것이다.

밤 12시 반.

할라드가 동굴을 나가면서 말했다.

"밖에서 감시하고 있겠습니다."

지노는 잠자코 고개만 끄덕였다.

이곳은 자이단의 집에서 2킬로쯤 떨어진 산 중턱이다. 동굴은 깊이가 10미터
쯤 되었는데 폭이 3미터로 넉넉했다.

안쪽에 쪼그리고 앉은 마하라는 무릎에 턱을 고인 채 움직이지 않는다. 차도

르를 뒤집어쓰고 있기 때문에 눈만 내놓은 모습이다. 자이단이 돌아올 때까지 이곳에서 기다리고 있다.

아르카디 7조장 맥퍼슨과 부하 둘의 실종은 하루가 지난 후에 화형된 것으로 밝혀졌다. 정보원 게라드와 함께 처형당한 것이다.

"그 병신."

깁슨이 일그러진 얼굴로 보좌관 톰슨을 보았다.

"안하무인으로 나대다가 당한 거야. 마을로 내려가서 당하다니."

"반군이 기다리고 있었던 것 같습니다."

"갓댐."

깁슨이 잇새로 말했다. 맥퍼슨은 수르토의 본대를 궤멸시킨 정보를 가져왔지만 결국 함정에 빠져 당한 셈이다. 그때 고개를 든 깁슨이 물었다.

"무스는?"

무스 함버크는 부하 2명을 데리고 능선을 걷는 중이었다.

오후 2시 반.

이곳은 무스타파 영역 안이다. 무스는 무스타파 전사를 처치한 후에 내부로 진입하는 중이다.

"저기, 초소가 있습니다."

앞장서서 걷던 조원이 몸을 웅크리더니 말했다.

무스타파의 경계 초소다. 은폐되지 않은 초소여서 돌로 만든 벽과 초소 안까지 선명하게 드러났다. 산등성이 위. 거리는 3백50미터 정도. 무스타파의 본거지까지 가려면 거쳐야 할 통로다. 한동안 초소를 노려보던 무스가 고개를 끄덕였다.

"우리는 이곳에서 출입자를 체크하기로 하지."

영역 안으로 4킬로 정도나 들어온 통로다. 지금까지 반군은 물론이고 민병대, 미군도 발을 딛지 못했던 구역이다. 무스가 웃음 띤 얼굴로 주위를 둘러보았다.

"이곳을 통해야 본거지 출입을 할 테니까."

꼭 출입구 앞에서 출입자를 체크하는 셈이다.

오후 6시 반.

기르기크 마을 위쪽의 계곡으로 내려간 자이단이 주위를 둘러보았다. 골짜기는 이미 어둠에 덮여 있어서 바위 윤곽만 보인다.

기르기크 마을도 민병대 관할 지역이어서 마을 안에는 초소가 있다. 그러나 건성이어서 밤이 되면 밖으로 돌아다니지 않는다. 반군과 마주치려고 하지 않는 것이다.

1년 전만 해도 같은 이라크군이었던 민병대와 반군이다. 그래서 적개심이 적은 편이다. 그때 뒤에서 인기척이 났기 때문에 자이단이 몸을 돌렸다. 사내 하나가 서 있다.

무바라크다.

잠시 후 둘은 바위 위에 나란히 앉았다. 발밑으로 개울물이 흐르고 있다.

"무슨 일이야?"

AK-47을 바위 위에 세워둔 무바라크가 물었다. 둘은 1년 만에 만나지만 그동안 서로 소식은 들었다. 그때 자이단이 말했다.

"후세인 측근 만난 적 있어?"

"아니. 왜?"

"어떻게 연락이 닿을 수 없을까?"

"왜? 팔아먹으려고?"

어둠 속에서 무바라크의 눈이 번들거렸다.

"그래서 아버지한테까지 찾아와서 날 만나자고 한 거냐?"

"아냐. 내가 급해서……."

"네가 정보원 노릇으로 먹고산다는 거 다 알아. 그러다가 너 반군한테 죽는다."

"내가 강도질하는 놈들만 밀고했지, 너 같은 반군한테는 오히려 정보를 줬다."

"후세인 측근 만나서 뭐 하려고?"

"용병이 찾아왔어."

"용병이? 누구한테?"

"나한테."

자이단이 손바닥으로 제 가슴을 쳤다.

"지금 마하라를 인질로 잡고 있어."

"왜?"

"나한테 후세인 측근을 만나게 해야 마하라를 풀어준다는 거야."

"도대체 어떤 놈이……."

"후세인을 찾는다는 거야. 무바라크, 제발 날 살려줘."

"너, 아버지한테 3천 불 낸다고 했다면서? 정말이냐?"

"너한테도 3천 불 낼 수 있어."

"후세인 밀고해서 상금 타려는 거냐?"

"마하라가 잡혀있는 마당에 그럴 리가 있나? 그 용병이 돈을 내놓았어."

"정말이냐?"

자이단이 고개를 끄덕였다.

"무바라크, 네가 해준다면 내가 그 돈을 준다니까."

오후 10시 반.

수르토 대령이 앞에 앉은 무바라크를 의심쩍은 표정으로 보았다.

"대위, 무슨 일이냐?"

"예, 드릴 말씀이 있습니다."

수르토의 임시 거처인 산기슭의 농가다. 방의 불도 꺼 놓았지만 어둠에 익숙해진 눈으로 사물이 다 보인다. 방 안에는 대여섯 명의 사내가 벽에 기대앉아 있었는데 모두 밤 짐승처럼 눈이 번들거리고 있다.

수르토는 이틀에 한 번꼴로 거처를 옮기고 있는 것이다. 무바라크가 말을 이었다.

"각하를 찾는 용병이 있습니다. 그 용병을 만나보시지요."

"누군데?"

"카밀라 공주의 전갈을 가져왔다는 것입니다."

"카밀라 공주?"

수르토가 눈을 가늘게 떴다. 수르토는 이미 반군 사이에 후세인과 접촉하는 지휘관으로 알려져있는 것이다. 한동안 무바라크를 바라보던 수르토가 고개를 끄덕였다.

"그 친구, 지금 어디 있지?"

"데려왔습니다."

오전 3시 반.

자이단의 집 근처에서 감시하던 할라드가 동굴로 들어서며 말했다. 뒤를 자이단이 따라 들어섰다. 동굴 안쪽에서 쪼그린 채 자고 있던 마하라가 소스라치며 일어섰다. 자이단이 지노 앞에 엉거주춤 앉더니 말했다.

"수르토 대령이라고 최근에 각하를 만났다는 반군 대장이 있습니다."

자이단이 말을 이었다.

"제 사촌이 대위 출신의 반군 대장인데, 수르토 대령과 잘 압니다."

"네가 수르토 대령을 만났다고?"

"아닙니다. 제 사촌이 수르토를 만나 말을 했습니다."

"그래서?"

"수르토가 오늘 오후 6시에 울마카산의 골짜기로 들어오라고 했답니다."

"그때는 너도 같이 가야지."

"예, 모시고 가요."

자이단이 힐끗 동굴 안에 있는 마하라를 보았다. 할라드는 다시 밖으로 나가 경계를 서고 있었기 때문에 동굴 안에는 셋이다. 자이단이 말을 이었다.

"여기서 울마카산까지는 3시간 거리입니다. 오후 3시쯤 출발하면 됩니다."

"좋아. 그때까지 이곳에 있다가 넌 나하고 둘이서 그 골짜기로 간다."

지노의 시선이 동굴 안쪽을 스치고 돌아왔다.

"그동안 네 아내는 내 부하가 보호하고 있을 거다."

오후 2시.

무스 앞쪽으로 두 사내가 다가오고 있다. 터번에 작업복, 어깨에 AK-47을 메었다. 거리는 250미터. 초소를 지날 때 초소원들과 잠깐 이야기를 나누더니 곧장 이쪽으로 다가온다. 무스 옆에 엎드린 골도바가 물었다.

"어떻게 할까요?"

"잡아야지."

무스가 주위를 둘러보며 말했다. 저 초소는 통로다. 무스타파의 본거지에서 외부로 나갈 때 거치는 통로인 것이 확인되었다. 엉거주춤 일어선 무스가 두 부하에게 말했다.

"조금 뒤로 물러나서 잡자."

총에 소음기를 끼었더라도 초소와의 거리는 3백50미터, 들릴 가능성이 있다.

앞서가던 카스람이 걸음을 멈추더니 고개를 돌려 보굴을 보았다.

"보굴, 오후 6시까지는 마을에 도착해야 돼. 서둘러라."

보굴은 체격이 커서 행동이 조금 느리다. 카스람이 다시 발을 떼었을 때다.

"퍽!"

발사음이 울렸기 때문에 카스람이 소스라쳤다. 그러나 반사적으로 땅바닥에 몸을 굴렸을 때다.

"퍽! 퍽!"

다시 발사음이 울리면서 카스람이 신음했다. 어깨와 배에 한 발씩을 맞은 카스람이 바위에 등을 붙이고는 가쁜 숨만 뱉었다. 넘어지면서 바위에 다리를 찍었기 때문에 움직일 수가 없다. 그때 카스람의 앞으로 사내 하나가 나타났다.

손에 소음기를 낀 AK-47을 쥐고 있었는데 터번을 썼지만 백인이다. 용병. 사내의 시선을 받은 카스람이 얼굴을 일그러뜨리며 말했다.

"네놈이군."

총을 겨누고 다가선 무스가 카스람의 반응을 보더니 주춤했다. 무스 뒤에는 골도바가 따라오고 있다.

"뭐라고 했지?"

무스가 묻자 사내가 잇새로 말했다.

"네가 야합 구역의 경계선에서 셋을 죽인 놈이지?"

순간 주춤한 무스가 주위를 둘러보기까지 했다. 그곳과는 산을 2개나 넘는 거리다. 6킬로쯤 떨어져 있다. 그러나 한 걸음 다가선 무스가 카스람의 머리에 총을 겨눴다.

"자. 네가 무스타파 병사인 줄은 알고 있다. 지금 어디 가는지, 무슨 일로 가는지를 말해."

"너는 아르카디인가?"

"닥치고 대답해."

그때 카스람이 몸을 비틀면서 신음했다. 성한 팔을 들어 피투성이가 된 배를 움켜쥔 카스람이 눈을 부릅떴다.

"이리와, 용병."

그때 한 걸음 다가섰던 무스가 눈썹을 모았다. 뒤에 서 있던 야콥슨이 무스 앞으로 다가서더니 상반신을 기울였다. 그 순간이다.

"꽝!"

엄청난 폭음이 울리면서 야콥슨의 상반신이 무스를 덮쳤다. 무스는 옆에 선 골도바와 함께 곤두박질을 치면서 뒤로 날아갔다. 수류탄이 터진 것이다.

2미터쯤 뒤로 날아간 무스가 상반신을 세우더니 온몸을 둘러보았다. 얼굴에 피와 살점이 묻었기 때문에 손바닥으로 훑던 무스가 소스라쳤다. 그러나 자신의 것이 아니다. 시야가 트인 앞쪽은 처참했다. 카스람의 몸은 분해되었다. 야콥슨은 상반신이 산산조각이 되어서 흩어졌고 두 다리만 남았다.

"으으음!"

옆에서 뒹굴던 골도바가 비명을 지르면서 일어섰다.

"타타타타타."

"카카카카카."

소총과 기관포 발사음이 울리면서 총탄이 쏟아졌을 때는 수류탄이 터지고 나서 1분쯤 지났을 때다. 그러나 총탄은 많이 빗나갔다. 이쪽을 과녁에 넣지 않았다는 증거다.

"타타타타타."

총탄에 맞은 바위 파편이 튀었고 나무가 부러졌다. 그때 무스가 손바닥으로 얼굴을 씻으면서 말했다.

"가자!"

도망가자는 말이다. 현장에 카스람과 야콥슨, 그리고 옆쪽에 보굴의 시체까지 남겨놓고 무스와 골도바는 허리를 숙이고 뛰었다. 골도바는 수류탄 파편에 맞아 옆구리를 움켜쥐고 있다.

초소 병력이 현장에 도착했을 때는 10분쯤 후다. 초소에는 8명의 병력이 대기 중이었는데 5명이 출동한 것이다.

"이놈, 용병이야."

야콥슨의 머리를 발견한 경비병 하나가 소리쳤다. 모두 눈을 부릅떴고 처절한 표정이다.

"카스람이 수류탄을 터뜨린 거다."

마침내 주위를 둘러본 조장 파지드가 소리쳤다.

"연락해!"

파지드의 지시를 받은 부하 하나가 무전기를 귀에 붙였다. 이틀 전 정찰조 3명이 피살된 후에 무스타파 조는 비상체제로 전환되었다. 그래서 카스람도 자살용 수류탄을 품에 넣고 있었다. 시체로 발견된 아부하드가 고문을 당한 흔적이 있었기 때문이다.

1시간 후.

본부에서 출동한 4백여 명의 병사들이 도착하여 주변을 수색하기 시작했다. 압도적인 병력이었고 지리를 훤하게 아는 터라 수색 속도가 빨랐고 빈틈없는 작전이었다. 재빠르게 뒤를 막고 산과 골짜기의 요소를 선점, 짐승을 모는 것처럼 압박하는 것이었다.

무스 함버크는 7명 대원 중 야콥슨을 잃고 본래의 잠복 초소로 돌아와 있었다. 그런데 좌우 2개 지역에 각각 2명씩 내보냈던 매복조 중 한 곳이 무스타파의 수색조에 발견되었다. 미처 피하기도 전에 포위된 것이다.

"피하자."

좌측에서 요란한 총성이 울렸을 때 무스가 소리치며 일어섰다. 무스 옆에는 허리를 다친 골도바 하나뿐이다.

"연락해!"

무스가 소리쳤지만 골도바는 당황해서 키도 제대로 누르지 못했다. 그때 무전기에서 좌측 매복조 얀센의 목소리가 울렸다.

"아! 포위되었어!"

그러고는 목소리가 뚝 끊겼다.

1시간 후, 오후 5시 반.

무스타파 영지를 3킬로쯤 벗어난 황무지에 세 사내가 모여서 있다. 무스 함버크의 조(組)다. 본래 7명이었는데 넷이 죽고 셋이 남았다. 좌측 매복병 2명은 무스타파 병사들에게 사살되었고 우측의 2명도 한 명만 살아남은 것이다.

이제 총성은 가셨고 황무지에 바람이 불고 있다. 셋 중 골도바는 수류탄 파편에 맞아 지금도 옆구리에서 피가 배어나온다.

"귀대합시다."

상사 출신의 조원 알렉스가 무스를 똑바로 보면서 말했다.

"더 죽기 전에."

무스는 숨을 들이켰지만 외면했다. 조장에게 이런 식으로 말하는 조원은 드

326

물다. 골도바가 힐끗 시선을 주었는데 그 눈빛도 차갑다.

6시 5분.

울마카산은 자이툰 부족의 영역 좌측 끝부분에 경계선처럼 펼쳐진 산이다. 산이 높지는 않지만 골짜기가 깊고 길다. 이미 골짜기에는 어둠이 덮여 있었기 때문에 앞장서 들어섰던 자이단이 발을 헛디뎌 비틀거렸다. 뒤에 붙어 걷던 지노가 주위를 둘러보았다.

골짜기 안으로 1백 미터쯤 진입한 위치다. 바람이 아래로 휘몰려 내려오면서 물 냄새가 맡아졌다. 그때 옆쪽 숲에서 인기척이 났다.

"서."

자이단은 소스라쳤지만 지노가 천천히 그쪽으로 몸을 돌렸다. 그 순간 어둠 속에서 두 사내가 나타났다. 이쪽으로 총을 겨누고 있다. 서 있는 지노 앞으로 다가온 사내 하나가 손에 쥔 베레타 AR70을 빼앗았다. 그때 지노가 물었다.

"누구야?"

"용병인가?"

뒤쪽 사내가 대답 대신 물었다.

"그렇다. 당신은?"

"수르토 대령이다."

한 걸음 다가선 사내의 얼굴이 드러났다. 그때 자이단이 말했다.

"대령님, 이분이 카밀라 공주님의 용병입니다."

지노가 우선 자신을 그렇게 소개하게 했다.

\<4권에 계속\>